Egy családregény vége

Nádas Péter

ある一族の物語の終わり

ナーダシュ・ペーテル

早稲田みか　簗瀬さやか　訳

東欧の想像力
13

松籟社

ある一族の物語の終わり

EGY CSALÁDREGÉNY VÉGE

by

Péter Nádas

Translated from the Hungarian by Mika Waseda and Sayaka Yanase

「光は闇の中に輝いている。しかし闇はこれを理解しなかった。」

『ヨハネ福音書』一章五節

ライラックとハシバミの茂みの間、ニワトコの根元。風もないのに時おり揺れる葉っぱ、その木から遠くないところ。僕たちはパパとママと子どもの三人家族。僕がパパで、エーヴァがママ。茂みの中はいつも夜だった。「いつも、寝なさい、寝なさいって！　なんで年中寝てないとだめなの？」子どもはとっくにママがベッドに寝かせていた。「パパ、あの子に何かお話でもしてやってくださいな！」エーヴァは台所で皿洗いをしているところで、鍋をガチャガチャいわせていた。僕は机でニーナ・ポターポヴァの本でロシア語を勉強するふりをしていたのだけれど、そう言われると立ちあがって、子ども部屋に向かった。僕たちは子ども部屋に干し草をきれいに敷きつめてふかふかにしていた。僕はベッドの端に腰かけて、子どもの頭を膝にのっけた。濡れた髪を指ですいて抱きしめる。母さんが僕を抱きしめてくれるみたいに。じっとり湿ったおでこを手のひらでなでていると、僕は自分の手のひらを感じているのか、それとも子どものおでこを感じているのか、わからなくなってきた。首に太い血管が見える。この血管を切ったら血が出るんだろうな。台所からはまだ鍋の音がしていた。「早くお話をしてやってちょうだいよ、パパ、パーティーに遅れちゃうじゃないの！」ママはいつもパーティーに出かけたがる、でも僕はすぐにはお話をしなかった、こんなふうに子どもの濡れた頭を膝にのっけているのが心地よかったんだ。「何のお話がいい？」子どもは目を開けた。「また木のお話が聞きたいな。」子どもに見つめられて、僕はお話のことよりも、この子が本当に僕の子で、その子が僕の膝の上にいるんだったらいいのになあと思った。「よし、じゃあ、木のお話をしてあげるから、目をつぶって聞くんだよ。昔々あるところに木が一本ありました。この特別な木には葉っぱが一枚ついていました。もちろん葉っぱはいっぱいありました。けれど、これから話す一枚は特別な葉っぱで、ほかの葉っぱとはちがうのです。このお話の木は呪われた庭にありました。この庭のことは誰も知りませんでした、ただ、そういう庭がどこかにあることしかわかっていませんでした。いくら探しても見つかりませんでした。何人もの捜査員がこっそり嗅ぎ回りました。警察犬にも探させました。こら、じっとしてなよ！　通りからも見えません。飛行機からだって見えません。でも僕たちはどこから入ればいいか知っていました。秘密のトンネルの入り口は、ある茂みの後ろにあったのです。トンネルを抜けて、通りから庭の中へ！　この秘密のトンネルにはコウモリたちが住んでいました。庭を守るためです。コウモリの体はもう臭くてたまりません。それでも僕たちは先へと進んでいきました。コウモリさん、コウモリさん、袋の中のコウモリさん！　ケシの実まくぞ、袋を縫って締めちゃうぞ！　こう叫べば大丈夫だとわかっていたからです。するとコウモリたちは、トンネルの隅のいちばん暗いところに身を隠しました。それに僕たちは遠くの方まで照らせる懐中電灯も持っていました。でも、まだ先には進めません、今度はタコがやってきたのです。目がサーチライトになっています。トンネルに迷いこんでくる人間を見つけると、すぐさま泳いでやってきます。陸上でも生きていられるこのタコは、空中でだってものすごく速く泳げるのです。夜になると洞穴から出てきますが、気づかれないように目は使いません。とにかく、誰かが迷いこんでこようものなら、そら行け、まっしぐら！　こいつらに足を巻きつけられたが最後、ぐるぐる巻きにされて、息たえるまで締めつけられてしまうのです。洞穴の中をどんどん進んでいくと、骨がごろごろ転がっていました。今までこの洞穴に迷いこんできた人はたくさんいましたが、誰ひとりとして庭までたどり着けなかったのです。これは予想外でした。コウモリを撃退したら、もう大丈夫だと思っていたからです。」おばあちゃんは一日中ベッドに横になって、ちょっと酸っぱい味のするアメをしゃぶっていた。中にはとろっとしたクリームが入っていて、お店で二フォリント四〇フィッレールで買っていた。アメは僕も大好きだった。しばらくなめてから、口の中でころころ転がすんだ。僕は舌でくるくる回して、それからガリッとかんだ、そうしたら中からラズベリー味のクリームがとろりと出てきた。おばあちゃんはアメをいつも自分で買いに行っていた。一〇〇グラム入りの袋を六つ。一週間分、毎日一袋ずつ、でも金曜日は断食日で、アメもなしだった。おばあちゃんはアメの袋を枕の下に入れていた。アメは枕の下で溶けて、くっついて、袋にへばりつく。食べてもいいよと言われた時は、運がよければ三ついっぺんに取ることだってできた。でも、いくらおねだりしてもくれないこともあった。「おばあちゃん、アメちょうだい！」「だめっ！」「おばあちゃん、アメちょうだいよ！」「ないよ。」「おばあちゃんの嘘つき！」「ないと言ったらないよ、もう全部食べちゃったんだから。たとえあっても、おまえにはあげませんよ。アメは歯をだめにする。歯をだめにしちゃいけないよ。歯は命にかかわるくらい大事なんだからね！」おじいちゃんが死んじゃったので、おばあちゃんは黒い服を着てベッドに横になっていた。おじいちゃんが死んでからというもの、おばあちゃんは料理をしなくなった。僕はラードかマスタードを塗ったパンを食べて、おばあちゃんはアメをしゃぶった。夜は寝ないで窓際に立っていた、いつとは前もってわからないけど、おじいちゃんは帰ってくるんだと言って。おじいちゃんは僕にたくさんお話をしてくれた。作ったお話じゃなくて、人生についてのお話。「それじゃあ、わしの人生で幸せだった時のことを話してやろう。」そう言って、幸せな出来事について話してくれた。それか、こんな話をすることもあった。「それじゃあ、わしがどうやって死をまぬがれたかを話してやろう。あれは、一九一五年の一月三日のことだった、部下の軽騎兵たちと見回りに出かけた時のことだ。その日、セルビアは濃い霧におおわれていた。前進していくと、おかしな馬の足音が聞こえてくるじゃないか。濃い霧のせいでわしらの馬の足音が二重になって、そんなふうに聞こえてくるんだと思った。ところがどっこい、まもなく霧の中から見たこともない騎馬兵たちが姿を現したんじゃ。ただの影かなと思ったが、わしら考えている暇《いとま》もなかった。もう目の前まで来ておって、馬が人間よりも賢い動物でなかったなら、わしらはあやうく正面衝突するところだった。馬たちは後ろ足で立ちあがって、いなないた。セルビア野郎は早くも剣を抜いている。わしも抜く！　わしらは剣を交えた。だが、奴の方が有利だった、坂だったのか、とにかく奴はわしよりも高いところに立っていた。わしは突く、奴は切りかかってくる、もしもあの時、鞍の上で身をかがめていなかったら、あっという間に首を吹っ飛ばされていたな。じっさいは帽子を取られただけですんだんじゃ。もはやこれまでと思った。だがその時、わしの配下の軽騎兵がさっと飛びこんできた。セルビア野郎が剣を振りかぶり、打ちおろそうとする寸前にじゃ、あやうく馬もろとも真っぷたつにされるところをな、部下の軽騎兵が奴の首を切り落としてくれたというわけじゃ。」この話をする時、おじいちゃんはあんまり笑うものだから、口の中で入れ歯が外れた。そのたんびに歯を押しこんでは、はめ直していた。「これがわしの最初の脱出劇というわけだ。いや、わしの誕生と言うべきかな。神が助けてくださったんじゃ。お次はフィウメでのこと、ちょうどわしの誕生日じゃった。一九一六年の秋、まさに一一月の一〇日のことだ。前を戦艦プリンツ・オイゲン号が行く、わしらはその後ろだ。だが一時間と行かないうちに、突如ドッカーン！　プリンツ・オイゲン号は二発ばかり食らって、ものの見事に沈んでいった。乗組員全員が海で溺れ死んだ。しかし、わしらはそのまま何事もなかったように航海を続け、ドゥラスで錨をおろした。だが、道中ずっと脇の下にひどいおできができておってな、潰れてもくれん、それで腕をおろすこともままならなかった。そのうえ、ドゥラスではコレラが待ち受けておった、全員が感染した、ところがわしはそれも克服して生還したんじゃ。じつはフィウメでは、わしもプリンツ・オイゲン号に乗るつもりだった。ほんとうじゃ。もしそうなっていたら、おできのせいで泳ぐこともかなわなかったろうし、たとえ泳げても助からなかったろうな！　神はそうなることをお許しにならなかった、わしを助けてくださったんじゃ。それでわしは今こうして生きておる。八四歳。なんたる歳月！　だが、そのあともいろんなことがたくさん起きたんじゃ。五階からろうそく立てが降ってきたことだってある。三日三晩歩きづめの目にあわされたこともある、その時だってもう若くはなかったのにな。背後からロシア軍が迫ってきて、強行軍だ。小休止は一日に二回がせいぜいのところ。糞ひる間もなかったわい。立ち止まると、誰もがその場に倒れこんだ。ある時、ザールフェルトの森の中、わしは道端に倒れこんで、地面を見つめていた、ここは若い頃に来たことがある、いやはやなんとしたことか、あの時とはなんたるちがいか、わしは思う、この土のなんと心地よく、柔らかなことよ。ここに戻ってきたのは、この土こそがわしの帰るべきところだからだ。わしは残る、ここ、この土の中こそ、わしの居場所なのだ、わしは思う、もうここから立ちあがるまいぞ、そうわしは思う。」おじいちゃんはこのくだりになると、いつも顔を上にあげた、そしてそれはもう大声で叫ぶものだから、口が黒くなった。「起きろ《アウフシュテーエン》！　早くしろ《シュネル》！　そら《ロス》！　早くする《シュネル・》んだ《ロス》！」おじいちゃんはここでしばらく間をおくと、もと通りの血の気のない顔に戻った。「わしは地面に寝ころがったまま思った、せいぜい叫ぶがいいさ、いくら叫んだところで無駄というもんだ、わしはもうこの大地にわが身を返してしまったんだからな。あきれたもんじゃろう、人間って奴がこうもうぬぼれの強い生き物とはな。自分の命は自分のものだと思いこんでおる。人生は自分の思い通りになるとでも思っておるらしい。ところがどっこい、そうは問屋がおろさない！　わしがいくらそう思っても、何もかもが思い通りにはいかないものだ。頭上でドイツ野郎が立ち止まる。おい、ユダ公、どうし《ヴァルム・シュテースト・ドゥ・》て起きあがらないんだ《ニヒト・アウフ・マイン・リーバー・ユーデ》？　わしはやっとの思いで奴の方を見あげる。はや銃を取り出したのが目に入る。ああ、これで一巻の終わりだ。だが、わしは、このわしはだな、奴じゃなくて、自分の意志でそうなりたいと思ったんじゃ。さあ、どうかわしを撃ってくれ！　でも、奴は撃たなかった。銃をおさめた。わしをじっと見ていた。犬のように、賢くおとなしそうな茶色い目をしておった。わしにつばを吐きかけた。それからわしを思いっきり蹴とばすとだな、そのまま行ってしまいおった。神はこうしてわしの命を救ってくださった。生きていきなさいと、わしをあの道に残してくださったんじゃ。」おじいちゃんが死んでからは、おばあちゃんはいつも明かりを消してから、僕のベッドに腰かけてお話をしてくれた。電気を無駄づかいしたくなかったんだ。一度、母さんの話をしてよとせがんだことがある。でも、おばあちゃんは僕が寝入ってしまうのを待っていた。僕は作り話の方が好きだったな。僕がパパで、子どもを寝かしつける時は、いつも何かお話を作ってあげた。さっきの木のお話は、僕たちが棒を二本手に取ったところから、こんなふうに続いていくんだ。「ところが、タコがやってきたのです！　大群です。どのタコにも足が五〇本ありました。僕はえいやっと棒を振りおろしました！　僕らにはかなわないことがタコにもわかったようです。さあこれでもう庭の中へ入れる！　やーい、タコめ、ざまあみろ！　おやまあ、なんてことでしょう！　庭じゅうが木であふれていました。とっても変わった木ばかりです！　ありとあらゆる種類の木があるのに、どの一本をとっても、それが何の木だかわからないのです。桃の木だと思うと、そこにはプルーンやサクランボ、サワーチェリーにブドウまでもがなっていました。おなか一杯になるまで、たらふく食べることができました。でも、これから話そうと思っている木のことは、もっとあとになってから、そういう木があることに気づいたのでした。」でも、僕はお話をやめた。知らない人が僕の膝の上で寝ていた。自分でもどうしてここにいるのか、わからない。口を半分開けてスースーと規則正しく息をしている。どこか遠くで車が止まった、でもエンジンはずっとかかったまま。膝の上で寝ているのは自分のような気がした。僕も隣に頭を並べて、いっしょに眠れたらいいのにな。おでこからそっと手を離してみた。気配を感じたのか、ぴくっと動いて、口を閉じた。今度は鼻でさっきより大きな音をたてて息をしている。外の通りではあの車のエンジンがうなっている。僕のおでこもこんなふうだったらいいのになあ、でも僕のおでこときたら髪の毛が下の方まで生えているから、恥ずかしいったらない。エーヴァは台所でまだ鍋をこすっていた。むっとくる暑さ、風はそよともしない。それでも光の点がちらちらと揺れ動いている、予測できないリズムを刻みながら。おでこの上でも小さな光の点がちらちらして、髪の毛の中を照らし、そして滑り落ちた。おでこから手を離したことをすぐに後悔した。自分の手が子どものおでこになっているのを、もう一度感じたかった。「どうしてお話してないのよ。」「寝ちゃったんだよ。寝たふりじゃないよ、本当に寝ちゃったんだ。」エーヴァは棚に鍋を置いた。二本の枝に板を渡した棚、僕たちはそれを食器棚と呼んでいた。枝を足でひっかけると、穴の空いた鍋が落っこちてきた。そのたんびにエーヴァは、「パパ、食器棚が壊れたわよ。いいかげんに直してちょうだい！」と言った。でも今、鍋は落っこちてこなかった、エーヴァが僕の隣にすっと入りこんできた時、うっかり足を茂みにひっかけたのに。僕はにおいを感じた。揺れ動いていたのは光じゃなくて、肌だったのかもしれない。「パーティーに行かなくちゃ！」小さな海水パンツにフリルのついたブラジャーをつけている。でもしょっちゅう引っぱりあげていた、ブラジャーにおさめるほどの胸はまだなかったから。僕たちはパーティーに出かける時はいつも茂みの下から這い出た、エーヴァはピンク色のチュールを引きずり、アクセサリーもつけてるのよと言った。「アクセサリーをいっぱいつけてはだめ。女性のアクセサリーは少なめに、でも高価で、選りすぐりのものじゃないとね。」エーヴァはみんなの注目の的。長いスカートを二本の指で軽くつまんで踊る。「シャンデリアが輝いてる！ クリスタルのシャンデリアよ！」でも僕はパーティーのために茂みを出る気にはなれなかった。せっかくふたつの体が触れあう感触と重みとをこうしていっぺんに感じているところなのに。「それよりか、いちゃいちゃしようよ！」そう言って、僕はエーヴァを抱きしめた。口の中にエーヴァのにおいを感じた。半乾きの子どもの髪のにおいと同じ、ふたりの家のにおいとも同じ。「どうやって？」僕が仰向けに倒れると、エーヴァの体もいっしょに倒れこんできた。お次はキスだ、さあキスだ。「こうやってさ。」僕のおなかの上にはエーヴァの裸のおなか。股間には子どもの温かい頭。でも、上の庭からふたりのお母さんが叫ぶ声が聞こえてきた。「ガーボルエーヴァ、水からあがりなさい！ ガーボルエーヴァ、水からあがりなさい！ ガーボルエーヴァ、水からあがりなさい！」ふたりのお母さんは、僕たちがまだプールにいると思ってるんだ。エーヴァは僕の首にかみついた。僕たちは見つめあった。僕はかまれたところを手でさすったけれど、別にそうしたかったわけでも、痛かったわけでもない。ふたりのお母さんは、あのガウンを着てテラスに立っていた、前に脱ぎすてたことのあるあのガウンだ。僕たちが目の前で遊んでいるのに、すっぽんぽんで部屋を突っ切っていった。いつまたすっぽんぽんで歩き回るか楽しみにしてたのに、それっきりだった。期待してる時にかぎって、なぜかそうはならないものなんだ。僕が子どもで、ガーボルがパパになって遊ぶこともあった。そうするとおもしろいことに、ガーボルは僕とは全然ちがうことをした。でも、晩ご飯のあとに僕を寝かしつける時は、ガーボルもお話をしてくれた。ふたりがいちゃいちゃしている時は、僕は目をつぶっていないといけない。ガーボルはキスがじょうずよ、とエーヴァは言った。エーヴァが子どもになって遊ぶこともあった。その時は僕がパパで、ガーボルがママ。エーヴァはママにくっついてばかり。パパのことは、アルゼンチンから帰ってこないので好きじゃなかった。僕が子どもになれていいのは、エーヴァが僕のママになるってことだ。ガーボルがパパだと、アルゼンチンに出かけていく。でもむこうでの出来事をいつも話してくれた。僕の父さんはめったに家に帰ってこなかった。前もって電報が来るので、帰ってくる時はいつもわかっていた。僕は通りで今か今かと待っていた。父さんの来るのが見えると、走って迎えにいく。僕は走っていく、でも父さんは歩いてくる、茶色の書類カバンを持って。すごく近くにならないと、腕を広げてくれなかった。いつも夜中にやってくるので顔はひげだらけ。あの尋問とやらが行われている兵舎暮らしなので、服が臭かった。でも僕はそのにおいも好きだった。僕は父さんの首にしがみつく、父さんはそのまんま歩き続けた。そして首から僕の手をほどくと、自分の帽子を僕の頭に押しつけた。僕が気づいていないとみると、父さんはいつも僕のことを気に入らんというような目つきで見ていた。でも僕は気づいていたんだ。父さんは指で僕の唇をなぞった。帽子も臭かった。おばあちゃんは早く乾くように、ベンジンでジャケットとズボンと帽子を洗った。朝の列車で帰っていった。

こういう時は、爆発してしまうから、たばこに火をつけちゃいけないんだ。父さんはおじいちゃんのガウンを着て、おじいちゃんの肘掛け椅子に座っていた。何度見ても、全然おじいちゃんには似ていなかった。父さんはおじいちゃんに似なかったんだから、僕だって父さんみたいにはならないんだろうなと思った。父さんが出かける時には僕はまだ寝ていたけれど、僕のところへ来て、キスをして、僕の唇を指でなでてくれた。ひげはそってあったけど、服はベンジンのにおいがした。おじいちゃんは話し出すと、いつも怒鳴り声になる。黙っている時は膝の間で手を組んで、頭を垂れて、背中を丸めていた。大きな体なのに、そうは見えなかった。しばらく誰とも話さないでいると、肘掛け椅子で眠りこんだ。父さんは足を組んで、膝に片肘をついて、もう片方の手にはたばこ、でも次の瞬間、肘掛け椅子から飛びあがると、部屋の中を行ったり来たりした。目につくものは何でも持ちあげて、初めて見るかのようにながめ回す。食べ物のにおいを嗅いだ。家具の上も全部指でなでた。ひとしきり部屋の中を歩き回ると、ベッドに体を投げ出して、眠ろうとして目を閉じたけれど、上を見つめたまま突然、わけもなく笑い出した。「なんで笑ってるの?」父さんは眉間にしわを寄せる。「笑ってるって? いいや、なんでもない。ちょっとおかしなことを思い出しただけだ。」僕も時々、自分が笑ったらどうなるかと思ってやってみた。僕は笑った。でも、父さんはなんで笑っているんだと聞いてはくれない。聞いてくれれば、父さんが笑っている時、どんな感じがしているのか知りたかったからだよって答えたのに。夜、ベッドで父さんの横に入れてもらうと、何かお話してよとせがんだ。「お話? そうだなあ。ええと、何にも思いつかないな。何にもだ。そうだ! ブーツの話はどうだ? よし。昔々、七つの海を越えたところに、ブーツがふたつありました。片方のブーツはもう片方の相棒でした。友だちどうしでした。仲よしのふたりはお互いになくてはならない存在でした。片方が進むと、もう片方も進みました。もう片方が立ち止ると、片方も立ち止りました。それで、片方のブーツは**片方**、もう片方のブーツは**もう片方**と呼ばれていました。でも、**片方**と**もう片方**は、昼間だけでなく、夜もいっしょでした。毎晩、ベッドの片隅に立っていました。そんな風にして立ったまんま寝るのが好きだったのです。互いに寄りかかっていれば、それほど疲れることもありません。互いの肌を感じていたかったのです！　とにもかくにも、ただそれだけ、ただそうしていたかったのです。ふたりはこのようにして暮らしていました。でもだんだん年をとっていきました。ぼろぼろになって、臭くなりました。そしてごみ捨て場に捨てられてしまいました。片方は左側に、もう片方は右側に。それから、それから、どうなったのかはわかりません。これでお話はおしまい。さあ、もう寝に行きなさい。」これでおしまいだなんて思いたくなかった。でも、もう自分のベッドに戻らないといけなかった。「それでブーツは、ブーツはどうなっちゃったの？」つぎに父さんが帰ってきて、いっしょに寝ることができた時に、暗い中で聞いてみた。「ブーツって、何のことだ？」「仲よしブーツの話だよ。」「ああ、あのブーツのことか。どうなったのか、父さんにもわからんよ。」朝の列車で父さんが行ってしまうと、僕は父さんみたいになれたらいいのになあと思った。それか、おじいちゃんみたいに。でも、どっちかひとつには決められなかった、だって、ふたりのお母さんみたいになってもいいなと思ったからだ、前に一度、すっぽんぽんで部屋を突っ切っていって、全然恥ずかしそうにしてなかった、あのお母さんみたいに。もしもあの人が僕の母さんだったら、僕のおでこもガーボルみたいになったんだろうな。ガーボルは、自分がパパの時、ママが僕を寝かせたあとに、子ども部屋の僕のベッドにやってくると、僕の頭を膝にのせることはしないで、両手を僕の首にあててきた。時々、息ができなくなるくらいぐいぐい首を締めてきた、そんな時は取っ組みあいのけんかになる。首を締めない時はお話をしてくれた。ガーボルは、クレオパトラという名前の女の人の話をするのが好きだった、ふたりが持っている本の中にその人の絵がのっているんだ。「昔々、クレオパトラという女の人がとても暑い中、部屋で横になっていた時のことです。おまえ、ひっぱたかれたいのか？　部屋のベッドに横になっていました。横になっていると、何の前ぶれもなく扉が開くではありませんか。でも、誰も入ってきません。誰なの？　その女の人は尋ねます。お化けかしら。でも、扉を開けたのはお化けではなくて、ヘビだと気づきました。ヘビさん、何か御用？　クレオパトラという女の人はヘビに聞きます。あなた様にお仕えしようと思ってやってまいりました。ヘビはシューシュー声で答えます。それはどうも。でもわたしには、もう召使いがいてよ！　それもたくさんね！　そいつは言います。でも、わたくしのような召使いは後にも先にも見つからないでしょうね。どうして？　ヘビさん、おまえには何ができるというの？　そいつは尋ねます。」「そいつじゃなくて、ちゃんと名前で言いなよ！」「うるさいな！　それで、ほかの召使いにはできなくて、ヘビにしかできないことは何なのかってその女は聞いたんだよ。でも、ヘビは笑っただけで答えず、こう言いました。暑くてたまらないのでしょう、クレオパトラ？　そうね、耐えがたいわ。あなた様の召使いたちはお手あげなのでございましょう？　たしかにそうね。わたくしの体はひんやりとして、氷のようでございますよ！　ヘビは言いました。あなた様の体にのって、冷やしてさしあげましょう。それなら、いらっしゃい！　その女の人は言いました。すかさずヘビはクレオパトラの体に這いあがりました。おなかの上を這い回り、おっぱいにしがみつき、あらゆるところをじっくりとながめました。そしてクレオパトラに、リンゴが欲しくないかと尋ねました。いいえ、まだ暑いし、けっこうよ、今は食べたくないわ。ここにいてちょうだい！　それより、ずっと体の上を這っていておくれ、おまえは本当にひんやりしていていいわ。すかさずヘビはクレオパトラの上を這って、這って、這い回り、ついにはクレオパトラの穴の中に入りこみました。でも、そこから出られなくなってしまいました。そこでずっとそのまま生き続けました、それはクレオパトラにとってもよいことでした、もう暑くなくなったからです。でも、そのうちおなかが大きくなりました、子どもが生まれるのだと思いました。おなかを切ると、例のヘビが小さなヘビたちといっしょに出てきました。子どもができたのは女の人じゃなくて、賢いヘビの方だったのです。こうして、よこしまなクレオパトラは死んでしまいましたとさ。」僕は結末がどうなるか知っていたけれど、ちゃんと聞いてあげて、そして最後まできたら、なぐりかかるんだ。「そんなのばかげてる、おかしいよ！」でも、僕が木のお話をした時もけんかになった。お話はこんなふうに続いていくからだ、僕らはたらふく食べると、草の上にごろんとなりました。「でも、おなかがもうぱんぱんで、目をつむることさえできませんでした。寝っころがっていると、僕たちの方に一本の木の枝が垂れてくるではありませんか、ほかの木とおんなじ、枝だってほかの木の枝と何の変わりもありません。ただ、この垂れてきた枝の先には木の葉が一枚ついていて、その葉っぱが特別なのでした。動いたり、うなずいたりするのです。何か言いたげなのに、僕たちにはわかりません。ほかの葉っぱは動きません、この一枚だけが動くのです。やがてこの一枚も動かなくなりました。僕たちは怖くなりました、これにはきっと何か意味があるんだ、葉っぱの言ってることがわからなかったら、どうなってしまうんだろう。すると葉っぱがまた動きました。でも、今度はさっきまでとちがって、うんうんうなずくのではなくて、何かを嫌がっているようなのです。ほかの葉っぱたちはじっと動かず、そのままでした。木の葉には特別な言葉があるのですが、ある魔法の薬を飲まないとその言葉はわからないのです。木の葉は三度目にまたしても僕たちに話しかけてきました。出だしはゆっくりと、そしてだんだん速く、それからまた僕たちによくわかるように、すごくゆっくり話しかけてきました。それでも僕たちにはわかりませんでした。ここを出て、その魔法の薬を探さないといけません。もしも言葉が理解できたなら、僕たちは死ぬまでずっとそこにいられたことでしょう。」ガーボルが目を開けた。さあ、けんかだと僕は思った。「そんな庭なんてない、それに、木の葉がしゃべれるわけないじゃないか！」「しゃべれるもん！」ガーボルが先に手をあげた時は、そのままやらせてやった。好きなようにぽかぽかやらせてやった。僕が始めた時も、勝つのはやっぱりガーボルだった。ガーボルの女の人のお話は、僕はどうしても好きになれなかった。おうちは僕の家の庭にあったけれど、垣根に穴をあけてあったので、ふたりの家の庭からも入ってこられるようになっていた。ふたりが来なくても、僕は待っていた。僕たちは茂みのすき間を窓と呼んでいた。ふたりはプールで遊んでいた。たらいをボートにして漕いでいた。テラスにあがっていく、ふたりのお母さんがあのガウンを着て、いつも大声でふたりを呼ぶところだ。ふたりはボールで遊んでいる。でも、ずっとのぞいているわけにもいかなかった、僕がそこにいるかどうか、ふたりの方でも見ていたからだ。それから僕は家の中に入った。僕はひとりぼっちだった。ふたりは今日は来ないとわかっていた。おうちを僕の好きにすることもできた。めちゃくちゃにすることだってできたんだ。でも僕は何もしなかった。何かが起きるのを待っているのに何も起こらないと、僕は怖くなった。この先ずっとこのまんまなんじゃないかと不安になる。おじいちゃんは、運ばれていくまで二日間ベッドに横たわったままだった。いつも同じ姿勢で横たわっていた。目にハエが止まっても気がつかなかった。おばあちゃんは昼間眠った。僕は立ったまま、おばあちゃんが息をしているかどうか、耳をすまして、よおくたしかめてみた。死んじゃったんだってことを思い出すと、走って家に帰ったな。でも、おばあちゃんはいつもベッドに寝ていたわけじゃない。出かける時はよそいきに着がえた。大きな花柄のシルクのワンピース。ベッドで寝る時に着ていた黒い服をおじいちゃんの肘掛け椅子に放り投げた。そして、テーブルの上には白い帽子と白いバッグ。「どこにも行っちゃいけませんよ！　あたしはあの人たちのところに呼ばれていますからね。証人としてね！」おばあちゃんは白い帽子をかぶって、鏡で自分の姿を見た。いっしょに連れてってとせがんでもだめだった。ものすごく重要な用事でね、そこでたいせつな任務があるんだよと言った。それも極秘のね。僕はもう知っていた、自分の頭が二本の鉄の棒の間をすり抜けられるってこと。玄関のドアに鍵をかけたって無駄なんだ。いつもふたりのお母さんがガウンを着て大声で叫ぶテラスには、男の人がふたり立っていた。たばこを吸っていた。プールにはたらいが浮かんでいる。僕たちは、たらいの栓を抜いて、船が沈んだら、海賊の勝ちだと言って遊んだっけ。おばあちゃんの帽子が階段の手すりの向こうをあがっていくのが見えた。男の人のひとりがおばあちゃんを家の中に連れていった。もう一人はたばこをふかしながら庭をながめている。僕がそこにいて見張っているなんてわかりっこないので、よかった。時々、僕がいるってことを知らない人もいるんだって考えたりした。外はもう暗くなりかけていた。長いこと誰も出てこなかった。家宅捜索を想像してみる。屋根裏。地下室。おばあちゃんが出かけると、僕はタンスの中を調べた。冬の間に地下室に作ったもうひとつのおうちが見つかっちゃうんじゃないかと心配になった。でも、男の人が出てきて、スーツケースを運んでいく、砂利道をゴロゴロ引きずる音がする。きっと引っ越しするんだ。でも、もうひとりも出てきた。いっしょに家の中に戻っていった。それか、ふたりのお父さんがアルゼンチンから帰ってきたんだ。男たちはテラスにテーブルを運び出した。おばあちゃんはまだ出てこない。男たちは中に入っていった。ふたりで肘掛け椅子を運び出してきた。ほかの椅子は放り出している、なめらかな石の上を次々にスーッと滑ってきた。そのうちのひとつが、何かに引っかかってひっくり返った。大きな話し声が聞こえたと思ったら、また静かになった。引っ越しするか、夏休みでどこかへ行くとしか考えられない。でもやっぱり、そうじゃないってことはわかっていた。夜、おじいちゃんが部屋の真ん中に立っていて、出ていこうとしている夢を見た。それでも、しがみついて、行かないでって泣いてお願いしたら、きっとここに残ってくれるはずだ。でも顔をくっつけると、ひげがちくちくする、一日おきにしか剃らないからだ。おばあちゃんは家に帰ってくるなり、もうくたくただよと言った。ぐったりしていた。白いバッグと白い帽子をテーブルに置いた。「砂糖が一〇キロと、ラードの壺がふたつと、ストッキングが三〇足も出てきたんだよ。よくもまあ、三〇足も。それにあのたくさんのアクセサリーときたら！」おばあちゃんは明かりに虫が寄ってこないように、窓を閉めた。ちゃんとベッドに入ったら、ゲナエーヴァの伝説のお話をするって約束してくれた。

おじいちゃんが死んだ時、おばあちゃんはたらいに水をいっぱい入れて、コンロにかけた。塩を二握りと黒い粉を水に入れて、かき回した。その中でおばあちゃんの茶色の服、灰色の服、それに紺色の服が黒く染まった。灰色の服の襟に金色のチョウチョをつけたのが、僕のお気に入りだったのにな。大きな花柄のシルクのワンピースだけは染めなかった、白地に黒い花柄のまんまだった。おばあちゃんは家では茶色だった方の黒い服を着てベッドに寝ていた、でも出かける時には、もうひとつの黒い服を着た、灰色だった方だ。金色のチョウチョは鉄の箱にしまってあって、鍵はいつもおばあちゃんが持ち歩いていた。僕の部屋の窓からは庭の門が見えた。古い家なので、窓はすごく高いところにあって、窓台も広かった。おばあちゃんが出かけると、僕はいつも窓まで走っていって、おばあちゃんが通りを歩いていって、木立ちの間に姿を消すまで、こっそりのぞいていた。時々、何か気になることがあって戻ってくることもあった。のんきにお店で並んでいる間にも家が火事になって、僕が中で火に包まれているんじゃないかと心配になったんだ。僕はそうなったらどうしようかと考えてみた。僕の頭は格子の真ん中にはまっている二本の鉄の棒の間をなんとかすり抜けられる。窓を開けて、外へ逃げればいいんだ。

でも、火事になるのが夏だったらどうせ窓は開いてるな。ガーボルは言っていた、すき間に頭が入れば体だってすり抜けられるから心配いらない、とお父さんが言ってたって。でも、そんなのはガーボルの作り話にきまってる、だってガーボルのお父さんはアルゼンチンにいて、そこから荷物を送ってきてるんだから。荷物の中にはチョコレートやイチジクが入っていた。ぼくはしばらくの間、窓ぎわに立ってないといけない。おばあちゃんは時々、お風呂場の種火を見に途中で引き返してきた。種火から家が火事になることだってあるんだ。ガーボルたちの家の地下室には僕たちのマッチが二箱あったけど、手に入れてきたのはガーボルたちだ。おばあちゃんは出かける時、玄関だけじゃなくて、庭の門にも鍵をかけた。誰が来ても、ぜったい中に入れちゃいけないよ、と言った。「おまえの父さんだけだよ!」でも、人が来たことなんていっぺんだってなかった。僕はどうやって家に火をつけてやろうかと考えた。火打石がふたつあったら、こすり合わせると火花が出て、乾いたコケに火がつけられる。おじいちゃんは森にひとり残された時、そうやって火を起こしたんだ。でも僕にはどの石が火打石なのかわからない。火が燃え広がるのを映画館で見たことがある。まずはカーテン、それから床、そして家具。ぼうぼう燃えていた。炎が窓から屋根に燃えうつった。屋根の瓦がパチパチ音をたてた。煙突の上にドイツの猫が一匹。でもその時また館《やかた》に爆弾が落ちて、ドイツの猫は焼け死んだ。通りに人影はなかった。ちょっとでも動くと、床がきしんだ。僕はこの音を聞くのが好きだ、僕が床をきしませる、その音を聞いているのは僕だけだ、そうわかっているからだ。おばあちゃんが通りを歩いていくところを想像した。想像の方が早くなりすぎないように注意しないといけなかった。念のため、二回繰り返して想像して、時間がたつのを待った。そのボロ家は映画で見た館に似ていた。坂道のてっぺんにある。僕たちがそりで滑り降りるところだ。おばあちゃんがこのボロ家まで行きつけば、僕はもうまちがいなくひとりきりだ。床のきしむ音がしないと、部屋の中にまだ誰かがいるような気がした。でもどっちを向いても、そいつはいつだって背後から僕のことを見てるんだ。もしかしたら、部屋の中にいるんじゃなくて、壁の向こう側から見ているのかもしれない。ベッドの下ものぞいてみた。ドアを開けても、その後ろに誰か隠れているかもしれない。だから、ドアの裏側も見ておかないといけない。おばあちゃんは、おばあちゃんのおばあちゃんから白い壁へビの話を聞いたことがあるって言っていた。そのヘビは壁の中に住んでいる。夜中にあたりが静まり返ると、ヘビが這い回ったり、壁を食べたりする音が聞こえてくることがある。そいつが壁から出てくると、その部屋で誰かが死ぬ前ぶれなんだ。どの家にも壁へビがいる。緑色でも、茶色でも、まだら模様でもなくて、壁みたいに真っ白なんだ。昼間は動かない、聞こえてくるのは僕がたてる床のきしむ音だけ。玄関にある電話の上に大きな鏡がかかっている、その鏡に自分に電話をしている僕の姿が映っていた。玄関に続いて暗い部屋がある、タンスばっかりで、窓がない部屋。そして、ここにも壁に大きな鏡がかかっていた。僕は、とっかえひっかえいろんなドレスを着ては、この鏡に映してみた。緑色のビロードのドレスはエーヴァにあげるつもりだった、僕たちがパーティーに行く時に着てもらおうと思って。このドレスのウエストのあたり、裏地の内側に、小さな袋の中に縫いこまれて、何やら固いものがぶらさがっていた。ドレスの裏にお金が隠してあるんだと思った。はさみで袋を切ると、灰色の玉が転がり出てきた。ガーボルたちに見せて、これはご先祖様が残してくれた金貨だけど、誰にもわからないように灰色に塗ってあるんだよと教えてやった。ガーボルはその中のひとつをカチカチと歯に当てた。金じゃなくて鉛だ、溶かせるぞと言った。溶かすまぎわになって、ガーボルは僕に、ついてこいよ、でもエーヴァは関係ないからここにいろ、と言った。エーヴァは部屋に残るのを嫌がった。連れていかれたのは僕の知らない部屋だった。エーヴァは庭に走っていって泣いた、ガーボルにぶたれたからだ。部屋の真ん中にピアノがあった、ふたが開いていて、つっかえ棒がしてあった。僕はピアノのところに行って、中をのぞいた、ここに来たのはこれを見るためだと思ったからだ。おばあちゃんが話してくれたことがある、おばあちゃんには昔、子どもがいたんだけど、穀物入れの箱のふたがちゃんと固定されてなくて、それが頭に落っこちてきて死んじゃったんだって。ピアノの中はきれいにワイヤーが張ってあって、僕はとっても気に入った。でも、ガーボルが見せたかったのはピアノじゃなくて、タンスの中にあった白いものがいっぱい入った瓶だった。ガーボルは僕ににおいを嗅がせたがった。ひどく臭かった。「こいつが何か、おまえにはわかんないだろうな、わかんないよな?」僕の鼻先で瓶をピチャピチャ振って笑っていた。「ママに子どもができないように、ここにサワークリームをピュッと入れるんだよ!」タンスの下に大きな紙箱があった。その箱の中にはものすごくいろんなものが入っていて、全部調べるにはけっこう時間がかかった。シルクのスカーフ。真珠で刺繍してあるビロードのバッグ、内側はすごく柔らかな革。扇がふたつ。セピア色の写真。内側がピンク色の封筒に入った手紙。写真には僕の知らない人たちが写っていた。女の人がラクダに乗っていて、後ろにはピラミッドがふたつ。この女の人は、別の写真では手すりにもたれかかって水面を見つめ、とっても悲しそうな顔をしていた。その女の人が大きな帽子をかぶって笑っている写真もあった。その大きな帽子もたたんで箱にしまってあったけど、写真の方がきれいで、女の人はおなかが大きかった。箱の中には両胸にゴムを詰めたブラジャーもあった。つっついてみた。ゴムは小さくちぎれたけれど、消しゴムにはなりそうもない。箱には道具もひとつ入っていた。黒くて、長くて、固くて、先っぽに穴がひとつ、この黒くて長いもののもう一方の端には、赤いゴムのボールがついていた。このボールは黒いやつから取り外せた。ボールに水を入れてから、また黒くて長いやつに取りつけて、ぎゅっと握ると、先っぽの穴からピュッと水が噴き出した。僕は時々、椅子の上にのっかって、洗面台に向かっておしっこをした。お風呂場では秘密の扉を見つけた。戸棚の中のガウンの後ろには、大きな白いボタン。最初は何のボタンかわからなかった。でも、引っ張ったり回したりしているうちにわかった。僕は戸棚の中に入ると、後ろ手に扉を閉めた。暗くなった、そして暑くなった。ガウンのへんなにおい。手探りでボタンを探した。思いっきり強くぐいっと引っ張ると、戸棚の奥に小さな扉が開いて、階段の下に這い出ることができる。もし誰かに追いかけられたら、この秘密の扉から逃げればいいんだ。ある時、この扉を開けてみた、でも階段の下には出なかった。もうみんなここからいなくなってしまったんだ。壁には細長い鏡が残されていた、金の縁取りの。窓には暗い色のカーテン。外は見えなかった。まだみんながここにいた時、カーテンは開けちゃいけないと誰かが言ってた。でも扉は開いていて、別の部屋に続いていた。僕は鏡の中を歩き始める、歩いていく自分が見えた。僕は自分の姿をじっと見てみる、僕じゃないと思ったからだ、僕の代わりの、僕そっくりのほかの人じゃないかって。でもやっぱり僕だった。履いている靴に見覚えがある、箱から取り出したヒールの高い金色の靴、僕がしまうのを忘れたやつ。そして部屋が続いているのが見える、がらんとした部屋ばっかり、どこもかしこも暗い色のカーテン。シャンデリアのろうそくはもう灯っていなかったけど、暗くはなかった。どこからか光が差していた。怖くはなかった、ここでおばあちゃんに見つかることはない、でも困ったことに、前にしか進めなくて、どの部屋からもさらに同じような部屋が続いていて、そこからもまた別の部屋が続いていて、いったいどこまで行ったらあっちにたどり着けるのかわからなかった。僕はどこかに送られたんだ。庭をのぞくことができたら、わかるかもしれない。カーテンがちらっと動く。カーテンの後ろに窓がない！　どうして？　それでも僕は、昔、家具がどこにあったかを覚えていた、だってここは僕が暮らしていたところで、僕はここに送り返されてきたんだから。いない間にすべてが変わってしまった。ほこりだらけ。掃除しないといけない。ほうきはどこにも見当たらなかった。そしたら突然、いちばん奥の部屋は昔のまんまだったことを思い出した、いちばん奥の部屋だ、僕はどんどん部屋を突っ切って走っていく、鏡が僕についてくる、走っている自分が見えた。そして、いちばん奥の部屋は本当に何から何まで昔のまんまだった。そして、ベッドはそこにあった。ついさっきベッドから人が抜け出したばかりのように、大きな羽根布団はどれもめくれている、そして、枕とシーツのしわが僕の体にあたっていた。肘掛け椅子に寝間着がかかっている、その下にはオマル、おしっこでいっぱいだ。僕はベッドに横たわっている、開いている扉から部屋が見える、がらんとした部屋にまたしてもがらんとした部屋が続いている。サイドテーブルの上にはあのろうそく立てと本が一冊、そして水の入ったコップがひとつ。水面には分厚いほこりが層になっていた。ちらっと窓の外を見た。雨が降っている。枕をさわってみた、でも固かった。肘掛け椅子の後ろの秘密の扉は半分開いたまま。すばやく開けた。僕は地下室に立っている、そして頭の上ではまだ椅子のガタガタいう音がしていた。あちらこちらからここに管が集まってきていた。長くて曲がりくねった管。井戸の中にまで続いていたけど、井戸はあまりにも深くて暗くて、いくらのぞきこんでも底は見えなかった。階段の下も暗い、でも戸棚の中ほどじゃない。フリジェシュおじさんが座ったら脚が折れてしまった古い肘掛け椅子を運びこんだのはここだ。鉄のはしごを使えば、井戸の底まで降りられたかもしれない。おじいちゃんたちが何やら話していたけど、何の話なのか僕には教えてくれなかった。聞こえてくるのはおじいちゃんの声だけだった。「フリジェシュ！」耳をすましてみたけど、わからなかった。「フリジェシュ！」それから、カラフルなステッカーがべたべた貼ってあるスーツケース。手のひらでたたくと、太鼓のように鳴って、どれもちがった音がした。ブラシ、シャベル、ほうき、竹で編んだほこりたたき、布団たたき、みんなここにあった。「おまえ、布団たたきでひっぱたかれたいのか？」青空の下にヤシの木のあるステッカー。青い海と青い空だけのステッカーもあった。白い鳥が飛んでいた。「空は雲一つなく、海は青く澄んでいて、僕たちはのんびりと航海していました。」僕が子どもの時、ガーボルは嵐のお話をするのも好きだった。「時々、クジラの姿が見えました。水面に現れては、潮を吹きました。腹ぺこのクジラは凶暴で、何でも食べようとします。船のまわりに集まってきました、クジラたちはその気になれば船よりも速く泳げます。みんなはのんびりと見物していられると思っていました。とっても大きな船でした。中には映画館、劇場、テニスコートがありました。帆がおおよそ百本、予備の帆も百本ぐらいありました。乗客たちが手すりのところに立っていると、一頭のクジラが大きく潮を吹いて水中から飛びあがり、ひとりの女の人の頭を噛みちぎります。大きな歯でポリポリ食べてしまいました。その女の人は何ごともなかったみたいに手すりの前に立っていました、頭だけがありませんでした。それを見て、みんな慌てふためいて船室におりていきました。外に残ったのは僕ひとりでした。マストに登って合図を送りました。誰にも気づかれませんでした、運のいいことに。僕の仲間の船が姿を現しましたが、でもそれはまだはるかかなたでした。猛烈なスピードでやってきました。船長はクジラがいるので外に出てこようとはせず、小さな窓からのぞいているばかり。海賊船が来るぞ！　海賊だ！　さあて船長、どうする？　海賊船には黒い旗。僕は白いハンカチで合図を送りました。空も暗くなってきました。海賊船が近くまでやってきた頃には、早くも雷がゴロゴロ鳴っていました。稲妻が光りました。空からカエルが降ってきました。さすがの船長もこんな光景は見たことがありませんでした。波が船に向かって押し寄せ、波の上にはクジラたちが。僕は最後の合図を送りました。船長が飛び出してきて、僕を撃とうとしました、でもその瞬間に波が来ました、バッシャーン、そして僕は船長を海に突き落としました。すると、海賊たちは船をこちらに寄せて、飛びのってきました。僕はみんなに抱きしめられて、キスされました。僕たちは大きな船を荒らし回って、めぼしいものは一切合切いただきました。」僕は値打ちのありそうなステッカーをスーツケースからナイフではがした。ヤシの木のと青い海のは、ピストルの弾をくれた代わりにチデルにあげた。チデルがお父さんからくすねてきた弾だ。階段は二階に続いていた。おじいちゃんが歩けた間は、おじいちゃんたちは二階で暮らしていた。おじいちゃんは手すりにつかまって、そろりそろりとしか階段をおりてこられなかったけど。それでも下で寝起きするのは嫌がった、二階には窓ぎわに肘掛け椅子が置いてあって、そこからの庭のながめがよかったからだ。昼ご飯がすむと、おじいちゃんは肘掛け椅子で眠った。階段の上り下りができなくなると、もうひとつの部屋の窓辺にも肘掛け椅子を置いて、午後はそこでも上にいた時と同じように眠った。口を開けたまんま、喉に何かがつまっているみたいに大きな音をたてて息をしていた。眠りこみそうになるとおばあちゃんに起こされた。「おじいさん、寝ないでくださいよ！」おじいちゃんは目を開けようとしたけど、また眠ってしまう。「おじいさん、歯を出してくださいよ！」おじいちゃんは口の中に手をつっこんで、入れ歯を窓台に置いた。暖房の後ろに落っこちることもあった。おじいちゃんたちはかがめないので、そんな時は僕が呼ばれて探すはめになる。一度なんかは、割れたこともあった。直しに出している間、おじいちゃんは歯なしのまま。僕は暖房の下に手を入れるのが怖かった、何があるか見えないからだ。柔らかい綿ぼこりが手に触れた。おじいちゃんが笑った。「こりゃ、半分しかないじゃないか！　もう片われも探してくれんかな！　ほれ、ばあさん、わしの入れ歯がふたつに割れてしまったぞ！」歯なしの間、おじいちゃんは口の中で何かもぐもぐやりながら話しているみたいだった。「誰しも与えられた人生をまっとうせねばならん。辛抱がない者は不幸せじゃ。よく覚えておくんだぞ！　だがそもそも幸せとは何ぞや？　わかっている者などはおらん。幸せというのはだな、そうだな、絶世の美女に似ておる。欲しいと思って、手に入れようとすれば、媚びを売り、尻を振るが、身をゆだねてはくれん。そういうもんじゃ。心を望めば体を与え、体を欲すれば、心を差し出す。いつだって望んでなどいないものばかりだ。いやはや。辛抱がない者は不幸せじゃ、年がら年じゅう何かを欲しがっているのに、きまって欲しくないものしか手に入らんのだからな。幸せが絶世の美女に似てるというのは、そういうことじゃ。秘訣。必要なのは理性、理性なんじゃ！　目に入らないふり、気のないふりをすれば、喘ぎながらおまえに身を投げ出すぞ。企み、そう、人生には企みが必要なんじゃ。何だかんだいってごまかすこと。ごまかして、欺く、必要とあらば自分自身をも欺くんじゃ！　わしはそうしてやってきた。何も求めないふり、何も欲しくないふりをしてな。そうやって時をやりすごす、何年もの間、身を小さくしてじっと好機を待つんじゃ。わしはそうしてきた。そして、どうだ。そうしてわしは何を手に入れたか？　いつも笑い者にされたがな。笑わせておけばいい。不幸せな連中じゃ。馬鹿たれどもめが！　連中はわかっておらん！　幸せは外にではなく、内に求めるものだということをわかっておらんのじゃ。内にだぞ。わかるか？　おまえの中なんだ！　自分の内に幸せを感じること、そして首尾よくそれをつかんだら、決して、決して放してはならん！　一瞬たりともな！　たとえ一瞬であっても、いったん手放してしまえば、おまえのそのくそいまいましい幸せはどこかにすっ飛んでいってしまい、代わりに唾と鼻水まみれになる。そうするとおまえは欲望にまみれて、そのうえさらにどんな快楽が得られるかと、うずうずして機会をうかがい、際限というものがなくなる、なぜなら快楽というものはさらなる快楽の欠乏感をまねきよせるものだからじゃ。しじゅう何かが足りないと思う！　足りない！　足りない！　足りないから、もっと、もっとと、食らう、むさぼる！　詰めこむ！　おまえは底なしの胃袋だ、穴のあいた袋だ、無限の直腸だ！　足りない！　四六時中足りないんじゃ！　そうしておまえは苦しむだろう。飽くことを知らないけだもののおまえは、自分のへどで喉を詰まらせるまで、何から何まで自分の中に詰めこもうとして、このうえなく汚らわしい苦しみを味わうんじゃ！　けだもの！　人非人！　けだものだ！　いや、しかしだな、苦しむのはおまえではないぞ。おまえは明るく生きる幸福そのものだ、望まずして与えられ、欲することなくして喜びを得る。マナは空から降ってくる。気をつけるんだぞ！　欲しがると、降ってこないからな。機をうかがっておるんじゃ。したたかにな。待つことだ。苦しんではいかん！　いいな？　おまえは苦しまない。わかるか？　おまえは幸せで、満ち足りていて、幸福のもとに生まれた！　わかるか？　たとえ苦しみを覚えたとしても、苦しんでいるのはおまえじゃない、世俗の汚らわしいけだものがおまえの中で苦しんでいるんじゃ。追っぱらうんだ、そうすれば逃げていく！　おまえは幸せだ。不幸なやつらには笑わせておけばいい。笑われてもどうってことはない、自分の幸福の声にだけ耳を傾けていればよろしい。内側。内面。ここだ！　だがまだあるぞ、本能の衝動というやつがな。あの頃はマジャル通りに売春宿があった。わしは二四歳の男、おまけに童貞ときた！　笑うがいいさ！　不幸せな者どもめ。わしは二四歳だった、男で童貞。そして、健全な欲望ではちきれんばかりだった。ところが本能というやつがある！　だめだ！　そうはさせんぞ！　いかん、わしは自分の欲望を衝動のなすがままにはさせなかった。それでも、夜、ベッドの中で、夢の中を裸の女が歩き回ると、沈没じゃ、いくらあがいたところでどうにもならんかった。しかし、わしは一度たりとも女には触れなかったし、自分の手で欲望を発散させることだって一ぺんもなかった、来るべき時が来るまでとっておきたかったのだ。わしは待った！　ノアは、いくらそそのかされても、純潔を失うまいとどんなに拒んだことか。ノアは待った。神がナハマを見つけてくれるまで待った、エノクの娘であるナハマ、イスタカル以降、この堕落した世代の中で唯一清くあり続けた女性じゃ。わしは待ったのじゃ！」おばあちゃんは部屋に入ってくる時、おじいちゃんにそれとわかるように椅子をガタガタいわせた、でもおじいちゃんが気づかないと大声でどなり始めた。「またですか？　またそんな話を！　おじいさん、そんな大声出して、わかってるんですか！」「大声だと？　何が大声だ」とおじいちゃんはわめいた。「子ども相手に！　そんな話を！」でも、声を張りあげようとすればするほど、おばあちゃんの声は小さくすぼんで、反対におじいちゃんの声はますます大きくなった。「子ども相手だと？　子どもはな、もう何だって知っとるぞ！　子どもだって一人前の人生を生きておる。海のひとしずくも海には変わりない、それとおんなじだ！」「まったくもう！　海はいいから、いいかげん静かにしてくださいな！」とおばあちゃんは小声で言った、本当はどなりたかったのに、咳きこみ始めた。「海だなんて！」おじいちゃんは話ができないとなると、両手を膝の間に挟んで眠ってしまった。歯は窓台か机の上。僕は座って、おじいちゃんが寝てるのを見ているのが好きだった。口を開けて、大きな音をたてて息をしている、まるで部屋全体がいっしょに呼吸しているみたいだ。長いことおじいちゃんの真正面に座りこんで、息づかいに耳をすまして観察していると、僕の息も、おじいちゃんの息にあわせて、ゆっくりと出たり入ったりするようになることに気がついた。そうならないようにいくら頑張ってもだめ、おじいちゃんの呼吸に操られてるみたいだった。そして僕は眠たくなった。なんとか寝ないで、すごく長いこと観察していたら、おじいちゃんが口を閉じて、何かむにゃむにゃいった、そして僕のことをじっと見つめた。僕はおじいちゃんに見つめられるのが好きだった。ある日の午後のことだけど、ベッドの上がすごく暗かった、自分が起きているのか眠っているのかもわからない、自分がどこにいるのか知りたくて、あたりをさぐってみた。でもいくら手さぐりしても、どこもかしこも暗くて、どこにいるのかわからなかった。長いこと手さぐりしたけど、いつまでたっても何にも見えてこない、真っ黒だ、真っ黒で何にも見えやしない、どうやって今自分がいるここに来たのかもわからない、どこにいるのかさえわからない、まわりは何もかもが熱くて、自分が眠っているのかどうかさえわからない、そして黒い中で何か別の黒いものが僕をつかまえようと手を伸ばしてくるような気がした、いくら手さぐりしてもだめだ、手が何かに触れているみたいで、何かを感じることは感じるのだけど、それがいったい何なのかどうしてもわからない、そしてなぜだかわからないけど誰かが叫んでいた、恐ろしい声で叫んでいるのに、誰が叫んでいるのか僕にはわからない、だって自分がどこにいるかもわからなかったんだから。明かりがついて、明るくなって、誰かが電気をつけてくれて、ようやく自分の部屋の自分のベッドに座っていて、すべてがもとのまんまだってことがわかったんだ、ただ、なぜだかわからないけど、僕は叫んでいて、外は暗くなっていた。おじいちゃんもそういう時の目で僕を見ていた。こんな時、おじいちゃんは叫んだりはしなくて、指を立てて何か言うだけ。それから歯を取ってくれと僕に言う。僕は歯を持っていってから、自分の場所に戻って座った。おじいちゃんはまた指を立てた。「いいか、心してよく聞きなさい！　おまえに言っておかなければならんことがある、わしはまちがっていた。まちがっていたんじゃ。あの時、斧でドアを叩き壊してもらえなかったら、もしあの時、思いどおりにことが運んでいたら、今わしはこうして目を覚ますこともなかったろう。わしは生まれてこの方ずっとある瞬間が来るのを待っていた、それは今この時なのかもしれん。わしはまだこの世におるよな？　風呂の中で自分の血に浸かっていた時、ドアをぶち破ってくれたんじゃ。わしは二〇歳で、わしにはそれがわからなかったんじゃ。おまえの父さんも、おまえも、この世にはいなかったろうな。いたとしても、今のおまえとはちがっておったろうな。風呂の中に流れ出ることなく、わしの中に残った血、それがおまえたちの中に流れていったんだからな。すべては戯れ言だがな《ダス・ガンツェ・イスト・アイン・ドレック》！」

おばあちゃんが死んだ時、僕はたらいを探した。水をいっぱいになるまで入れた、でも持ちあげられなかった。黒い粉が見つからない。食器棚の中の、小麦粉と砂糖の袋の後ろに、サラミソーセージが紙に包んで置いてあった。おばあちゃんはお店から帰ってくると、僕に食べられないように、いつもちがう場所に隠していた。それから、ろうそくも見つけた。僕はおばあちゃんと、サラミソーセージ入りじゃがいものパプリカ煮を作った。おばあちゃんが玉ねぎをみじん切りにしてラードで炒めた。僕がかき混ぜた。おじいちゃんが生きている時は胃が受けつけないからと言って、ラードじゃなくて普通の油を使っていた。ラードは栄養になるから、店で買ったものでもラードの方がいいんだよ、とおばあちゃんは言っていた。おばあちゃんの実家は教会の向かいにあった。一冬に豚を四頭もつぶしたから、ラードはいつもたっぷりあった。おばあちゃんといっしょに親戚の家に行った。テーブルの上に大きな肉とサラミソーセージ。中庭はお日様が照っていた、みんなが教会に行っている間、おとなしくしているんですよ、と言われた。僕は井戸に小石を投げこんでいた、でもみんなは帰ってこなかった。帰ってきた時、僕は食料室にいてサラミソーセージを食べていた。大きな袋の上によじ登らないと手が届かなかった。そこの人たちは鶏も絞めた、なのに鶏は走って逃げていったっけ、体の横に頭をぶらさげたまんま。サラミソーセージをお皿にのせて、パンと大きなナイフを添えた。サラミソーセージを最初はちょっとだけ切った、でもさっと食べてしまった。次はさっきより厚めに切って、さっと食べることはしなかった。親戚の家では、おばあちゃんと同じベッドで寝た。僕は夜中に吐いてしまって、シーツを取りかえてもらった。もう一切れ切ろうとしたら、ナイフが滑って指が切れた。指の中が見えた。でも、そこから血がどっとあふれ出てきて、流れた、そしてすーっと手を伝って流れていって、お皿の上にもポタポタとたれた、それでもまだ流れ続けていた。お風呂場に行こうと思って椅子から立ちあがったとたん、倒れるんじゃないかと思った。でも倒れはしなかった、ただ足と手の感覚がなくなって、頭が大きくなったみたい、指の痛みも感じなくて、いい気分だった、だって、ドアが開いて、四角いタイルが、黒と白の四角いのが僕の中に入ってきて、灰色になって、何だかわからないけれど、柔らかくて、真っ白なものの中に寝ているような感じがしたからだ。すごく冷たかった。黒と白。僕はおばあちゃんが来るのを待った。二階から手すりを滑りおりた時には、たんこぶができて、おばあちゃんが水で濡らした布を頭にのっけてくれた。「まったく困った子だねえ。今度また何かしでかしたら、施設に入れますからね！　ぜったいに入れますからね！　頭を割らずにすんで、せめてもの救いだったよ！」

病院に運ばれた時、施設の床のタイルもこんなふうだった。僕は気を失ったことを思い出した。血がぜんぶ出ちゃう、僕も流れ出て死んじゃうんだ。床の上に僕の手があるのが目に入った。誰も来ない。ときどき、こういう家にとっては、人があんまり住んでないのがどんなにいいことかって想像してみた。でも、誰も住んでないのがいちばんだな。部屋の真ん中に立って、家の邪魔をしないようにじっとしておく。そのままじっとしていると、家がかすかに動き始めた。特に木の階段。そして、二階からも音が聞こえてくる。でも、二階にいると、音は下から聞こえてきた。あがっていくと、階段の一段一段が次の段に警告するんだ。このことをおじいちゃんに話したことがある。おじいちゃんは褒めてくれた。

「なかなか的確で正しい観察だな。観察はあらゆる知識の基本だ、だが観察したことは体系立てて整理しなければいかんな。わしは若い頃、ヘーゲルをさんざん読んだ、わが家の伝統だ。わしのじいさん、おまえのひいひいじいさんは、ベルリンやウィーンから直接、本を取り寄せていた、酒屋をやっていたんだがな。この世のものはみなすべて生きておる。この世界そのものだって、最大の生き物としてとらえることができる、家もそうだ、万物と同じでな、生まれては死んでいく、人生というのはただそれだけのことだ。こういう考え方は、もちろんどちらかというとブルーノやスピノザみたいな汎神論者の特徴だ。それでも、結局のところはヘーゲルからだってそれほどかけ離れてはいない、ただヘーゲルの世界に浸透しているのは精神ではなくて理性なんだがな。」「またこの子にそんなわけのわからない話をして！」「ゆえに執拗に観察し、しかしながら細部に迷いこむことなく、体系立てることだ。だが自分の作った体系が完璧だなどとは、ゆめゆめ思ってはならんぞ、いかなる体系の上にも全能の神がおわしますからじゃ。」おじいちゃんたちがもう二階で寝起きしなくなってからのある日の午後のことだけど、おばあちゃんは僕が庭にいるものと思っていた。でも、僕は屋根裏部屋にあがっていたんだ。屋根裏部屋のドアは鉄でできていて、キーキー鳴った。おじいちゃんが話してくれたご先祖様たちはここで暮らしていたんだ。一度、チデルもここにあがってきたことがある。僕たちは下に聞こえないように、忍び足で歩いた。いっしょに梁《はり》によじ登ると、チデルはどうやってかわからないけど、瓦を一枚上にずらして、ふたりで庭をのぞいた。僕ひとりだったら瓦をずらすなんて芸当はできない、これはチデルが考え出したことだ。チデルは木箱の中に何があるか見ないといけないと言った。ふたは釘で打ちつけられていた。チデルは、自分のお父さんはスパイで、僕の父さんとつながりがあって、この木箱に秘密の文書をしまっているんだ、だからそいつを暴いてやろうぜと言った。木々の間で僕の犬が草のにおいをくんくん嗅いでいた。あの時はまだ生きていたんだ。けれど、文書は見つからなかった。あったのは、おじいちゃんが通りを歩いていた時に上から落っこちてきて、あやうく頭にぶつかるところだった、あのろうそく立てだ。おじいちゃんから話を聞いていたので、それとわかった。ろうそく立てはおじいちゃんのすぐ目の前にガッチャーンと落っこちてきて、持ちあげてみると完全にぼこっとへこんでいた、上を見あげると、五階の窓から男の人が身をのり出していた。その人は大声ですみませんと謝って、さらに、もしできれば申しわけないけれども、ここまであがってきてはもらえないだろうか、と言った。おじいちゃんはろうそく立てを持ってあがっていった、そしてそのままそれを記念にもらってきた。窓から身をのり出していたのがフリジェシュおじさんで、神様はおじいちゃんの命を助けてくれただけじゃなくて、おじいちゃんに親友も与えてくださったんだ。フリジェシュおじさんは、新婚ほやほやなのに、奥さんにしょっちゅういらいらさせられっぱなしで、もう我慢ならないと言った。婚約中からよくけんかしていたけれど、結婚したらちょっとはましになると思っていたのにって。怒りにわれを忘れて、奥さんめがけてろうそく立てを投げつけたのが、幸いにも窓の外へ飛んでいって、おじいちゃんもそれが頭に当たって死ぬことなくすんだ。奥さんは寝室に閉じこもって泣いている。でも、もうすぐ機嫌を直して、一家の主婦らしく、おじいちゃんを昼ご飯に招待するはずだ。もしおじいちゃんにほかの用事がなければだけど。フリジェシュおじさんが奥さんを慰めにいくと、奥さんが出てきて、笑って水に流した。昼ご飯のあと、シャンパンを開けて乾杯した、三人とも無事に生き延びることができたからだ。屋根裏部屋には壊れた長椅子もあって、僕たちはそれに腰かけた。僕は嵐のお話をしたかったのに、チデルは、くだらないな、そんなことよりほかのことをしようぜと言った。チデルのあれの方が大きかった。誰かが階段をあがってくる音がした。チデルは前かがみになると、吐く時みたいに、べろをべーと出した。でも、誰も来なかった。チデルはベッドから立ちあがって、どこかへ行ってしまった、でも僕はそこに残った。チデルがどこか梁の間に隠れて、僕をびっくりさせようとしているんだと思ったけど、きっとこっそり帰っちゃったんだ。おばあちゃんと鉢合わせしたんじゃないかと心配になった。でも、おばあちゃんは何にも言わなかった。長いこと雨が降り続いて、おばあちゃんがいつもラジオを聴いている二階の部屋が雨もりした。おばあちゃんは屋根裏部屋にあがった。すごくびっくりしていた。誰かが屋根裏部屋に入って、瓦をずらしたんだわ。おじいちゃんは煙突掃除屋じゃないかと言ってた。僕は長いこと床の上に横たわっていた、それからおばあちゃんにも聞こえるように大声で泣き始めた。でも、おばあちゃんは死んじゃったんだってことを思い出した。床が冷たくて、僕は起きあがった。そこにサラミソーセージが転がっていた。もとどおりに紙にくるんで、食器棚にしまう。おじいちゃんのお葬式ではろうそくが灯っていたな。ただ血をどうしたらいいのか、わからない。僕はろうそくを取り出した。親戚のところで、おばあちゃんの両親が眠っている墓地に行った時も、ろうそくが灯っていた。もう暗くなっていた。煙突掃除屋さんといっしょに屋根裏部屋に行かせてもらえたことがある。煙突掃除屋さんは、僕がそれまで気づかなかった、小さな壁の扉を開けた。「さあ坊主、幽霊をやっつけるぞ！」煙突掃除屋さんは、先っぽに大きな鉄の玉がくっついた鎖をつかんで、穴の中につっこんだ。鉄の玉が壁の中を落ちていく音が聞こえた。「いいかい、この小さな扉を開けてもいいのは、俺だけなんだぞ。幽霊はこの穴の中に住んでいる。な、とっても暗いだろ？　俺は家から家へと幽霊を退治して回ってるんだよ。この鉄の玉を引っ張るぞ。こうしてな。それから、頭めがけてどすんと落とす。まあ見てな！　悪い幽霊は死ぬと塵《ちり》になる、黒いすすしか残らないんだよ。」瓦をずらしたのはチデルだなんて、怖くておばあちゃんには言えなかった。「三度目の発作がきたら、もうだめ！　おじいさん、あなたに先立たれるのはごめんですからね！」「神のなさることに人間が口を挟んではならん！」「でももしあたしの方が先に召されることになったら、黒いビロードのワンピースを着せてくださいね、ちゃんと下着もはかせてくださいよ！　それから靴もね！　かわいそうなリディ、靴を履かせてあげなかったのをいつも思い出すのよ！」明かりが消えたあとも、いつもおじいちゃんたちの話し声が聞こえてきた。緑色のビロードのドレスから取り出した玉は、溶かす前に転がして遊んだ。遊びながら、ガーボルに幽霊のことを聞いてみた。煙突掃除屋さんはガーボルたちの家にも来た、でも幽霊は黒いんじゃなくて白いんだって。エーヴァが庭から入ってきて、遊びに入れてくれたら、僕たちが寝室でサワークリームを見たことをお母さんに言わないでおいてあげるって言った。のぞき見してたんだ。ふたりのお母さんは舞台に立つので、夜になるといつも出かけていた。一度、みんなが寝ちゃったら来いよと呼ばれたことがある。僕はおじいちゃんとおばあちゃんが寝てしまうのを待った。おばあちゃんが鍵穴から鍵を抜いていたので、窓をよじ登らないと外に出られなかった。ガーボルたちのお母さんは、家ではピアノを弾くだけで、歌は歌わなかった。夜、男が車で迎えに来た。「いつも家の前に外国ナンバーの車が止まってるんだから」とおばあちゃんは言っていた。僕も窓ぎわに隠れて、暗闇の中、車の赤いライトがきれいに光るのを見ていた。新しいサンダルを買いに、おばあちゃんと町へ出かけた。古いのが小さくなったんだ。「タクシーで行きなさい。タクシーにしなさい。」おじいちゃんが大声で言った。おばあちゃんは嫌がった。おじいちゃんは電話でタクシーを呼んだ。とても暑かった。タクシーの中で僕はサンダルを脱ぎ捨てた、きつかったからだ。でも、おばあちゃんはすぐ近くの角でタクシーを止めた。僕は座席の下のサンダルを探した、運転手さんは怒鳴っていた。「まったく何様のつもりだ！」僕たちは降りなきゃいけなかった。おばあちゃんは運転手さんにお金を渡したけど、それでもまだわめいていた。「くそばばあ！」僕たちはバスで町へ行った。このことはないしょだった。バスでおばあちゃんは車掌さんとけんかになった、車掌さんが僕にも切符を買わせようとしたからだ。買ってもらえるんなら、そうしてほしかったのにな。車掌さんに、もう学校に通っているのかいと聞かれたけど、僕は返事できなくて、おばあちゃんはわめいていた。すると車掌さんは僕をひっつかんで棒に押しつけて言った、きっかり一二〇センチ、おわかりでしょう、って。「でも、学校にはまだ行ってないんですよ、まだ六歳になってないんですからね！」「そりゃ奥さん、行けるわけないでしょうが、こんなうすのろが！」屋根裏部屋で僕たちが何をしていたのか、見すかされたんだと思った。僕はズボンのチャックが開いたままになっていないか見てみた。みんな口々にそうだ、そうだと叫んで、うなずいていた。それでも切符は買わなかった。バイオリンのケースを持った男の子は、この出来事にぜんぜん気づいてないふりをしていた。窓の外をながめていた。芸術家って連中はまわりのことなんか気にもとめないんじゃ、とおじいちゃんが言っていた。僕も窓の外を見た。おじいちゃんは人生についてあれこれ話すのが好きだった。「神の探求における二つの極だと！　どっちも嘘っぱちだ！　人生を生きたければ、究極を追い求めてはならん。そんなことはどこぞの狂人にでもまかせておけばよろしい。修道士と芸術家、永遠の探求者たち、人はこいつらに敬意を表するが、みんな嘘つきのペテン師だ。芸術家は自分の部屋に閉じこもってカーテンを閉めきり、そうしておいて鏡に映った自分を見る。だが、そんな古ぼけた鏡にいったい何が映し出せるというんだ？　肉体。そう、肉体だ。そいつは幸せそうに叫ぶ、ひどく不幸なやつが、いかにも幸せそうに叫ぶんだ。神は肉体におわします！　どの肉体もみなそれぞれが神なのです！　人間は神なのです！　このほら吹きめ！　修道士は、自分が入れないような小部屋を作る、そうしておいて扉の前で、粗末な衣を脱ぐようにおのれを脱ぎ捨てる、そうしなければ入れないような狭苦しい小部屋を作るんだ。それから、脱ぎ捨てられ、見下された肉体に代わって、無限の魂が虚空をまさぐり、無は無でしかないことを見い出して、こんなふうに叫ぶんだ。神はわたしの上におわします！　嘘っぱちだ！　わたしの上だと！　嘘八百だ！　肉体の中でも魂の中でもないんなら、いったいぜんたいどこにいるんだ？　神はいるのか？」「おばあちゃんはいるって言ってたよ。」「なんと！　ばあさんが？　そう思っているだけだ！　神と話したことがあるのかって、聞いてみなさい。ある時、長きにわたる魂の枯渇ののちに、ある聖人が神に尋ねた。我が主よ、これまでどこにいらしたのですか？　神はお答えになった。**おまえの中だ！**　なるほど、だがいつだって、中を探せば外に、外を探せば中にいるんだ。**その間**《ダツヴィッシェン》、いつだって**その間**《ダツヴィッシェン》なんじゃ！　よく覚えときなさい！　肉体でもない魂でもない、ではなくて、魂も肉体も、なんだ。神のまなざしは純真さの中にある、傲慢さや卑屈さの中ではない。おまえが自分の純真さを保っているうちはいい。肉体の言いなりになれば、そいつはガン細胞みたいにはびこって、おまえは自分の傲慢さに溺れる。魂の言いなりになれば、そいつはガン細胞のようにはびこって、おまえは自分の卑屈さに溺れる。わしは自由だ。わしは言う、肉体よ、万歳！　ところがどっこい、わしは考える人間だ、だから言う、魂よ、万歳！　わしの肉体も魂も血気盛んな時代はとっくに乗りこえて、老いぼれてしまってはおるがな。わしは自由に考える人間だ！　わしは自分の卑しさでもって、神を否定し、呪い、汚すのだ。わしは神を信じない。それでもやっぱりわしは考える、それゆえに、神はつねに存在している。あらゆるもの、ありとあらゆるものが消え失せる、この言葉だけが残る。そして、言葉が存在するがゆえに、言葉がさし示す神も存在する。こんなふうに考え続けることを、もしやめることができれば、言葉は消え、神もいなくなるだろう。だが、いったいどこへ消えるのか？　そして、わしはどこへ行くのか？　思考なくして、わしはどうなるのか？　わたしはあなたの御霊《みたま》から離れて、どこへ行きましょう。わたしはあなたの御前《みまえ》を離れてどこへ逃れましょう。たとえわたしが天にのぼっても、そこにはあなたがおられ、冥界に床をのべても、そこにはやはりあなたがおられます。スーツの話をしてやろうか？　ほらな、真の問いにたどり着いて、さあいよいよ頭を働かせようって段になると、思考する能力を持ちあわせていない脳みそってやつは、ちょいとした逸話でもって一服しようとするものなんだ。それでもやっぱり話してやるとするか。あらかじめ言っておくが、教訓を求めてはならんぞ。出来事というのは人生の一コマにすぎん、そこには教訓なんぞはない。**中間**《インツヴィッシェン》、いつもふたつの出来事の間、ふたつの呼吸の間、**その間**《ダツヴィッシェン》なんじゃ！」おじいちゃんがあまり大声を出すので、僕は怖くなった。「わしのスーツの話というのはな、夏に家族でオパティヤに行こうとしていた時のことだ。夏じゃ。あの頃の高校生は短パンに靴下かハイソックスをはいておった。それも今は昔だがな。だが、こんな毛むくじゃらの足で？　よその家に行ったら、どうなる！　笑い者になれというのか？　そう、わしの足は早くもかなり毛深かったからな。神はわしに立派なものを与えてくださったからな、おまえもそうだとよいがな。だが、笑い者になってもいいではないか。道化師と同じだ。あざ笑われても、決して恐れることはない。みなの間にいながら、みなとともにいないと、笑い者にされるんだ。不幸なやつらじゃ。だが、恐れちゃいかん。そして、苦しんではいかん。わかったか？　どこまで話したんだったかな？　仕立て屋に連れていかれると、チェック柄だったかな、新しい服ができあがっていた、仕立て屋はウーイヴィラーグ通りにあってな、わしは新しい服を着て通りに出た、幸せだった。今だに覚えておる、あの木々、暖かいそよ風が吹いていた、夏の始めだった。そして、わしは見てくれというあの偽りの幸せに酔っていた。それも今は昔だ。幸せも無と化して、今はもうない、おまえに話すだけ虚しくなる。わしは今の幸せをあの過去の情景に忍びこませようとしているだけなんじゃ。通りを歩いていくわし。通りが見える。ショーウインドウのきらめくガラスも、わしを、わしを映し出している！　そして、連中のまなざし！　それに女たち、とても目を向ける勇気はなかったな、どうしてって、どの女を見てもおふくろが見えて、わしはこの汚らわしいもので溢れている、わしを見れば誰にも一目瞭然、今にも溢れんばかりになっているのがな。ああ、わしは過去の情景におぼれてしまいそうじゃ！」おじいちゃんは泣いていた。「注意を払うこと、ただしぜんぶ忘れることだ。いつもその背後にあるものに注意を払うこと、そうしてほかのことは忘れるんじゃ。年老いてきたら、思い出はとっておかないことだ。信念さえあればよろしい、純粋な理念さえあればな！」おばあちゃんはお話をしてくれなかった、伝説の話をするようになったのは、おじいちゃんが死んでからのことだ。「うちには一冊の本があってね、神父様は父さんのお友だちで、うちにはいつもおいしいワインがあって、畑が一〇エーカーと、ブドウ畑だって二エーカーはあったからね、実家は教会の向かいにあって、父さんはとっても信心深い人でね、庭は墓地までずっと続いていて、果物の木でいっぱい、サクランボにサワーチェリー、クルミ、プルーン、父さんは教会にたくさんお納めしてたのよ、毎晩みんなでトランプをしてね、ジャーンルの学校の先生とかボグダーニュから薬屋さんも来てね、うちの村には薬局もなかったからね、神父様のところに肥やしを運ぶとなると父さんが運び、神父様のところにお客様だといえば父さんが荷馬車でお連れして、たいした馬車じゃないのにみんなに立派な馬車だと言われてね、うちにはふつうの馬車もあったけど、この荷馬車もあってね、それでドゥナ・パロタに牛乳や生クリームを運んでたのよ、父さんは読み書きもできなくて、あたしにはそんなに読んで何になるって言っていたけどね、あたしが伝説のお話をすると、みんな喜んで聞いてくれてね、それでも父さんは心豊かで、誇り高い人だった、死ぬまぎわには神父様を呼んで、懺悔をして、心安らかに旅立っていった、あたしがいちばんの悩みの種だって言ってね、ゼルド・ベーラさんといっしょになろうとしたからなの、でも、ゼルド・ベーラさんはカルバン派だったから、父さんはどなった、あたしがゼルド・ベーラさんと結婚することを望んでいるのは母さんだって、兄さんや弟たちも、ゼルド・ベーラさんを好きなのはあたしじゃなくて母さんの方だなんて言ってね、でも父さんは、もしカルバン派の嫁になろうものなら、体に十字架の焼き印を押して、自分がどこの人間なのか永遠に忘れないようにしてやるとか、丸裸にして村中追い回してやるとかわめいてたわ、でもこの話をしたいわけじゃなくって、だけどこれがすべての始まりではあるんだけど、でもこの話をしたいわけじゃなくって、これがすべての問題事の始まりで、いいえ、そうじゃなくって本の話だったわね、これは神父様から頂いた本で、本当にあったっていう伝説がいっぱい書いてあってね、この本の表紙には大きな天使がいて、今にも空へ飛び立たんばかりに翼を広げていて、この本にある伝説をみんなに話してあげたのよ。」おばあちゃんは、僕が寝てしまったとみると、自分の部屋に戻っていったけど、ドアは閉めなかった。夜中に僕が目を覚ますと、おばあちゃんはまだ窓辺にたたずんでいた。おばあちゃんは言った、もしもあの時、夜中に眠りこんでしまわなければ、おじいちゃんはきっと死なずにすんだって、だから今、その罰として眠ることができなくて、おじいちゃんが死んだ時刻まで待っていないといけない、なぜって、おばあちゃんも毎晩、おじいちゃんを連れ戻しに行かないといけないからで、それはおじいちゃんは死んでなんかいなくて、何から何まで冗談だと思うことがあるからなんだって。ある晩、僕が目を覚ますと、おばあちゃんが緑色のビロードのドレス、僕が鉛を取り出したあのドレスを着て、髪に何かきらきらするものをつけて部屋の真ん中に立っていた。僕の方へやってきて、腕を伸ばすなり、すごく怒った顔をして、僕をひっぱたいた、おばあちゃんの手の中に何か固いものがあるのを感じたけど、何なのかは見えなかった、暗かったんだ、でもほっぺたは痛くなかった。僕たちは町なかの通りを歩いている、おばあちゃんは白い帽子に白地に黒い柄のシルクのワンピースを着ていて、とってもすてきだった。この辺りの家は戦争で瓦礫《がれき》の山になってしまった、何もかも、人だってみんな死んでしまったのよ、とおばあちゃんは言った。僕が、僕たちも死んじゃったのって聞くと、あたしたちは死んでませんよ、このとおり生きてるじゃないの、とおばあちゃん。じゃあ、僕がまだ生きていなかった時、僕はどこにいたんだろう？　おばあちゃんが大声で叫び始めた。「フェリ、フェリ！　あそこにおまえの父さんがいるよ！　聞こえないんだわ！　フェリ！」僕たちは走った。通りにはこっちに向かってくる人も大勢いたし、先を行く人も大勢いた。「フェリ！」おばあちゃんは先に走っていく、僕はあとを追いかけたけれど、人込みで父さんがどこにいるのか見えなかった。人々が立ち止まって振り返り、僕たちのことを見る、僕たちはその人たちの間をぬって走っていった。「フェリ！　フェリや！」僕は軍服姿を探していたから、父さんの背中に気づかなかった。「フェリ！」帽子もかぶっていなかった。僕たちも父さんのことを見た。「こんなところで何してるんだい、母さん？」父さんはにこりともせずに、ただ尋ねた。「この子のサンダルが小さくなってしまったんでね。」僕はサンダルを見た、きつくて足が痛い。父さんはおばあちゃんを抱きしめてキスをした、それから僕にも。髭も生えてなくて、臭くもなかった。父さんは僕の首に手をのせた、おばあちゃんは父さんの腕をつかんだ。首にふれた手のひらが心地よかった。そのまま路面電車と車が二台通り過ぎるのを待った。路面電車が近づいてくる。「ここにいるくせに、電話もよこさないなんて！」「さあこっちへ、母さん、あそこのケーキ屋に入ろう。」「まったくもう、なんで電話してくれなかったの？　なんで帰ってこないの？　おじいさんが何か気にさわることでもしたのかい？　それともあたしのせい？」路面電車はガタガタ音をたてて走ってきて、警笛を鳴らした、僕たちが路面電車の前を走って横断したからだ。「戻ってきてるんなら、どうしてうちに帰ってこないんだい？　フェリ！」ケーキ屋で、僕はグラス入りのアイスクリームをもらった。おばあちゃんもアイスクリームを注文したのに、食べずに泣いていた。そして、父さんは怒っていた。「母さん、頼むから目立つようなことはしないでくれよ、お願いだよ。わかってるだろ。」「ええ。ちゃんとわかってるわよ。ちゃんと、ちゃんとわかってる。」「母さん、お願いだからやめてくれ、今はこうなんだってわかってるだろ。いつどこに行かされるか、まったく知りようがないんだ。そうだろ。俺の任務はそういうものなんだって、わかるだろう。話せないんだよ。会えてうれしいと思ってくれなきゃ、俺だってそう思いたいんだから。」「そりゃあそうだけど。」「さあ、涙をふいて。急いでるんだ、時間がないんだよ。ここで会ったことだってかなり問題なんだから。」「問題？　会っただけでも問題になるのかい？」「それは、母さんがうれしがるどころか、泣いているからだよ。それより、母さん、せっかくの時間がもったいない。さあ、家の方はどう？　おやじは元気？　金はまだある？　それとも送ろうか？　ねえ、どうして答えないんだ？　母さん、こんなことをしている時間はないんだよ。どうして何も話してくれないんだ？　母さん、俺は今、かなり困ったことになってるんだよ、本当だ、このことは誰にも話せないんだ。どんなに大変か、ちょっと考えてもみてくれよ。少しは俺の身にもなって、さあ、話して、母さん、だんまりはごめんだ、わかってるだろう。母さん！」でも、おばあちゃんは泣いていて、返事をしなかった。僕は父さんが怒らないように、いかにもおいしそうにアイスクリームを食べているふりをしていたのに、父さんは僕がそうしていることに気づいてくれなかった。おばあちゃんは泣いている、でも泣くのを止めようとしているのが、僕にはわかった。そして、何か言おうとして手で涙をふいて、いざ何かを言おうとすると、また泣き出した。父さんは、おばあちゃんを見て、悲しそうな顔をしていた。それから、立ちあがると、女の人のところへ行って、支払いをした。軍服よりもこっちの方がかっこいい、僕もいっしょに連れてってと言いたかった。「せっかく思いがけず会えたのに、母さんのせいで台無しになってしまってすごく残念だけど、もう行かないといけないから。時間ができたら、帰るようにするよ。いつになるかはわからないけどね。おやじによろしく。」そして、おばあちゃんを抱きしめて、僕の頭をなでるとお店を出ていった。大勢の人がケーキ屋を出たり入ったりしていた。おばあちゃんは白いバッグからハンカチを取り出して、涙をぬぐった。外はお日様が照っていた、でも中はかなり暗かった。「そのうち罰が当たるわ。あたしと同じようにね！」女の人がコーヒーマシンのレバーをカチャカチャ引っぱると、蒸気が立ちのぼった。タバコを吸っている人もたくさんいた。おばあちゃんは行きましょうと言ったけど、僕も泣き出してしまって、靴なんかいらないと言った。「立ちあがれないわ。」おばあちゃんは胸に手を押し当てていた。「立ちあがれないわ。」立ちあがろうとしたけど、だめだった。僕のアイスクリームはもう溶けてしまっていた。みんなしてまた僕たちのことを見ていた、隣にいた男の人が聞いてきた。「奥さん、どうなさったんです？　具合でも悪いのですか？」僕はおばあちゃんに手をかそうとした、でも立ちあがれなかった。「怖いわ。」ケーキ屋の中では誰もが口々に何かしゃべっていた。「怖いわ。なぜだかわからないけれど、怖い。怖いのよ。大丈夫、何ともないわ、ただ怖いだけ。」男の人はおばあちゃんの腕をつかんだ。「おかげんがよくないのですか、奥さん？　冷たい水、冷たい水でもお飲みになっては？」男の人は、よく冷えた水を一杯持ってくるようにウエーターに声をかける。僕は、夜、おばあちゃんがおじいちゃんみたいにぜいぜいいい始めた時、すぐに水を持っていった。ウエーターは水を持ってきて、お客様の中にお医者様はいらっしゃいませんかと声を張りあげた、おばあちゃんが椅子からずり落ちそうになっていたからだ。「わたしは看護婦です！」その女の人はおばあちゃんの体を支えて、コップの水をおでこにかけた、この頃にはみんなが僕たちのまわりに集まってきていた。おばあちゃんは口を開けている。おばあちゃんはおじいちゃんのあごをスカーフでくくっていたな。看護婦さんは、風通しが悪いからどいてくださいと大声で言った。「このひどい暑さじゃね！」みんな口々に何か言っていた。「さっき男と言い争ってたぞ。」僕はこの場所から逃げだしたくなった。まわりにいる人たちの間に顔を突っこんだけれど、誰かに首根っこをつかまれた。「どこへ行くんだい？」みんながおばあちゃんを外の椅子に座らせた、路面電車のステップには人が鈴なりだ。看護婦さんは、息を深く吸ってくださいと言った。みんな立ち止まっては、怪訝《けげん》そうに僕たちを見た。おじいちゃんには、サンダルは手に入らなかったと言うしかなかった。ふたりが寝てしまうと、僕はベッドから起きあがった。床がひどくきしんだ。開いた窓の前で、静まるのを待つ。おじいちゃんが隣の部屋で大きな寝息をたてていた。「おじいさん、いびきをかくのやめてください！聞こえないんですか？おじいさん、いびきをかかないで！おかげで寝られやしない！おじいさんったら！」夜、おじいちゃんは入れ歯を水に入れていた。おばあちゃんはいつも僕が寝てしまうのを待って、それから、オマルと、コップに水を入れて持ってきた。でも、僕は寝てなんかいなくて、ひょいっと飛び起きると、ベッドの上で飛び跳ねて叫ぶんだ。「オマルだ、オマルだ！」一度なんかはおばあちゃんに水をひっかけられた。「どうして人を困らせることをするんだい？おまえのために何から何までしてやっているのに、なんでまた困らせるようなことばっかり！もう我慢ならない、おまえの父さんに言って、施設に入れてもらいますよ。さっさと寝なさい。わかったかい？」僕は本当に二本の鉄の棒の間を通り抜けることができた。ガーボルがワインを飲んで酔っ払って、カーペットの上に横たわっていた。エーヴァはお母さんのドレスを着て、部屋でひとり踊っていた。僕たちはまくら投げをした。ドアが開いて、ふたりのお母さんがすっぽんぽんで部屋を突っ切っていった。別の部屋でラジオをつけて、ガウンをはおった。鏡で自分の姿を見て、ラジオを聴いていた。今度こそ縛り首だわ、何から何まででっちあげなんだから、と言った。エーヴァと踊るのをやめると、脇腹に刺すような痛みがはしった。ガーボルは立ちあがれなかった。椅子にしがみついてもずりおちてしまって、その間ずっとうなずくように頭を振っていた。エーヴァは笑っていた。ガーボルはカーペットに吐いた。エーヴァはすばやくお母さんのドレスを脱いで、走って出ていった。パンツもはいていなかった。ふたりは、お母さんが出かけると部屋を暗くして、シャンデリアの明かりをつけた。エーヴァは何かドレスを着た。ガーボルはレコードをセットして、音量を目いっぱいあげた。壁にかかっている剣をとって、振り回した。一度なんかは、ソファをつき刺して、ビロードの生地がやぶれたことがあった。エーヴァが僕の犬を縛り首にしようと言いだした。ガーボルが紐を探しに行った。僕たちは犬を呼んだ。紐は、庭で服を干すのに使っていたやつだ。ガーボルが剣で切り落とした。椅子にのっかって、紐をシャンデリアにくくりつけた。でも、犬はいくら呼んでも来なかった。カーペットのげろは僕が拭く羽目になった。ガーボルの食べたものが全部入っていた。ふたりは、僕を縛り首にすると言った。草刈りのあとは、刈りとった草をかき集めて山にしておかないといけない。僕たちはその山によじ登った。ガーボルがウージェニー・コットンの役、僕がパク・チョンエ。[*1] 婦人連盟の会長はウージェニー・コットンだったから、ガーボルとやりあう時は殴られるがままになってやった。僕たちは宙返りをした。エーヴァが金切り声をあげて、紐に手をかけてぶらさがった。シャンデリアが落っこちた。僕は家に帰るに帰れなくなった。茂みの中で、何かが起きるんじゃないかと待っていた。チデルにブランコに乗ろうと呼ばれたことがある、新しいブランコを買ってもらって、お父さんが取りつけてくれたんだ。立ってブランコをこぐと、とても高くまであがれるんだとやって見せてくれた。でも、ブランコに振り飛ばされて、窓ガラスを突き破って、部屋の中に落っこちた。チデルのお母さんがおばあちゃんのところにやってきた、僕のせいじゃないとどんなに説明してもわかってもらえなかった。おばあちゃんが庭で叫んでいる。おうちに置いておいたニーナ・ポターポヴァの本が見つかったんだと思った。でも、おばあちゃんが見つけたのは僕の犬だった。いっしょに家の中に運んだ。「きっと誰かに毒をもられたんだよ。」おばあちゃんは深い穴を掘った。埋める時には、おじいちゃんも出てきた。

次の日、目が覚めると、僕は庭へ出た。風が吹いていて、木々を曲げたり、葉っぱを引きちぎったりしていた。犬小屋は空っぽだった。犬は軒下の花の中で寝そべっているのが好きだった。そこの土はもうすっかり固くなっていた。ついておいでと呼んだのに、犬は動こうともしなかった。二本の前足の上に頭をのせ、僕の方を見て目をぱちぱちさせては、尻尾をおっくうそうにパタパタ振る。なでてやろうと思ってしゃがみこんだ、でも僕の頭の上で窓が開き、風にあおられて、壁にバタンと打ちつけられる、姿は見えなかったけれど、誰かが叫んでいた。「土を掘り返しちゃいけないよ。土を掘り返しちゃいけないよ。」声が風にのって飛んでいった。でも土はとっくの昔に掘り返さなくちゃいけなかったんだ、秋、花は枯れて、僕の犬ももうそこにはいなかった。そこの土は固く、ねっとりしていて、毛が数でも本と毛玉があとに残されている、とうの昔に土の中にすきこんでおかなくちゃいけなかったのに。その誰かさんはまだ叫んでいた。「土を掘り返しちゃいけないよ。」声は風にのって飛んでいった。「土を掘り返しちゃいけないよ。」僕はスコップをもとの場所に戻しておこうと思った。窓がバタンバタンと音をたてる。僕は走り出す、でも雪が深くてひどくやっかいだ、家の壁ぎわを走っているのに、深い雪で足をあげるのも一苦労、そして寒い、すごく寒い、風が僕の顔に雪を吹きつけた。僕はいいかげん自分がどこにいるのか知りたくなって上を見あげようとしたけど、空があまりにもまぶしくて、見あげることができない。真っ暗闇。明るい空を見たいのになあ。でも目をつぶらずにはいられなかった。暗闇の中。誰か教えてよ。僕はどうすればいいの？　気がついたら、あたりはもう暗くなっていた。次の日、目が覚めて、庭へ出ると、ちょうどモンシロチョウが二羽追いかけっこをしていた。チョウチョたちが何しているのか見てやろうと思って、走ってあとを追った。チョウチョは互いのまわりをきらきら輝くように舞って、きらきら輝きながら飛んでいく、そして僕はあとを追いかける、垣根を越え、茂みを越え、芝生に出る、虫取り網があったらいいのになあ！　そして、茂みの上で消えてしまった。茂みの上まではついていけなかった、空は青く、澄みわたっている、そして僕は光に目がくらんだ、光がモンシロチョウの白い輝きを飲みこんだんだ。それから静けさ。茂みはそこにあった、どっしりした茂み。サンザシ。ライラック。ニワトコ。ハシバミ。あの木から遠くないところ、風もないのに時おり揺れる一枚の葉っぱをつけたあの木。僕は秘密の通り道を通って、この茂みの下にもぐりこんできたんだ。子ども部屋にはベッド、干し草がきれいに敷きつめてあってふかふかだ。台所の棚には鍋。がたがたのガーデンチェアの上には本。自分の息づかいが聞こえた。柔らかい干し草のベッドが僕を誘っている、君は子どもなんだから、ガーボルたちがパーティーに出かけてしまっていない時のように、ここに横になって寝たらどうかって。でも自分のハアハアいう息が聞こえてきて、まるで何か一匹の動物が、それは僕じゃない、僕には見えるんだ、その動物が茂みの中でハアハア息をしているようで、とても横にはなれなかった。僕は棚をつかんで鍋の下から引き抜く、鍋は茂みの中でガラガラと音をたてて散らばった、その時一瞬、自分のハアハアいう声が聞こえなくなった。でもすぐまた聞こえてきた。この動物はこの茂みの中でハアハア息をしている。犬だ。吠えていた。犬はおうちをひっかき回してぐちゃぐちゃにした。僕は干し草のベッドをひっかき回して、鍋を垣根の向こうに放り投げる、ガチャン、ドスンと落ちる音がどれも心地いい。ガーデンチェアを芝生に引っぱり出して、上に飛びのった、籐《とう》の編み目をギシギシ鳴らすんだ！　穴があいてバラバラに壊れた。ニーナ・ポターポヴァのページを引きちぎって、固い表紙を茂みの中に投げこむ。枝に引っかかった。そして僕は茂みの中に戻る、犬は吠えて、ハアハアいっていた。舌をたらしていた。犬はとうとうおうちを壊せたのがうれしくて、あたりをクンクンかぎ回っていた。でも僕にはあのにおい、ガーボルたちの髪の毛や肌、ふたりの家のにおいがしたような気がした。犬はクンクンと鼻を干し草の中に突っこんで、僕が一瞬感じたにおいを探している、でも犬はそのにおいを失った。この茂みの下の土は柔らかくてしっとりしている。僕は犬を観察する、鼻を土に突っこむとどんな感じがするんだろう、朽ちた葉っぱのにおい。僕は土を口に入れて噛みしめてみた、でも吐き出してしまった。死んだ犬は歯をむいていたっけ。僕は体を低くし、腕と足をぐいっと伸ばして、犬が感じていたことを感じようとした、でもハアハアいっている、それで僕は、必死に息を止めて、新しい空気を吸わないようにして、死んだようにじっと動かずにいた。体の中に押し込められた空気が広がって、体が熱くなり、はち切れた。ゆっくりと息をする。僕が、自分の犬みたいに、ここで死にかけていても誰にもわかりっこないんだ。一枚の葉っぱがやさしく揺れていた。葉っぱの上には小さな、強く光る目がふたつ。葉っぱの目が僕を見ている！　葉っぱは小枝の先で上下に揺れながら、僕を見ていた。やっぱり息をしないわけにはいかない、だって力を入れすぎてぐったりしてはいたけれど、完全に死んだわけじゃないんだから。死んだと思ってくれたらいいのに。僕はそっと少しだけ息を吸いこむ、するともうそれほど赤くも、かすんで見えることもなくなって、葉っぱに目があるんじゃなくて、緑色のアマガエルが葉っぱの上に座っているんだとわかった。葉っぱとまるで同じ緑色をしている。背中も丸い葉っぱみたいだ。僕はカエルの目を見た、カエルは僕の目を見た。生きているようには見えない。でも、あごのところがドクンドクンと脈打っている、大きな口の真下で心臓が脈打っているんだ、足を広げて座っている、葉っぱにのって揺れている、下から上へ、上から下へ、いつだってジャンプできる体勢で。葉っぱが一番下までさがる、ドクンドクン。僕の中でも血がドクンドクンいっている。でも、何やら恐ろしいことが起きたのか、勘ちがいなのか、自分はカエルより大きいと思っていたのに、カエルの方がすごく大きくなっていって、僕はどんどん小さく縮んでいった、なぜって、カエルの巨大な目にじっと見つめられて、見つめられれば見つめられるほど、僕はちっぽけでつまらないものになっていくからだ。僕は目をつぶるしかない、でもそうしたってカエルの巨大なあごのところではドクンドクンと脈打つ力がみなぎっているんだ、僕は目をつぶって暗闇の中で待つしかないんだ、カエルが飛びかかってきて、まるで虫けらみたいに、ぱくりと呑みこまれちゃうのを。目が覚めると、小枝の先の葉っぱは、僕のおでこの上でじっと動かず前を向いていた。あいかわらずお日様が照っていた。手のひらをアリが這っている、しずかに、ゆっくり、列をなして、順番に。僕は手のひらを丸めてアリを閉じこめる、でもすぐに指の間から這い出てきた。僕は、おばあちゃんにお昼ご飯だよと大声で呼ばれて目を覚ましたと思っていたのに、おばあちゃんはベッドで眠っていた。僕はドアのところに立って、おばあちゃんが息をしているかどうか観察した。部屋の中は暗くて、ひんやりしていて、おばあちゃんのにおいがした。ナイトテーブルの上には水の入ったコップ。おばあちゃんの指にはトルコ石の指輪、おばあちゃんが死んだら僕のものになるんだ。僕はそおっと、床がきしまないように、庭へ出た。お日様はまだ照っていた。落ちているモモを拾って二つに割る。汁が指を伝って流れる、べとべとした丸い種の上を白いイモムシがのろのろと這っていた。イモムシをモモの果肉の中に押しこむ。ぴくぴくと身をよじらせているけど、この柔らかくて甘い沼地の中に、見えなくなるまで押しこんでやるんだ。それからそのまま口に入れて、イモムシを嚙まないように気をつけて、ごくりと飲みこんだ。生きたまんまのイモムシが僕の胃袋の中に入ったところを想像した。今頃、真っ暗闇の中でまだ生きていて、自分がどこにいるのかわからずにいるんだ。まだ夜になっていなかった。ハチたちがやってきた。僕の身に何かへんてこなことが起きているような気がする。いきなり。ここで草の中に座っているのは僕じゃなくて、誰かほかの人みたいで、僕はそいつの重みを感じてはいるけれど、そいつは僕じゃない、そして何もかもがぼんやりとかすんでいる。いきなりなんだ。クモの巣の切れ端が光って、そして空中に消えた。僕が目にしているもの、それを見てるのは僕じゃないんだ、そして何もかもが消えて、さっき見たものが何なのか全然わからないのは、次の瞬間にはそれが僕にはもう見えないからなんだ。きっとこんなふうになるのは僕だけで、だから僕は悪い子なんだ。でも、あいつらには隠しておかなくちゃいけない、あいつらに見えるものなら、僕にだってぜんぶ見えてるってふりをしてないといけない。そして、僕はもうさっきの場所には座っていなくて、飛び起きて、モモの木の幹を抱きしめていたけれど、でもやっぱりこうしているのも僕じゃないような気がする、さっきまで感じていたことが今は感じられないからだ。たぶん僕はこの木の幹なんだ、こんなふうにいい子で、こんなふうに強いんだ。そして僕は、どうしてこの木の根元に膝をついて、どうして幹を抱きしめているのかわからない、こんなふうにならないように何とかしないといけないのに、どうしたらいいかわからなかった。僕は木から地面にずり落ちるしかなかった。草のいいにおいがする、そして目がかすまないように、草が見えるように、目を大きく見開いてみた。草はみんな地面から生えていたけど、草と草との間にはまだたくさんすきまがあった。空っぽの道だ。もし僕が草だったら、僕も土から生えていて、ほかの草たちの間に立っているんだろうな。このどれかが僕なんだ。でも、人間がやってきて、手のひらで押しつぶされちゃうかも。僕は飛び起きて、ここから走って逃げ出さないといけない。砂利道で立ち止まって、振り返る。でも、僕が悪い子だってことが、どんな相手にもわかってしまうんだったら、どうやってそれを隠したらいいんだろう？　僕の子どもか、そうじゃなければ僕そのもののような、そんな草を一本選んで、かわいがってあげるんだ。僕は草を選ぼうとして膝をついた。こうして見るとまるで森みたいだ。木々の間を散歩するのは虫たちだ。僕は草を吹いた、嵐になーれ、僕は吹いて、叫んだ、僕は叫んで、そして草の上を滑った、それから仰向けになって、空に向かって叫んだ、でもお日様がまぶしくて、目をつぶらずにはいられなかった。僕は草の上に寝ころがってるぞ！　家に帰っておばあちゃんに言おうと思ったけれど、体が動き出して、僕は坂を転げ落ちていった。空、草、木々、土、空、草、茂みがどんどん近づいてきて、その間もずっと僕は叫んでいた、草の上に寝ころがってるぞ！　草の上に寝ころがってるぞ！　でも転がるたんびに口が土でふさがれて、それが気持ちよかった。それからまた空っぽの空、でも今度は僕は茂みの陰に入った、白い花だ、遠くにあるのか近くにあるのかはわからなかったけれど、ものが見えるようになった。ボールを取ってこないといけない。赤いボールは空に飛んでいった。上に向かって伸びている枝々の先で重たそうな白いガクがゆらゆら揺れている。ハチがやってきた。開いたガクのふちに止まって、ぐるりと一周すると、花の中にもぐりこんでいった。花びらの上でブンブンいっている影。夕暮れ時に花びらは閉じた。下の垣根のところには、夜の間に大きな白いしずくが落ちたみたいに、花びらがどこからともなく舞い落ちてきていたけれど、土の上には一枚も届いていなかった。葉っぱの間に顔がひとつ。でも誰なのか、わからなかった。どこか痛いところでもあるのか、そろそろと口を開けて、何か言いたそうにする、でも口の中は真っ暗で、その暗闇の中で何かが動いたけど、僕には見えなかった。そして、懸命に何か言おうとしていたけど、声は出てこない。そしたら、そいつは手を伸ばして、花を一輪折った。それを僕に見せた、口はまだ開いたまんまだった。僕ににおいを嗅がせたかったんだ。僕は花の中をのぞく、でも中から水が流れ出てきて、こぼれた。「どうしてボールを転がしたんだ?」花の中から水がこぼれたことには気づいていない、だってぜんぜん怒っていなかったから。「どうしてボールを転がしたんだ?」「転がしたんじゃないよ、投げたんだ、飛んでいけって。」「転がしたくせに、どうして投げたなんて言うんだ、わかってるぞ。わたしがお医者さんなんだよ。ボールは転がすものじゃない、ボールは投げるものなんだぞ、飛んでいけってな。」「でも、転がしてなんかいないよ!」「さあ! 投げるんだ! 聞こえないのか? 水が出てきた! 聞こえないのか? そら、投げろ! 上に向かって!」そいつが指さす方を見た、でも開いた扉からまた別の人が入ってきた。コツンコツン、おかしな足音がする、もちろん僕が見ているものに気がついて、大急ぎで僕の方に向かってくる。「僕の毛布にシミがついちゃった。」「どこ?」とそいつは聞いて、どんどん近づいてきた。「ここだよ。」もうすぐそこにいる、すごく近くに、そして毛布をつかんで、持ちあげて、じっと見た。「どこだい?」「ここだよ。」「いいや、何もついてない、ついてない、何もついてないぞ。」「でも、シミがついちゃったんだ。」「何の?」「血だよ。」口をあけて、毛布をつかんで、僕から毛布を引きはがすと、それを口に詰めこんで、詰めこみながら笑っている、口は毛布でぱんぱんになっているのに、そして僕はもうわかっていた、花から流れ出たのはたぶん水じゃなくて、血だったってことが、でも、そいつがあんまり笑うものだから、僕も笑っちゃった、毛布を口にぎゅうぎゅう詰めこんでいたから。それから、僕は茂みをかき分けてみたけれど、そこにボールはなかった、このあたりに転がってきたはずなのに。そうしながら、僕はこいつが毛布を口に詰めこむようすを思い出して、ずっと大笑いしていた。枝に鳥が止まった、僕の頭の上の方。とんがった尾羽を少し持ちあげると、白い石灰質の分泌物がカエルのいた葉っぱにポトンと落ちて、すーっと垂れた。鳥のうんちは石灰なんだ！　これにも笑わずにはいられなかった。鳥は頭をくるりと回すと、飛びたった。どこへ行くのか見たかった。僕は茂みの中を走る、葉っぱや枝が顔にあたる、でもどこへ飛んでいくのかは見えた、ガーボルたちの家の方だ、水を飲みに行ったんだ。何かがパリンといった。空っぽのカタツムリの殻。茂みの下には、ツタがそこいらじゅう絡まりあって生い茂っていた、暗い色の葉っぱ。その間に鳥は、家の向こうに飛んでいった。ガーボルたちのお母さんがいつも大声をあげて呼ぶテラスには、柄の長いビーチパラソルがたたんで鉄柵に立てかけてあった。こっちの庭の方が明るくみえる。ここもまわりには茂み、茂みのまわりには短く刈りこまれた芝生があって、真ん中には静かなプールの水。水の上にはたらい。やっぱり家にはまだ誰かが残っていて、閉じたよろい戸のすき間から見張っているんだ。ボールが転がってきてしまったんです、と言おうかな。動けば音がする。でも、よろい戸はぴくりともせず、テラスにも誰も出てこなかった。僕はじっと観察していた。もしかしたらピストルを持っていて、撃ってくるかもしれない、だけど僕はただボールを探したいだけなんだ。家はもうほこりだらけになっているんだろうな。それでも中で誰かが待ちかまえている。よろい戸のすき間に銃口。でも本当です、本当にボールを探しているだけなんです、こっちに飛んできた時はもう暗くなっていて、暗くて見つからなかったんです。そんなら、探しな！　僕は茂みから外へ出た。もし家に誰もいなかったら、ぜんぶ僕のものだ。僕はここへ引っ越してくる、そして何もかも僕のものだ。ピアノに座れる。剣も僕のものだ。暖炉の上には銃もかかっている、そして暗闇の中で光る小さな絵もある、それも僕のだ。日本の絵も。持っていかれてなければの話だけど。それから、お嫁さんをもらって、ここで暮らすんだ。お嫁さんはガーボルたちのお母さんのドレスを着る、そして僕は、エーヴァにあげるつもりだった緑色のビロードのドレスを持ってくる。夜には車が来て、赤いライトが光って、そしていっしょにパーティーに行く時には、お嫁さんは緑色のビロードのドレスを着るんだ。アクセサリー！　アクセサリーがどこにあるかは、見せてもらったから、知ってる！　僕は歩き出して、何かを探しているふりをした、もし家の中から誰かが見張っていたとしても、途中であいつらが戻ってきたとしても、僕はボールを探しているんだって、わかってもらえるように。ただ、ずっとそうしてはいられない、だって、アクセサリーがどこに隠してあるか、見せてもらって知ってるってことが、頭から離れないんだ。それにピアノ、日本の絵、剣、銃。やっぱり家に誰かいたら、ボールを忘れてきたんです、と言おうか。どんなボール？　赤くて、大きな白い水玉模様の。秘密の通り道は知られてないはずだ。それから、もし地下室に誰かが座っていたら？　ボールなんて見なかったぞ。盗みに来たな。僕はがたがた震えて、家の方に向かって歩き出すことができなかった。ところが、僕はもう家の中にいて、アクセサリーをひっかき回している、ピアノをバンバンたたいて、ひっかき回して、手当たり次第にひっかき回している、でも家の中では窓の後ろにあの武器を持った人が立っていて、待ちかまえている、見張っている、そして、今僕が何を考えているか、お見通し、全部お見通しなんだ。ガーボルたちはもう戻ってこない、ぜったいに。僕は、あそこには誰もいないと感じた。閉じたよろい戸の後ろに、あのピストルをもった人がいるのを見たくなくて、僕は目をつぶらずにはいられなかった。あそこには誰もいないんだ。行っても大丈夫だ。隠れ家の重たい鉄窓を開けても大丈夫だ。なかなか開かない。鉄の錠がかたくてはずれない、そしてこの鉄の錠はいつだって石で下から叩いてはずさないといけない、だから音がする、コンコンと短い音が鈍く響く。でも誰にも聞こえっこない、地下室には誰もいない、僕だけだ。開いた窓からわずかに差しこんでくる光で、地下室が空っぽなのがわかる。僕はすき間から中へすべりこめる、指でつかまって、この暗闇の底へ体をおろすことができる。そして足の裏がもうレンガに触れている。レンガは、こんなふうに楽に下におりていくためのものだ。重たい鉄窓を閉めても大丈夫。キーッと音がする。鉄の錠は内側からも閉めることができる。足元のレンガががたがたしている、もうあとひとつ飛び、そしたら到着だ。想像だと実際よりもずっと深く感じるから、僕の膝はおかしなふうにがくっと曲がったけれど、ここはもうざらざらのコンクリートの上だ。暗闇の中に二本の光の糸が伸びているみたいに見える、何かにぶつからないように、目が暗闇に慣れるまで、しばらく待たないといけない。でも、まだ自分がどこにもいない夢を見ているようだ。僕は方向をまちがえて、何かにぶつかる。これは木箱だ。木箱の中には人が入れる、そうすると、その人は家の中にいて、家の中に地下室があって、そして地下室の中に木箱。僕の上には木箱、木箱の上には地下室、そして地下室の上には家。家の上には空。木箱の中にもぐりこんだら、こんなふうに想像することができる。僕は暗闇のかすかな音に耳を澄ます。上の方で何かが這っているみたいだけれど、人間でも動物でもない。自分の呼吸が聞こえる。僕がここに来るまで、家は僕の呼吸を耳にすることなく、自分だけの静けさの中にいたんだ。もし上に誰かいても、こんなに長いことじっとしたままでいることはできない。こんなに長いこと集中していられるのは僕だけだ、何かが動いているのか、それとも自分の音が聞こえるだけなのか、そして、もし聞こえるのが自分の音なら、そして、その呼吸が、それは僕のなんだけど、それがだんだん落ち着いて、長くなって、そして、僕の心臓がもうそれほどバクバク打たなくなったら、痛みが消えるように手でおなかを押さえてなくてもよくなったら、そうしたら出発しても大丈夫、そうしたら隠れ場を離れてもいい、そうしたら大きな窓枠の後ろから出てもいい、そうしたらおばあちゃんはもうぜったいに引き返してこないし、おじいちゃんは上で寝ているし。僕の足はもうさっきみたいにがくがく震えてはいなかった。そして上では何の物音もしない、静けさが僕を取り巻いている、そして、この静けさが僕の中でも深まった。こんなふうに待つことができるのは僕だけ、あいつらには無理だ。ということは、あいつらはいないということ。上には誰もいない。いないんだ。僕は木箱に手をついた、目はもう暗闇に慣れた。長い通路は家の下で曲がっている。一歩進んでは立ち止まる、自分の足音が聞こえなくなって、そして壁をさわって次の一歩を手のひらで確認できるまで、待たないといけない。レンガの間からはみ出ているぼこぼこしたモルタル。足はまだ階段にぶつからない。ゴツゴツしたコンクリートの上をまた一歩。そしてもう一度壁を手探りして、また一歩。これはもう階段だ。階段の一段一段、階段のいちばん上には扉。開いている。きしむことなく静かにすき間が開いていく。でも玄関も暗い。暑くて、空気がよどんでいた。すき間から玄関のにおいが流れ出てくる、あのにおいだ！　そして背中は地下室の冷気にさらされているけど、僕は熱い、内の熱さと外の冷たさを同時に肌に感じて、僕はぶるっと身震いする。暗い色の葉っぱ、からまったツタの中で何かがカサッと音をたてる。二枚の葉っぱの下にちらりと鈍く光るもの。ヘビがまるで水面を泳ぐみたいに、体をするすると前へ進めている。僕の方に向かって。そして、どこに頭があって、どこに尻尾があるのか見えない、悠然と僕の方に向かってくる時に、淡い茶色の体が葉っぱの下でちらちら鈍く光るのが見えるだけ。それから固まったようにじっと動かなくなる。葉っぱの間にふたつの賢そうな目、パクパク開く口。まっすぐ前を見ている、進行方向のどこかを、それでいて僕のことも見えているみたいだ。大きな口を閉じて、ヘビも息を止めている。固い頭の上には濃い茶色の、分厚いウロコ。目の下のふたつの穴、鼻だ。葉っぱに紛れてたら、ヘビは枝やツタにも見える。馬鹿なヘビめ。おまえの頭にお日様の光が当たってるぞ。どんなにすばやく襲いかかってつかんでも、指の間をすり抜けて逃げられそうだ、トカゲみたいに。手を伸ばしても、ヘビに影はおちない、だって、お日様は前から照っていて、影は後ろにできるんだから。僕はそろりそろりと手を伸ばす、自分でさえ気づかないぐらいゆっくりと。後ろからぎゅっとつかむんだ、首根っこを。ヘビは怪しみもせずにただようすをうかがっている。体は葉っぱの中で動かない、でもどこに尻尾があるのか見えない。僕はもっと近づこうとして、ちょっと膝を曲げて、そのまま動きを止める。ヘビは何もしない、僕から身を守ろうとしているようには見えない。後ろからやらないといけない、手をかまれて毒がまわるかもしれないから。この最後の動きはすごくすばやくやらないといけないのに、どうやったらいいのかわからない。やっぱりヘビは僕のすることがわかっているみたいだ、でも怪しむようすはなく、まっすぐ前を見ている、進行方向のプールの方を、それでいて僕のことも見えているみたいだ。力が入らなくなって、くたびれてきているけど、でもやりたいんだ。これ以上深くは膝を曲げられないし、手もこれ以上は伸ばせない。カサッと音がした、僕はえいっとばかりに飛びかかる、そして指の間に固いヘビの頭を感じる、ヘビは体をくねらせる、でも僕はうまくつかめなくて、首を押さえつける、ヘビは体をくねらせる、でも葉っぱのせいであまりバタバタはできない、僕はその上に膝をついて、もっとうまく持ちかえられるまで、ヘビが身動きできないように、押さえつける、頭を柔らかい土の中に押しつける、そしてヘビは大きな口を開ける、長い舌の影がちらつく、それで僕は体が震えて、背筋がぞくぞくした。でも、離すもんか。ちゃんと捕まえているんだから、笑っていていいんだ。でも、力いっぱいぎゅうっと押さえつけてないといけない、口をパクパクさせている、頭を動かすこともできないで、ただ長い体を僕の腕の後ろでくねらせてのたうっている。口をパクパクさせている、長い舌をすばやくちろちろさせている。そして僕は飛び起きて、ヘビを空中に持ちあげた。僕の腕と同じぐらいの長さだった。まるで固い棒のように、空中にぶらさがっていた。でも、この棒は空中でしなって跳ねあがって、僕の顔をパシッと叩いた、僕の顔に、のっぺりした、冷たい、強い一撃。そしてまた固くなって、また叩いた、バシッと叩き、シュッと空をきる、ぬるぬるで、ひんやりしていて、それでもう地面に立っている感覚がなくなって、僕の手、僕の指の間からいつするりと抜けてもおかしくないヘビの首しか感じられなくて、僕はもうこれ以上はだめだと思った、でもそしたら逃げられてしまう、ヘビはまた固くなった、でも今度は顔を叩くのじゃなく、腕に巻きついてきた。僕のむき出しの腕に絡みついて、すべすべで、ひんやりした体が、バタバタもがいている。僕はプールに向かって走った、なんとかして逃れたい、ヘビから解放されたくて、僕は走った、でも自分自身の感覚がなくて、あるのはただ、自分の手、腕に巻きついたヘビの体、この薄気味悪いドクンドクンという脈動、にゅるっとしていて、ぎゅうっと押される、締めつけられる感覚だけ。いくら振り払おうとしてもだめだった。プールに投げこんだらどうだろう。でも、どうやって腕から引きはがせばいいんだ？　もう片方の手で？　それに、やつが水の中でも息ができるんだとしたら？　もう片方の手で触るなんてむり、振り払おうとしてもだめで、ぺったりからみついて、体をくねらせている、僕は怖くて引っぱがすこともできず、ただ首を押さえつけていた、そしてするりと逃げられてしまうんじゃないかと不安だった、それでも、頭がちょっとでも動かないように、しっかりと押さえつけた、自分がくたびれてきたのを感じながら。そしたら、すぐそこに白い石があった。もうこれ以上、空中に持ちあげていられない。僕はひざまずいて、水の中にヘビの頭を突っこんだけど、ヘビは体をくねらせてあがいて、僕の腕に巻きついたまんま生きていた。僕はその石をもう一方の手でつかんだ。ヘビの頭を水から引っぱりあげる。口をパクパクさせていた。僕は、プールのコンクリートの縁にヘビの頭をのせて石で叩き始めた。石は僕の手にもあたったけれど、叩くたんびにいい気持ちがした、そして自分の手から血が出ているのが見えた、それでも僕は叩いた、これでもかこれでもかと叩いた、でも、ヘビはまだ体をくねらせていて、僕の腕から離れず、生きている、それでも僕は叩いた、石は血まみれだった。見ると、ヘビの頭はもうなくなっていて、血の中に何やらうごめく残骸があるばかり、それでも僕は叩いた、まだ体をくねらせていて、僕の腕から離れなかったからだ。でも、僕は石を離した、石はプールにポチャンと落ちた、そしてヘビを引っぱがしたけれど、それでもまだずっとそこにいるような感じがして、僕は自分の腕をひっかいて皮膚をかきむしった、ヘビの体はもう地面にあって、粉々に砕けた自分の頭のまわりをのたうち回っているのに。そしてコンクリートの上で粉々に砕けた頭のあたりは、どれがヘビの血で、どれが僕の血なのか、見分けがつかなくなっていた、そして僕の手も叩き潰されたヘビの頭みたいだった、まだヘビを押さえつけて、叩いているような感じがした、でも痛みはなかった。僕は立ちあがれなかった、どうしても。ヘビは乾いたコンクリートの上でもだえていた。僕は走った。つまずいてよろける、走れない、転びもしない、僕の腕にもうヘビはいないんだから喜んでいいはずなのに、それなのに僕の腕、僕の指はヘビの体を感じていた。そしてついに僕は何かにつまずいて転んだ。草の中に寝転がるのはいい気持ちだった。草の上で手を冷やした。ずきずきしていた。でもここで寝転がってはいられない、他のヘビたちが出てくるからだ、立ちあがらないといけない。このままじゃもう二度と家に帰れない。振り返ったら、そこではまだヘビがぴくぴくもだえているんだ。ヘビたちが茂みの下から這い出てくる。庭は静かで、僕のハアハアいう息だけが聞こえる。僕はここに残る、誰にもわかりっこない。少し光が入ってくるように、地下室の鉄窓をちょっとだけ開けておいた。僕は通路を歩き出す、でも暗かった。手探りで階段を捜した。扉は閉まっている。僕は木箱の中に座った。木箱の中は古いじゅうたんが敷いてあって柔らかい。外ではお日様が照っている、ひとかけらの空っぽの空。手を太もも、足にあてて冷やした。ヘビの口から毒が僕の手にうつっていたら、どうなっちゃうんだろうって考えた。僕はこの木箱の中で死んじゃうんだ。血がべたつくのは、きっとそのせいだ。血は流れていない、滲んでるだけだった。木箱の中で眠りたかったけれど、毒のせいで手がひりひりした。手が目に入らないように、そっちの方は見ないようにした。庭の蛇口で血を洗い流す、血がついたままでいたくはなかったし、もし僕が死んでも、何があったのか知られたくなかった、絶対に知られたくなかった。僕は木箱の中に座って、外でお日様が照っているのを見ていた。でも、ここも離れないといけない。隅っこからもっと大きなヘビが這い出てきた。もし扉が閉まっていなかったら、壁から剣を取ってきて、動けなくなるまでばらばらに切り刻んでやるのに。大きな緑色のトカゲが地面に転がっている、仰向けになって、まだぴくぴく足を動かしている、でも僕は頭に小石をバラバラかぶせてやった、怖かった、もう死にかけていたのに。ここも離れないといけない。地下室から出ようとした時、チデルが階段をあがってテラスへ行くのが見えた。何をするのか見てやろうと思った。ガラス戸から中をのぞいていた。ビーチパラソルの柄を蹴り飛ばした。ビーチパラソルは手すりの上を滑って、テラスの敷石に落ちて大きな音をたてた。チデルはあたりを見回し、しばらく立ち止まって、こっちに誰かいるんだろうかと、耳を澄ましていた。階段をおりていく。そのとき僕は素早く地下室の鉄窓を、キーッと音が鳴るようにして押し開けた。「おーい、チデル！」チデルは僕だと気がついた。夏にはいつも丸刈りにしていた。頭をかいて、びっくりなんかしてないふりをしている。僕はそのまま地下室の中にいた、足元でレンガがぐらぐらしている、手を見られたくなかった。「そこ、中に入れるのか？」チデルは屈んで、中をのぞきこんできた。「ここには何があるんだ？」「ここから家の中にあがれるんだけど、扉に南京錠がかかってるんだ、中からね。」「どけよ、俺も入るから！」地下室で僕たちはひそひそ声で話した。窓は開いたままになっていた。「ここにはろうそくもある、マッチもあるよ。」チデルは地下室を歩き回って、通路ものぞいた、でもそこは暗かった。チデルは頭をかいた。僕は木箱の中に入りこんだ。「ここに書類は何も残ってなかったのか？」「きっと上だよ。でも、扉に錠がかかってるんだ。」ぜんぶ見て回ると、チデルも木箱の中に入ってきた。ふたりでも入れた。エーヴァはいつも外だった。「ねえ、チデル。さっき発見したんだけどね。」「何だよ？」「鳥って、石灰のフンをするんだよ。」チデルは頭をかいた。「ね？　すごいでしょ？」「あいつらの親父はスパイだったんだぞ」とチデルはささやいた。「うーん、でももうずっと前にアルゼンチンに行ったきりで、そこから荷物を送ってきてるよ。」チデルは笑った。「あっちでスパイをしてたんだよ！」「僕は一度も会ったことないもん！」「あの女の方は、なんで出ていかないで、ここに残ってたかっていうと、汚い売女《ばいた》だからさ。」「ちがうよ！」と僕は大声で言った。チデルはささやいた。「俺たちが知らないとでも思ってるのか？　いつも外国ナンバーの車が来てるだろ。ちがうって言うのか？」「僕も窓から見てたし、僕のおばあちゃんが証人だったんだよ！」「汚い売女だったんだぜ！」チデルは何かしたいことがあるのか、木箱から出た。僕は思った、チデルも知ってるんなら、やっぱり教えてやるべきだな、それから、おばあちゃんのことはないしょだったから、言っちゃいけなかったんだ。「前に一度、みんなで部屋で遊んでいたら、すっぽんぽんで入ってきたんだ。すっぽんぽんだったんだよ。」「大声出すなよ！　すっぽんぽんだったって？」「そうだよ。」手がひどく痛い、チデルがマッチとろうそくを見つけるんじゃないかと心配になった、このことも言っちゃいけなかったんだ。「で、どうだった？」「うーん、すっぽんぽんで、それからあそこに毛が生えてたよ。それで、そのまま歩き回ってた、僕たちがそこにいるっていうのに。」「おい、シモン、ここにトイレットペーパーはあるか？」「トイレットペーパー？　上にあるよ。上にあるはずだけど、扉には南京錠がかかってるんだよ。どうにかして開けないと。」チデルは僕のところへ来た。「黙れよ！　大きな声出すなって言ったろ！」外でお日様が照っているせいで、チデルの顔は見えなかった。チデルがささやいた。「俺はあいつらと友だちじゃなかった。俺はな！」「何かで扉を開けないと！　ガーボルたちの家には、暗闇の中で光る絵があるんだよ。日本の絵。それから、アクセサリーがある場所も教えてくれて、見せてくれたんだ！　それから剣！」「剣？」「ねえ、チデル、あれをしようよ。」「何だよ？」「僕の家の屋根裏部屋でしたことだよ！」「あー、俺は今はいいよ、ウンコが出そうなんだ。」チデルは隅っこに行くと、ズボンをおろした。しゃがんだ。僕はじっと見ていた。中からウンチが出てきた。チデルは長いことそこにしゃがみこんで、時々ちょっとうなっていた。

ある日、おじいちゃんが屋根裏部屋でご先祖様の話をしていた時のことだ。おばあちゃんがお店から魚を持って帰ってきた。おじいちゃんの好物だったから、手に入ってとっても喜んでいた。おばあちゃんは二時間も列に並んだ、でも魚を持ったままでは教会に行けなかった。お店に何か品物が入るとわかっている日には、僕もいっしょに連れていかれた。みんなに怒鳴られるから、僕は嫌だった。「まあ、人を押しのけるなんて！」「おいおい、列の最後はあっちだぞ！」「この人、耳が聞こえないのよ。」「割りこまないでくださいよ、ちょっと！」おばあちゃんは僕の手をつかんで引っ張るし、みんなは僕たちのことを押し出そうとするしで、人ごみの中で僕は何にも見えなかった。そして、おばあちゃんも叫んでいた。「恥知らずな人たちね！　子ども連れなのがわからないのかい！」「お手伝いを寄こせばよかったのよ！」「こんな馬鹿でかいのが子どもだって？」「子どもを連れてくるなんて、どうして家に置いてこなかったのかしらね。」「白い帽子？　ラードの配給に、白い帽子で来るとはね！」おばあちゃんは白い帽子を頭から引っぱがす、するとみんなはおばあちゃんの髪の毛がほとんどないのを見て、順番を譲ってくれた。おばあちゃんは僕に言った、ここの女店員にはみんなごまかされていて、髪は金髪に染めてるんだって。一度、この女店員が金切り声で叫び出したことがあった。「ああもう、どうしたらいいの！」手であっちこっちをバンバン叩きながら、金切り声をあげていた。「ああ、どうしたらいいのよ！」そして、足を踏み鳴らした。「帰ってちょうだい！　ああ、どうしよう！　静かにしてよ！　でなけりゃ、帰ってよ！　わたし、仕事してるのよ！　こんなんじゃ仕事できないわ！　こんなんじゃ勘定もできやしない！　勘定をしないといけないっていうのに！　こんなのできない！　耐えられない！　やめてやるわ！　もう耐えられないんだもの！」すると、みんな静かになった。女店員は大きなナイフでラードを切り取って、ナイフから紙の上に塗りつけて移した、そしてみんな黙っていた。その紙を秤にぽんと載せると、さらにラードを切り取り、紙の上に移して、秤を見た。泣いていた。僕たちはすぐ目の前に立っていた。その女の人はラードを切って、切りながら泣いて、そして涙を拭いた、でも顔にラードがくっついて、泣き声と紙がカサカサいう音しか聞こえなかった。僕たちは追っ払われるんじゃないかと思った。魚は浴槽に入れた。夜、僕の部屋の窓をたたく音がした。軍隊帽が見える、父さんだ、でも僕は恐くて起きあがれなかった。父さんがお風呂に入っている間、魚は洗面台に入れた。父さんは浴槽の中に立って、石けんを体につけた。おばあちゃんとお店に行ったとき、髪を金髪に染めているあの女の人は、ラードを量っていられなくなった。まるで何かに怯えているみたいに震えていて、手にはあの大きなナイフを握ったまま泣いていた。その時、教会で見かけたことのある男の人が、カウンターの向こう側の女の人のところに行った。おばあちゃんは、大きくなったらミサの手伝いをしてもいい、でも父さんには知られないようにしないといけないよ、そしたらベルを持てるからねと言っていた。僕がベルを鳴らすと、みんながひざまずく。僕たちがひざまずいた時、女の人のところに行った男の人が、僕たちの方を見た、なんでこっちを見るのかわからなかった、僕は何にもしてないのに！　そして男の人は女の人の肩に手をまわし、木箱に座らせて、慰めた。「さあ落ち着いて。大丈夫ですよ。どうか落ち着いてください。もう静かになりましたよ。安心して勘定をしてください、仕事ができますよ。」僕たちはひざまずいていて、塔の鐘が鳴り始めて、カーンカーンと鳴って、鳴り響いた。神父様は聖体を掲げた。女の人は泣いていた、泣き止むことができなかった。僕たちは立ったまま見ていた。僕は、父さんが体中に、背中にも、石けんをつけて洗っているのを見るのが好きだった。女の人は手を組んで、誰かに怯えているみたいに、ぶるぶる震えていた。手には長いナイフ。「ごめんなさい！　もうだめ！　もうだめなの、ごめんなさい！」一度、教会で見かけたことのある男の人が、金髪に染めた女の人の髪をなでていた。「お願いですから落ち着いてください！　誰もあなたに腹を立ててなんかいませんよ。僕らはみんな同じ人間なんですよ。」でもその時、誰かが言った、あの男が女店員を慰めているのは、きっと並ばないでラードをもらいたいからだって。するとまたみんなが叫び始めた。魚は口をパクパクさせ、エラを動かして、浴槽の中を泳いでいた。おばあちゃんは、金曜日に食べようねと言った。僕は十字架を思い描いた。玄関の鏡の下の引き出しに、かなづち、やっとこ、のこぎり、釘がしまってある。僕は自分の手のひらをじっと見てみる、でも釘を刺すなんてとうていできそうになかった。魚はどこかに出口がないか探しているみたいに泳ぎ回っていた。ぐるっと一周泳ぐ間に、エラを四回開けた。おじいちゃんに、魚臭い娘の話を聞きたいかと聞かれた。「うん。」「じゃあ、ちゃんとわかるように、よく聞くんだぞ」とおじいちゃんは言った。僕たちは魚を見た。「これから話すことはぜんぶ、遠い昔のとっても遠いところで起こったことなんじゃ。」僕は、屋根裏部屋で聞いたご先祖様の時代の話かと思った、でもおじいちゃんは首を振った。「こら！　よく聞けと言っただろうが！　ちゃんと聞いておらんな！　ご先祖様たちには死ぬ暇《いとま》さえなかった、だからまだ生きておる、わしらの中に生きておるんじゃ。しかし、わしがこれから話そうとしているのは、わしらがもうとうの昔に忘れてしまった時代に起こったことだ、巨大な怪獣やらヘビの魔物、竜やら馬鹿でかい化け物がまだこの地上にいた頃の話だ。人間のように生き、愛しあい、憎しみあっていた。今残っているのは愛と憎しみだけだがな。トカゲやヘビを見かけたら、それはな、怪獣の影なんだと思いなさい。そういうわけで、これから話すのはこの神秘の時代の、遠い土地での話だ。果てしのない広がり《アイン・ウンユーバーゼーバーレス・ゲビート》だ。ご先祖様たちの時代、それは次元のちがう世界なんじゃ。ご先祖様はハランの地で暮らしていた、そこからアブラハムが旅立ち、カナンの地で暮らした、そこからヤコブが逃れて、エジプトの地で暮らした、そこではヨセフが支配した、ご先祖様たちはユーフラテス川の谷、ヨルダン川の谷、ナイル川のほとりで暮らした、そしてそれはここにある、手を伸ばせばすぐ届くここにある。ほら、聞こえないか？　ヤシの木やナツメヤシが暑さの中で、ザワザワと音をたてているじゃろ！　おまえの歯と歯の間で砂のきしむ音がする。言うまでもなかろうが、コルドバではオリーブの林に花が咲き乱れ、ドイツの樫の木の香りもする！　こうしたことはみんなここにあって、遠い記憶は必要ない。これから話して聞かせるのは、おまえがもう覚えているはずもない時代のことだ。そもそもここから話を始めるべきじゃったかな。いいや、もっと前からかな。はじめに神は天と地を創造された、というところから始めるべきだったかもしれん。だが、はじめにとは、いったいいつのことだ？　これはもう、おまえだけじゃなくて、わしにとってさえとうてい想像のおよばない時代だ。それに、いったい何から創造したというんだ？　精神が物質を創造し、そのあとにその物質が精神のこのドタバタ芝居を創造したというわけか？　まあそこから始めなくても、こうした領域にはいずれ自力でたどり着くことになろうな。つまりだ、天地創造からいくらか経った頃、要するに大昔ってことじゃ、とても遠いところに、川があった、とっても大きな川だ、何川かって？　その頃はまだ川に名前なんぞはなかったんじゃ！　だがのちに、この川はガンガーと呼ばれるようになった。この川のほとりに天の妖精が暮らしていた。さあて、お話の始まりじゃ。髪は黒く夜のよう、目は輝きまばゆい川面のよう、そして肌は滑らかな絹。天の妖精は自分のこの美しさに満足して暮らしていた。川から遠くないところには深い森。その森の中、日の光も届かない永遠の薄闇の中で、草とヘビとを老いた肉体の糧として、ひとりの聖人が暮らしていた。死すべき運命にある者だ、だがその神聖さは、不死の妖精の美しさのごとく、それはもう清らかなものだった。死すべき者にあっては、これ以上ありえないほどに清らかだった。欲望など感じたこともなく、それゆえに愛や憎しみに駆りたてられることもなかった。無欲の生き物、存在の結晶、だがその清澄な魂は滅びる肉体の中にあった。そして、この肉体に残された時間はあとわずかだった。肉体は死を迎えようとしていた。心の臓、木の実を食らう胃の腑、柔らかな血管や膜は死なんとしていた。暗い森の奥深くで。暗い森の奥深く、これほどまでに聖人が死を待つにふさわしい場所がほかにあろうか？　まあお話とはそういうものじゃ。命は余すところあと数時間。聖人にはわかっていた、この時間が、この数時間が過ぎ去れば、感覚をもつ肉体と感覚をもたない魂を絶対的存在の懐《ふところ》に返上するのだということを。そして、もしそうなれば、この魂が再び肉体として、地上の存在として生まれることは二度とありえない。聖人は歩き出した。ところが、月明かりの中、天の妖精が川で水浴びをしているではないか。娘の尻は丸かった、つるんとした丸パンが鏡に映っているごとくに、まん丸だった。両の乳房は、ユリの花の中で草を食んでいる二頭のノヤギ、双子のカモシカのよう。賢人は立ち止まり、みずからに問うた、まるで夜明けのようなこの娘は誰だ？　月のように美しく、光のように清く、春分の夜のように香《かぐわ》しいこの娘は？　賢人は叫ばんばかりだった、そなたが誰であってもかまわぬ！　さあ、わしを引き寄せておくれ、ともに駆けていこうではないか！　だが、その言葉は声にならなかった。暗闇が裂けて、ぱっと明るくなった！　賢人の種子が地に降り注いだ！　賢人は悟った、さっきのが欲望で、そのあとに続いたのが満足であることを。生涯にわたって味わうことのなかった感覚だった。魔の汚物に穢されてしまった、わしにウジ虫に生まれ変われというのか！　そして賢人は怒り、妖精を呪った。口のきけぬ魚となるがよい！　子をふたりなすまで、水の中で生きるがよい！　呪いは幾多《あまた》あるというのに、よりにもよってなぜこの呪いを選んだのか？　そいつはわからん。妖精は川にポチャンと飛びこんだ。そこで、ほかの魚たちとともに暮らした。美しい口を、ここにいるこいつみたいにパクパクさせてな。」おばあちゃんが来て、いいかげんに魚を持ってきてくださいよと言った。「話をしまいまでしてからじゃ！　川の中で長い年月が過ぎた。五千年も経った頃かな。夕暮れに漁師がやってきて、大きな川に網を投げ入れた、その美しい魚は網にかかった。漁師は魚を袋に入れて、家に持ち帰った。頭を叩いた、わしももうすぐこいつの頭を叩くがな。漁師は不浄な内臓を清めようと、魚の腹を開いた。だが、なんとまあ！　美しい魚には内臓というものがなかった。小さな子どもがふたり、腹の中に体を丸めるようにして入っていたのだ。ひとりは男の子、もうひとりは女の子の形をしていた。漁師は怖くなって、王様を呼んだ。王様はこれが何の予兆なのかを調べた、そういったことに精通していたのだ、そしてこう言った、われらは幸運に恵まれたぞ、精霊は何世代にもわたって精霊を産む、そして精霊は不死を二つに分けたのだから、われらもそれを分けあうことができる。男の子は余が引き取り、育てよう。女の子はおまえが面倒を見る、おまえのものとせよ。そして女の子は二日で大人になり、美しい娘となった。髪は黒く夜のよう、目は輝きまばゆい川面のよう、そして肌は滑らかな絹。それでも求婚者は現れなかった、魚のような臭いにおいがしたからだ。どんな言葉にも知恵が含まれておる！　聞いとるか？　よく聞きなさい！　精霊は肉体の中に入ると臭くなる！　これが呪いの意味じゃ！　だが、もうそろそろ結末を話して、おまえが知恵の実をまるごと手にできるようにしてやろう。漁師は娘を渡し守にした。娘は人を乗せて川の両岸を往来した。乗客は娘に見とれたが、手を触れる者はいなかった。そうして何年もが過ぎ去っていった、だが娘は年をとらなかった。長い長い年月が経ったあとでも、娘の姿はどうであったかな？」おじいちゃんは指を立てた。これは、おじいちゃんの言ったことをちゃんと覚えていないといけないという意味だ。七つの大罪の話をしてくれた時にも指を立てた。「七つの罪がもとで神は第七天に引きこもられた。それはなぜか？　さあ、言ってみなさい！　どうだ？　なぜかな？」「ヘビがアダムとエバを快楽という罪に誘惑したから。だから神様は第一天に引きこもられた。」「続けて！」「妬みという罪がカインの人間性を奪い、自分の兄弟を殺したから。」「その兄弟とは？」「アベルだよ。だから神様は第二天に引きこもられた。」「続けて！」「エノクとその仲間が偶像崇拝という罪に落ちたから。」「そして神は？」「第三天に引きこもられた。」「偶像崇拝とは何じゃ？」「人間が創造主じゃなくて、その創造物にお祈りすること！」「神の創造物とは何じゃ？」「わからないよ。」「わからないとは何じゃ。よく考えなさい！　ちゃんと知ってるはずだ！　わからないなどとは言わせんぞ！　いいか、神の創造物とは、すべてなのじゃ、地上のもの、天上のもの、われわれが知る世界に存在するもの、知らない世界に存在するもの、それから、存在しないものだってそうだ。さあ！　続きを言いなさい！」「続きって？」「次はノアの時代じゃ。」「ノアの時代に、人間は残虐と非道という罪に落ちた。だから神様は第四天に引きこもられた。アムラフェル王は不正義という罪に溺れ、異国の民を抑圧した、王に害を及ぼしたわけでもないのに。だから神様は第五天に引きこもられた。」「第六天に引きこもられた理由は？」「ニムロド王が塔を建てたから。」「バビロンでだな。それはなぜだ？」「天に手が届くように！」「そしてそれは？」「野心という罪！」「さあ、最後のひとつだ。」「そして神様は第六天から僕たちのことをご覧になった。ある王様が、昔アブラムと呼ばれたアブラハムという男の妻のひとりを奪い、家族の幸福に反する罪を犯した。」おじいちゃんは、自分の知っていることは何でも僕に覚えさせようとした。僕はおじいちゃんといっしょに言った。「髪は黒く夜のよう、目は輝きまばゆい川面のよう、そして肌は滑らかな絹。」おじいちゃんは笑った、僕がちゃんと覚えたことが嬉しかったんだ、そしておじいちゃんは大声で言った。「美女というのはこういうものだ！　さあ、それでどうなったかというとだな。美女というのは千年たっても美しいままなんじゃ！　千年がたった時、賢明な老人が川にやってきた。魚臭い娘が渡し船に乗せた。精霊ゆえにその美しさは不滅だったが、肉体の中にあっては臭いにおいがする、そうだったな？　魚臭い娘が渡し船に乗せた。賢人は懇願し始めた、対岸に着いたら、わしを喜ばせてほしい、と。だが、娘の返事はこうだった、川岸には漁師や世捨て人など、たくさんの人がいます。皆の前であなたを愛せとおっしゃるのですか？　賢人は指を立てた、すると辺りに霧がかかった。そして強大な力をもったこの老人は、娘をうまく出し抜いてやったわいと、ひとり高笑いした。しかし娘はこう切り返した。わたしは高山の頂に積もる雪のように清らかです。その清らかさをあなたに汚されてしまったら、わたしには何が残りましょう？　美しいばかりでなく、駿馬のように賢いともなれば、ますますもって好ましいわい！　老人は恐ろしい笑い声をあげた、悪魔の笑いもかくあろうかという恐ろしい笑い声に、魚たちも冷や汗をかくほど、そんなふうに笑ったのだ。わしが気に入らないのだな？　ガラガラ声で言った。わしの歯は抜け落ちた、なるほど然りだ、だがそれは、食べ物をかむ必要がないからだ。わしの耳の中には、浅瀬のスゲのように毛が生えておる、なるほど然りだ、だがそれは、もはや音を聴く必要がないからだ。わしの舌は千年前から苔が生えたように青ずみ、肌は六〇〇年の間、愛の汗という雨を浴びないままに、大地のごとくひび割れておる。なのに、なぜこうも激しくおまえを求めてしまうのか？　おまえは肉体に隠されたわしの魂が見えない愚か者だというのにな、愚かな女め！　わしの肉体に嫌悪感を抱いておるのだな！　しかし娘は言った。ご老人、あなたの魂は見えています。わたしにはわかります、あなたの魂がわたしを愛する用意のあることが。そしてわたしにはいつでもあなたの魂を愛する用意があります。この気の利いた返答に、賢人の知性ははずみ、小躍りした。そして言った。おまえの魂がわしの魂を愛する用意があるというのなら、約束しよう、おまえの肉体に触れるのはわしの魂だけだ。わしの力、強さを見るがよい！　そして老人は瞬く間に筋骨たくましい青年になった。神よ、このような愛の駆け引きを仕組まれるとは！　魚臭い娘、この賢い娘はさらに体の魚臭さを消してほしいと頼んだ。そうして、相手を迎え入れた。迎え入れたところは魚臭いままに残った。そしてその日のうちにビヤーサを産んだ。ビヤーサはその日のうちに青年に成長し、母親に願い出た、ひとりにしてください、肉体のくびきに打ち勝ち、神の探求に生涯を捧げたいのです、と。聖人が約束したとおり、娘はひとり残された。普通の娘と同じように、漁師に嫁ぎ、妻となった、そして普通の娘と同じように、子を産んだ、七人の子、胸は垂れ、唇にはしわがより、そして死んだ。ビヤーサが妖精の聖なる力を受け継いだ、それは祖母が母に植えつけ、父によって彼に伝えられたものだった。話はこれでおしまいじゃ。」「それで、このお話は本当にあったことなの？」と僕は聞いた。おばあちゃんが台所から大声で叫んでいる。「それで、今こうして生まれた、その人もご先祖様なの？」と僕は聞いた。おばあちゃんが、いいかげんに魚を持ってきてくださいと叫んでいた。魚はゆうゆうと浴槽の中を泳いでいた、持っていかれたらどうなるのかまだ知らないんだ。そして、おじいちゃんに、おじいちゃんのおじいちゃんはどんな人だったのと聞いたけど、答えてくれなかった。おじいちゃんの目はとても暗くて、いくらのぞきこんでも、中に何があるのかわからない。おじいちゃんが大声で叫び出すんじゃないかと思った。長いこと大声を出していると、おじいちゃんの口は黒くなった。でも、おじいちゃんは指を立てた。「時は満ちた！」そして僕の中に何かがあって、それを探しているかのように、僕のことを見た。それから、ゆっくりと椅子の肘掛けに手を戻した。指を広げた手が赤紫色のビロード地の上にのっている。手じゃなくて、何やらおかしな生き物みたいだ。僕は時々、おじいちゃんの太い血管に触った。おじいちゃんが寝ている時に。「わしの頭に手を置いてごらん。」おじいちゃんはささやいた。髪の毛は柔らかくて白い。僕にはよくわからなかった。おじいちゃんは僕を見て、それから目を閉じた。白いこめかみにも血管が浮き出ている。昔、ヨルダン川が曲がりくねっているようすを地図で見せてくれたことがあった。僕の手はおじいちゃんの頭の上で暖かくなった。おじいちゃんはささやくように言った。「時は満ちた。わしにはわかる。おまえの知性が時の前に開こうとしておる。わしにはわかる。これはたいへんなことだ。門を開ける手助けをしよう、いいな？」おじいちゃんはうなずいて、にっこり微笑んだ、そして目を開けて、僕を抱きしめた。「立ちあがるのを手伝っておくれ。」僕は手助けできなかった、おじいちゃんに抱きしめられていたから、それにすぐ目の前に鼻の穴が見えて、それまでぜんぜん気がつかなかったけど、中には黒くて小さい鼻くそがあった。僕は、おじいちゃんが泣き出すんじゃないかと思った、そしたら涙がどこから湧き出てくるのか近くで見ることができる。でもおじいちゃんは叫んだ、口の中が見えた。「立ちあがるのを手伝っておくれ！」でも僕はできなかった。「杖を取っておくれ！」僕が杖を探している間、おじいちゃんは肘掛け椅子につかまっていた、杖なしでも歩けたのに。おじいちゃんはすごく大きい。立ちあがると部屋に収まりきらないんじゃないかと思えるぐらい。壁が近づいてくる。おじいちゃんは杖をついて歩いていき、そして叫んだ。「時は満ちた！」でも僕にはよくわからなかった、おじいちゃんがどこへ行こうとしているのかわからなかった、怖かったからついていかなかった、でもおじいちゃんはドアの前で振り向いて怒鳴った。「どうしてドアを開けてくれないんじゃ。」僕はおじいちゃんのためにドアを開けてあげた。「上に行くぞ。」鏡の中を歩いていく、おじいちゃんと僕。ゆっくりと階段をあがっていく。おじいちゃんは急いであがろうとしていたけど。階段がきしんだ。一段あがるごとに一休み。休んでいる間もずっと、おじいちゃんはせわしく息をしていた、でものどに何かが詰まっているみたい。それが息の邪魔をしているんだ。「わしが死ぬ前にな。」おじいちゃんは写真か何かを見せようとしてるんだと思った。「手遅れにならんうちにな。」おばあちゃんはお店に行っていて、家にはいなかった、何か配給しているかもしれないからと言って。魚が手に入ったのはこの時だ。おばあちゃんが出かけると、おじいちゃんはいつも何かやることを思いつくんだ。僕たちは階段をのぼりきったところで長いこと休んだ。僕たちが行ったのはおじいちゃんの昔の部屋じゃなかった、おばあちゃんの昔の部屋も通り過ぎた。おばあちゃんはここでラジオを聴いていたっけ。おじいちゃんが階段を上り下りできなくなって、肘掛け椅子を下におろしたとき、父さんはラジオも下に持っていくと言った。でも、おじいちゃんは、必要ない、嘘には興味がない、と答えた。「親父はそうやってきれいさっぱり世間と縁を切るつもりなんだな。」「それがこれからのわしの務めだ。縁を切ることがな！」そして二階の廊下の突き当たりには鉄の扉があって、大きな鍵がついていた。「開けておくれ」とおじいちゃんが言った。「屋根裏部屋に行くの？」僕たちは壊れた長椅子に座った。チデルが座ったところだ。「わしの隣にかけなさい、わしの顔を見るんじゃないぞ。」それしか言わなかった。何かをじっと考えるんだと思った。一面のほこりの中に僕たちの靴。おじいちゃんは暑さのせいで息苦しそうだった。これから何が起こるのかわからなくて、僕は怖かった。そして何もかもがひどくかすんで、屋根瓦がパチパチと小さな音をたてている、それにおじいちゃんの呼吸、そして頭の上の窓からはお日様の光が差しこんでいる、でも空は見えなくて、光だけが斜めにどんどん落ちてきて、終わりがなかった。見てはいけないから、おじいちゃんの顔がどうなっているのかわからない、それでも僕はここにいないといけないんだ。僕たちは座っていた。おじいちゃんの黄色い靴はおばあちゃんがいつもぴかぴかに磨いていた。たぶんまた、今何を考えていたかを言わなくちゃいけないんだ、でもわからない、そしてわからないのはいけないことだ、でもわからない。僕は足で床をドンとやりたかった、屋根裏部屋は変な音をたてる。屋根裏部屋にいると、足の下に家を感じる、どう考えても家の中にいるような気がしない。ぼんやりと薄暗い部屋の隅っこを長い棒でつっつく。僕がそこに入りこむ前に、あいつらを追い出すんだ。さっと振り返ると、そいつらはもう消えていた。僕の後ろに。色は見えた、屋根裏部屋のほこりと同じ灰色。梁《はり》の付け根にうずくまっていたり、煙突の脇に立っていたり。棒を持って近づいていくと、金切り声をあげるのかと思った、口をぱっくりと開けて、消えた。いつも僕の後ろに隠れるんだ。一度、どこに消えるのか見てやろうと思って振り返ってみた、姿をくらますすきも与えないように素早くさっと振り返ってみる、そしたら梁から紐にぶらさがっていた、首を吊ったんだ、そして皮膚が干からびて骨にへばりついていた、もとからそうだったのかもしれない、でもこいつも消えた。おじいちゃんは寝ちゃったらしく、ゆっくり呼吸をしていたけれど、おでこには汗をかいていて、背中を丸めて屈みこみ、目を閉じていた。「わしを見るんじゃない！」どうしてわかったのかわからない、おじいちゃんは目をつぶっていたのに。「わしが子どもの頃のことだ、じいさんと中庭のベンチに腰をおろした。桑の木の下だ。わしを見るんじゃない！　じいさんは言った、わしの話に耳を傾けておればよい。わしを見るなよ、わしの顔がおまえの目の邪魔にならないようにな。」僕は梁の間から落ちてくる光を、塵《ちり》が波うつのを見ていた。「わしは桑の木の幹にもたれた、こっそりと、じいさんに行儀の悪いところを見られないようにな。そして、木の葉を見ていた、一枚一枚、全部の葉っぱを。なんてたくさんあるんだ！　時おり桑の実がポトンポトンと落ちてきた。わしらがそのベンチに座ったのは、わしがじいさんに聞いたからだ、じいさんのじいさんはどんな人だったのかとな、するとじいさんは時は満ちたと言って、わしをベンチに座らせたんじゃ。安息日、つまり土曜日の、昼飯のあとのことだった。昼飯はかまどで煮たシチュー、ほろほろととろけるような牛肉入りのな、そして甘いトウモロコシ粥、冷たいやつじゃ。じいさんが話し終える頃にはもう、わしもこれから同じ話をしようとしているわけだが、澄んだ空に宵の明星がのぼっていた。だが、わしらはまだずっと黙りこくったままそこに座っていた、そして満月も見た、赤かった。じいさんは言った、自分のじいさんと同じように話し始めることができないと、なんだか落ち着かんな。そして、じいさんのじいさんも言った、自分のじいさんと同じように話し始めることができないと、なんだか落ち着かんな、とな。出だしはこうじゃ。おまえは祭司だ、大祭司アロンの一族の者なのだ。それはつまりだな、わしも同じことをじいさんから聞いて、わしのじいさんも同じことを自分のじいさんから聞いたんだが、要はじゃ、おまえは選ばれた民の中の選ばれた者であって、モーセの兄弟なのだ、それ以外の何者でもない、そのモーセに神はこう言われた。そなたは、心に知恵もつすべての人々、わたしが知恵の霊を満たしたすべての人々に告げて、彼らにアロンの祭服を作らせなければならない。彼を聖別して、祭司としてわたしに仕えさせるために。こう語ったんじゃ、聖典に書き記されているままにな。じいさんのじいさんはじいさんに、そしてじいさんはわしに、そしてわしもまたおまえに、同じように語っておる、そうして門を開けてもらったように、今度はわしがおまえに門を開けてやろう。わしの言うことが聞こえているか？　こんな小声で話していると自分にも聞こえないが、感じてはおるぞ。耳の聞こえない者が小声で話すと、その人ではなくて、その人の魂が内側から話しかけているように聞こえるな。どうだ、これでいいかな？　このままでもわしの言うことが聞こえるか？」「聞こえるよ。」「わしもじいさんにそう答えた。桑の木の下のベンチでな。じいさんのじいさんはニコルスブルクからここにやってきた。小さな中庭だ、ベンチに座ると雪をかぶった山々が見えた。晴れた時、石壁の上にな。石壁は臭かった、それでもわしらはそこで遊ぶのが好きだった。ばあさんがいくら追っ払っても、酔っ払いどもが小便をしにやってきたんじゃ。じいさんは酒を売っていたが、油や塩、糸、ろうそく、砂糖、織物も商っていた。織物を仕入れにウィーンやベルリン、ペシュトに出かけた。むろん、そんなに遠くまで出かけたのは、どちらかと言えば、本が欲しかったり、おしゃべりがしたかったりしたためだ。じいさんは織物を二反持ち帰った。一反は深緑色、もう一反はこげ茶色。一年がかりでその二反を売り切った。それで、じいさんはまた仕入れに出かけることができた。一度、ばあさんにウィーンから日傘を買ってきたことがあった、薄紫色というか、シクラメン色の日傘だ。ばあさんは日傘をきれいに包んでタンスにしまった。その後、何年もたってから、そのことを思い出した人がいた。なぜご主人にもらった日傘を使わないの、シモンさんの奥さん？　ばあさんは驚いた。ユダヤ教徒の女が平日から日傘をさして村を歩き回っていたら、何を言われることやら！　土曜日《サバト》は神様が聖別した日ですから、どこにも出かけませんしね。だが、じいさんは幾多《あまた》の書物を読むうちに、人格をもった神が存在するのかどうか疑い始めた。中庭は、真ん中に桑の木が立っていてな、高い石壁に囲まれている、そして店は通りではなく、中庭から入れるようになっていた。賢明なことだ。何か起きても、簡単には略奪されんようにな。これはじいさんが考えついたことだ、ニコルスブルク出のじいさんがな。何か起きたときには、門に閂《かんぬき》がかかるようになっていた。店は中から居間に通じていた。じいさんは本を手にして窓の前に座っていた。今だに目に浮かぶ。誰かが来ると、聞こえる、門の出入り口が開いて、それから店のドアのベルが鳴り、そしてじいさんが本越しに声をかける、欲しいものをお取りください、お代を置いて持っていってください。飲み物もご自由にどうぞ。だが、この方法はかんばしいとは言えなかった、大勢の人にごまかされたからじゃ。ばあさんが小銭までいくら細かく勘定しても、じいさんの方はすっかり学問にのめり込んで、こう叫んだんじゃ、人格をもつ神が存在するかどうかわからんうちは、油や塩なんぞにかまけてなんかおれん。理の当然だ！　食事をとるのも、休むのも、新たな活力を得て神秘中の神秘を解明せんがためだ。そして神秘中の神秘を解明しようとしている者に、酔っ払いの百姓どもに酒を注げなどと、どうして言えるのだ！　理の当然だ！　ちがうか？　ばあさんは理解を示したが、神がひとつとしたもの、つまり大きな夫婦用ベッドを二つに分けた。不信心の罪に溺れて、店の仕事をしないうちは、あたしに指一本触れないでくださいよ！　あの人の罪を、生まれてくる子どもたちに償わせるなんてご免ですからね！　ラビはばあさんの言い分に同意したものの、じいさんにたいしても寛容だった。待つのがいちばん、と言った。そうして時が過ぎた。八年間、次の子は生まれなかった。その時すでに三人の子持ちだった。しかし八年後、じいさんは反論できない論証を得た。そして、九年目にわしの親父が生まれた。おまえの父さんが生まれたぞ、わしの信心の長子、唯一の真の息子、わしのヨージェフ、信心の喜びの中で授かった息子だ。じいさんは桑の木の下でこう言った、そして空にはすでに宵の明星が見えていた、じいさんはこう言って話を締めくくり、そのあとに赤い月が昇った。しかし、じいさんは、おまえのひいひいじいさんは、その時はまだ知るはずもなかった、わしが、おまえのじいさんであるこのわしが今知っていることをな。八年間くすぶっていた疑念が、わしの中で穂となり、収穫に向けて実を結ぶことになろうなどとは、知るよしもなかったんじゃ。このことはわしにしても知りようがなかった、月が赤く昇ったあの時にはな。思えばきっとあれも予兆だったのだろう。じいさんの中での疑念は、わしの中で払拭され、じいさんの否定したものはわしの中で確信となる。あの時のわしにはまだ知りようがなかった、わしがこの世に生まれたのは、律法の成就、宿命の成就のためであり、そうして二千年前に曲がりくねりつつ世界中に流れていった大河を本来の場所に戻すためなのだということはな。口にはしたくない唯一の言葉を言わねばなるまい。イエス。その昔、一五九八年のこと、ブダでおまえのご先祖様は叫んだ、生き延びんがために死なん、とな。これがわしのモットーになった。いずれおまえも選ぶことになる、さもなくばおまえが選ばれるかだ。生き延びるために、いまだ残っているすべてのものを抹殺する！　すべてが死せる神話となるよう抹殺するのだ。救世主が誕生したことに、彼らは気づかなかったのだから。その不覚がもたらした刑罰の方は見逃さなかったというのに。なぜならば、このことは律法に述べられておる、はっきりとな。もしなんじがなんじの神の声を聴き、それに従わないなら、なんじは町にいても呪われ、畑にいても呪われる。なんじの籠も、なんじのこね鉢も呪われる。なんじの胎の実も、なんじの土地の実りも、なんじの牛の群れの子、なんじの羊の群れの子も呪われる。なんじは入るときも呪われ、出るときも呪われる。神は、なんじに疫病をまといつかせる。目の見えない人が闇の中で手探りするように、なんじは真昼にあっても手探りする。なんじは、やることなすことのすべてに成功せず、生涯にわたってただ虐げられ奪い取られるばかり、なんじを救う者などいない。神はなんじを、なんじもなんじの先祖も知らない民のところに連れていき、そこでなんじはほかの神々に、木や石に仕えることになる。呪いじゃ！　わしは呪いを自分の人生にした。呪いを成就すること、成就するように手助けすること！　そのためにこそわしは生まれてきた！　あの時、月は赤く昇った！　生き延びんがために死なん！　そのためにわしは生まれてきた、呪いの成就と、完全な滅亡の成就のために。だからわしはキリスト教徒の女に自分の種子をまき、血をわけた。だが、おまえの父親はユダヤ教徒の女をめとり、わしが得たものをおまえの中で無駄にした、それでおまえの血はまたしてもその大半がユダヤの血なのだ。だが、おまえもキリスト教徒の血をもらえば、やがてユダヤの血は消え失せる！　これをまっとうするため、そのためにこそわしは生まれてきた！　抹殺するのは生き残るためだ。なぜなら、血そのものが消えることはないからだ、あったものは残る。千年ののちにそれがたった一滴になろうともな、それでもその一滴は誰かの中に残るんじゃ。ただの一滴でもな。おまえにはわかるまい！　わからずとも無理はない、おまえはもはやこの門をくぐることができないのだからな。おまえの血は混ざりあってしまったから、おまえを中へは入れてくれない、ほんのちょっぴりのぞかせてくれるだけだ。だが、それでものぞいてみるんだ。わしのじいさんが始めたところから始めよう。よく聞くんじゃぞ！　わしらはベンチに座った。じいさんは言った、神はなぜアロンを自分の祭司に選んだのか？　彼の雄弁さのゆえか？　アロンの中に答えを求めてもだめだ。一〇〇年、二〇〇年、いや、四〇〇年の昔、アロンはどこにいたというのか？　答えは別のところにある。そう、ほかでもない、レアの口だ。レア、この愛に飢えた醜い女、この貞節なメス犬が二度目にヤコブの子を身ごもった時、夜明けに喜びのあまりにこう叫んだ、神はわが願いを聞き入れてくださった！　そして男子を生み、その子をシメオンと名づけた、聞いてもらうという意味だ。主がその男子をレアの胎内に授けたように、名前も主がレアの口に与えたものだ。そして、これが第一の刻印になった。なぜというに、このシモン、古くはシメオンだが、この名前には二重の意味があって、このふたつは一体になっているからだ。ひとつの意味は、この名を名のる資格のある者は主の言葉を聞く、もうひとつの意味は、主はこの名を名のる資格のある者の言葉を聞く。もしも誰かがこの名前の刻印に反することがあれば、どうなるか？　レアの二番目の息子のように、耳が聞こえないせいで神の言葉を聞かなかったとしたら？　レアの息子は、ディナが辱めを受けた時、シケムの住人に血なまぐさい残虐な復讐をした。この復讐は無実の者にたいしてなされたのだ、というのも、罪ある者たちはすっかり逃げ失せていたからだ。これは罪だ！　主は呪いでもってこの罪を償わせた、このことを忘れさせないために。そして主はシモンとその一族を、僕《しもべ》としてその兄弟の手に与えた。これが第二の刻印だ。こうしてシモンは代々、神に仕える身ながら、僕《しもべ》となったのじゃ。これが第三の刻印だ。そうして六千年の歳月が流れた。以来、これがおまえの名になっておる。だが、門はまだ開いてはおらんぞ、目の前にあるのは、まだわずかなすき間にすぎん、これから開いていくんじゃ。わしを見てはいかん！　よく聞くんじゃ！　話を続けるぞ。

当時エルサレムにはふたりのシモン[*2]がおってな。ひとりは数か月前、ニサン月[*3]の初めにやってきたばかりだった、だが、師が救世主、ユダヤ人の王と名のった咎《とが》で磔《はりつけ》に処された時、このシモンもしばしそこに留まらざるをえなくなった。日が沈むと時おり町の門を出ていく姿が見られたが、どこへ行くのか、もう帰ってこないのか、知るよしもなかった。知っている者はそろって口を閉ざしていた。だが彼は監視されていたんじゃや。もうひとりのシモンはクレネの出身だったが、エルサレム暮らしが長く、息子たちはエルサレム生まれだった。このふたりのシモン、知り合いではなかったが、互いの存在は知っていた。はるばるクレネからやってきた親戚がエルサレムにいるらしいが、わたしは会ったことがないな、と片方が言う。もうひとりの方も知っていた。わたしには親戚がいてな、ガリラヤで漁師をしていた男だ、三年の間、咎《とが》めも受けずに歩き回り、奇跡を起こしては信じやすい群衆を惑わしていたあの偽の預言者、ペテン師が、人を釣る漁師と名づけて、自分の弟子にした男なんだが、いったい今頃はどこにいるのやら。ふたりはこんなふうに互いのことを話していた。ふたりが顔をあわせたことは一度もなかったが、主はニサン月の一五日という日が、両人にとって等しく記憶に残る日になるようにと配慮された。ふたりはよく似てもいた。性格や顔立ちまでも、さながら同じ母親から生まれてきたかのようだった。どちらも細身で背が低く、瞳は燃えるように黒く、恐ろしいまでに寡黙だった。うわっつらしか知らない者は、ふたりをたやすく見まちがえた。ほら！　ガリラヤのシモンが来るぜ、名前を口にすることさえはばかられるあいつの弟子だよ、まあなんて高価な服をまとっているんだ、なんて豪華なサンダルをはいているんだ！　ほら、見ろよ！　この男がクレネのシモンだって？　どうして今日はこんな貧相ななりをしているんだ？　こんなぼろっちいサンダル、いったいどこのゴミ山から漁ってきたんだ？　ふたりとも相手を捜そうとはしなかった。ひとりはそれはもう裕福で、もうひとりは同じ程度に貧しかった。そして、ふたりとも相手のことを考えるたびに、こうつぶやいた。自分にはかかわりのないことだ。ふたりともまちがっていた。だが、冷静に自らの過ちに気づく者などいるだろうか？　主はふたりのことを気にかけておられたが、ふたりの出会いの場を用意するまでに、二千年ちかくを要した。たいした歳月じゃあない。ふたりはわしの中で出会ったんじゃ。だがこの話はまだとっておく。わしのじいさんのあずかり知らぬことだからな、とりあえず今は、じいさんが桑の木の下のベンチで話してくれたことだけをおまえに話してやろう。そもそもの話、ふたりは出会えるはずもなかったのじゃ、というのもガリラヤのシモンは、最高法院《サンヘドリン》の人々に監視されていたから、人目をしのんで歩き回り、金持ちの家を避けていた。何日も姿をくらまして、消息不明になったかと思いきや、思いもかけず、建物の薄暗い出入り口や、真昼の路地陰に姿を現した、するとまた犬のように尾行する人々が現れた。出会えるはずはなかった、主はふたりの出会いを先のばしにした、出会えるはずはなかったのじゃ、というのも、ガリラヤのシモン、人を釣る漁師がこそこそ歩き回っている間に、もうひとりのシモン、クレネ出身の裕福なシモン、ニサン月の一五日の金曜日に記憶に残る出来事に遭遇したシモンの方は、八日間の過ぎ越しの祭り*4も終わり、エルサレムではすべてが旧に復して、いつもの日常に戻った時には、ついに家の中に閉じこもってしまったからだ。暗く暑苦しい部屋の中にうずくまって、知らせを待ち、一心不乱に祈っていた。声をかけても答えず、食べ物に手をつけることもほとんどせず、家の中は恐ろしいばかりの静寂に包まれていた。彼は、いちばん上の息子、初めての息子、アレキサンデルがことのほかお気に入りだった。自分の仕事を継いでくれる能力はなさそうだったが、それでもいちばん好いていた。いつ何を買い、利益を得るためにそれをどう売ればよいか、この息子も金のことは皆目わかっていなかった。アレキサンデルの関心があるのは大地のことだけだった、植物の生育、動物の繁殖。だが、長男の大地への愛は、次男のルポスがやっているちまちまとした手仕事にくらべれば、父親の目と心にはいつだってましなものに映った、ルポスは幼少の頃から、金銀細工師の工房の前で何時間も立ちつくしては、皿や水差しを打ち出して作ったり、首や腕、足につける装飾品に器用な手先で宝石をはめこんでいったりするようすを、魅入られたようにうちながめていた。はやくもイヤール月*5の中旬にさしかかっていた。あの日のことは誰しもがすぐに忘れてしまった。アレキサンデルは大麦を刈り取り、初穂の束を祝いの捧げ物として持参した。その年、大麦は蒔いた種の二〇倍の収穫をもたらした、平均的な収穫量といえような。暑い日が続いて、小麦も実ってきた。だが、それもこれもシモンにはどうでもいいことだった。家から一歩として外に出ることができなかった、光で目が痛むのだった、そしてこの光がどこから来るのか、どういう光なのか、今となってはもうまったくわからなかった。町の喧噪に耳が痛んだ、そして会堂のまわりに群がっている無知でうす汚れた身なりの人たちの間を歩いていくなどはもってのほか、誰もが自分のことをさげすむような目で見るにちがいない。シモンは祈った、自分の身に起きた出来事についての啓示を求めて、主に祈った。そして時おりアレキサンデルを呼んだ。暗闇の中、父の姿は息子には見えなかった。シモンは息子に、ユダヤ教会に行ってラビのアビヤタルに何か知らせが来たかどうか聞いてくるように言った。しかし、ラビの答えはいつも同じだった。何も無い。シモンはこの無の中で自分を見失った。数日後、死んでいるのが見つかった。ルポスは哀しみよりも憤怒を覚えた。死んだ父親を見て思った。知らぬ間に片隅で死んでいた、犬のように。屋上にあがると、そこは彫りの施された幅広の石の手すりで囲まれていて、しゃれた柱の上には軽い日よけ屋根がのっていた、この手の屋根はエルサレムの新しい流行だったが、ローマ人の猿まねで、それゆえひどく不道徳なものとみなしていまいましく思う者もいた、光を遮って顔にあたらぬようにするとは！　聞きおよぶところ、ラビのアビヤタルもそう思っているらしい。ルポスが手すりにもたれかかっていると、時おり日よけ屋根のない隣家の屋上にひとりの娘が姿を現すことがあった、ルポスが好きになったその娘こそ、ニサン月の一五日、父親にとって宿命的な日となったその日に、主がルポスにお引きあわせになった娘だ。この時、ルポスは以前にも増して彼女を見たいという思いにかられた、というのも、あれ以来、すでに、彼女の均整のとれた体、つややかな髪、ぎこちない横目遣いだけでなく、息のにおい、声、おののきや笑い声までも愛でることができるようになっていたからだ。娘は、父の死の当日、姿を現さなかった。じいさんのひたいに桑の実がぽとんと落ちた。わしに笑う度胸はなかった、じいさんの顔はこすったせいで汁だらけになっていたんだがな。じいさんはいつだってあらゆることに敏感で、何でもお見通しだった。その時もこう言った。わしを見るんじゃないぞ。見ていたら、聞き逃すからな、桑の実のひとつやそこら、どうってことはない。」僕もちょうどおじいちゃんを見ていたところだったので、すばやく顔をそむけた。「それで思い出したぞ！　わしのじいさんのことだがな。ある時、わしらが桑の木の下で遊んでいると、桑の実がぽとぽと落ちてきた、それで思いついたんじゃ。過ぎ越しの夜に桑の木の花が咲いた。スギコシーノ　ヨーニ　クワノキーノ　ハナーガ　サイータ。スギコーシ　ノヨーニ　クワーキ　ノハーナ　サイータ。スギコーシ　ノヨーク　ワハーナ　サイータ。スギコー　シノヨー　クワハー　サイータ！　じいさんのところに走っていって、聞いたんじゃ。スギコー　シノーヨ　クワハー　サイータ！　これどういう意味かわかる？　じいさんは笑った。何言っとるか《イーア・ザイト・ヤー・ドゥーメ・エーゼル》！　じいさまがこの木を植えた昔から、《ヴィーア・ハッテン・ダス・ゼルベ・シュピール・ゲマハト》そういうことば遊びはしておったさ。《アルス・マイン・グロースファーター・ディーゼン・バウム・ゼッツテ》ハンガリー語の意味は《エス・イスト・ヤー・ウンガリシュ・ゲザクト・》こうじゃ《ウント・ハイスト》。過ぎ越しの夜に栗の木の花が咲いた。じいさんは笑った、わしらは、何でも知っているじいさんが言いまちがえたのがうれしくて、ちがう《ナイン》よ、ちがう《ナイン》よ、まちがってるよ。過ぎ越しの夜に桑の木の花が咲いただよ、と大声で騒ぎたてたんじゃ。」おじいちゃんは笑った。僕も似たようなのを知っているので、うれしくなった。「おじいちゃん、僕だって知ってるよ!」おじいちゃんは黙っていたけど、僕は言ってみた。「パチャ　ラチャ　チャチャ　ラ　アラ　チャチャ　チャラ　パ!　これってどういう意味かわかる?」おじいちゃんは黙っていた。僕はおじいちゃんの靴をじっと見ていた、でも靴もぴくりともしなかった。なぜ笑ってくれないのか、なぜ返事してくれないのか、なぜ気に入ってもらえないのか、僕にはさっぱりわからなかった、ものすごく静かだった、シーンと静まりかえった中でハエのブンブンいう音と、僕が口にしたばかげたことばだけが響いていた、学校でガーボルが誰かに教わってきて、早口で言わなくちゃいけないやつだ。「おじいちゃん、知ってるわけないって、だって意味なんてないんだもん、何の意味もないんだよ。ぜんぜん何にもね。」僕はほこりの中のおじいちゃんの黄色い靴を見ていた。「その日、木曜日、ニサン月の一四日、ルポスは屋上でラケルを見なかった。おい、わしの言うことをちゃんと聞いてるか?　ちゃんと聞くんじゃ。ルポスは、それはもう美しい青年だ。体は均整がとれているし、光り輝いている。出かける時や、屋上に出る前には、体に油を塗って、髪をていねいにとかしつける。自分と同じように美しく端正なものにしか満足できなかった。自分のことを実際よりも整っていると思っているから、たいていのものには満足できん。屋上で手すりにもたれて隣家の屋上にラケルが姿を現さないかと待っていると、下の中庭では、母親がふたりの召使いといっしょに子羊を運んでくるところだった。日陰で立ち止まると、手を額にかざして、静かに息子に声をかける。ルポス、お願いだから、きょうはちゃんとした服を着てちょうだい!　ルポスは柱にもたれて、返事をしない。石に指をはわせて、美しく彫りこまれた溝の感触を楽しんでいる。母親がそう言ったのは、ルポスが祖父や父や兄が着ているような服を身につけていないからだ。新しい流行の服を着ている。軽やかな白い布をまとい、きれいなドレープになるように肩のところでひだをよせて、飾りのついた留め具で留めている、自分で作って、石をはめこんだものだ。細いウエストをなおさらほっそりと見せている帯もそう。この服は短く、片方の肩が出ているばかりか、丈が短いので、きれいな膝、形のよい腿、たくましいすねまでもが人目にさらされている。その装いは優雅でありながら、軍人風でもある。ローマ軍の兵士もこんな服装をしている。どんよりとよどんだ暑さの中、町は沸きたっている。ここからは市壁と南門が見える、そこでは町に到着した人々がテントを張っていて、粉塵が舞いあがっている。太陽はまだ頭上にあるが、町は慌ただしい喧噪に包まれている、太陽が沈むと、至るところで子羊の屠殺が始まるからだ。エルサレムで八日間にわたる祭りが始まるのだ。町に着いた人々は、宿や、テントを張れる中庭を探している。聞くところでは、夜中になってピラトも軍団とともに町に到着したらしい。子羊の皮が宿泊代になる。ルポスは町の喧噪を下にして、ここ屋上で、悲惨のきわみにある乞食よりも疎外感を覚えている。押さえようにも押さえられない恋心のせいだと思っている。だがそいつはちがう！　その恋心にしても、彼の病的な性向に根ざしているのだ。ルポスは律法に則って妻をめとりたいのではなく、美を手にしたいのだ、つかめるものの中にあるつかみえないものを。そしてここにあるもの、彼のまわりや眼下にあるものは、どれもこれもがひどく無秩序で、粗雑で、およそ彼の意に染まないものばかりだ。母親や姉妹とともに時おり隣家の屋上に姿を現すラケル、あのラケルの体はすらっとしているのにどこか丸みを帯びている。すらっとしていること、すなわち上の方へ伸びていこうとする動き、丸みを帯びていること、すなわち自身の内部へ戻ろうとする動き、このふたつの対立が、完璧な形を生みだしていて、それがルポスを夢中にさせているのだ、さながら銀や銅で細工をするさいの、小さなのみと金槌を巧みに操って作り上げる完璧な形、それを娘の中にも見い出して、目で愛でているかのようだ。一糸まとわぬ自分の姿にながめ入るのも、自身の体の中にも、こうした相反するもののせめぎあいを見たいと思ってのこと、この罪はすでに両親の知るところとなっていて、母親はしきりにのぞき見をしては、その目で見たことを、言葉にするのに苦労しながら、シモンに報告している。均衡！　エルサレムではすべてが律法のもとにあり、律法には律法の均衡がある、すなわち、律法においては理性が感性に優るものなのだ、信仰ではないぞ！　そして理性のみで感性がなくてもバランスがとれない！　律法において均衡を保つのは論理であり、律法の論理にそぐわないものは何であれ、ゴミにすぎない、屑なのだ！　形式を希求する感性、それは律法に背反する不敬な行為にほかならない！　日没後、それもまだ暗くならないうちに屠《ほふ》らなければならない子羊は、一歳のオスの羊でなければならない。その日の夜はどこの家でも、脱出を記念する聖なる食事を、楽しむことなくそそくさとすます。子羊の血を飲んではならない。それは罪なのじゃ。子羊の骨を砕いてはならない。過ぎ越しの祭りの食事を口にしない家族の一員は、子羊のかわりに、甘いかゆにひたした苦菜のかわりに、死を食せよ！　なぜならば、その者は罪を犯したことになるからだ。それは罪なのじゃ！　翌朝、ルポスはまたあの服を着ることができる。今日は、ニサン月の一五日。例の日だ。過ぎ越しの祭りの二日目、男たちはみな自分の畑で収穫をし、初穂を供物としてユダヤ教会へと持っていく。ルポスは鎌を、アレキサンデルは初穂の束を手にしている、ふたりの前を父親が歩いていく、ふたりよりもずっと背が低い。彼らの畑は町の外、北門の向こう側にある。今、彼らはそこから帰ってくるところだ。シモンは黙っている、息子たちも口を閉ざしている。草木の生えていないむきだしの岩山、それでゴルゴダと呼ばれている岩山から、険しい下り坂になっている。キドロンの谷の向こうでは、靄《もや》の中にオリーブ山がゆらめいている。彼らは、下の方、門の辺りで何事かが起きているのに気づくが、黙々と歩き続ける。昼前の照りつける日差しが、中央門からあふれ出てくる人々の体を溶かしてひとつの固まりにしている。群衆は上に向かって押し寄せてくる、暗い門口が人々を光の中へと押しだし、砂煙の中に人波を溶けこませる。兵士の鎧や槍先がきらきらと光る。シモンは立ち止まる、息子たちも立ち止まる。まだはるか向こうだが、彼らは無防備だ。シモンは動く、道の脇にひっこんで静かに待つ。シモンはルポスに目をやる。先祖たちがこの道を追い立てられていき、囚われの身となったことが頭をよぎる。シモンはこの息子が好きではない、醜いと悪評高い娘たちの方がまだましだ、とはいえルポスの運命を安楽なものにしてやりたいとも思っている。このように美しくあることは、無意味であり、困難を意味する。内密の知らせのことを考えると身の毛がよだつ。生まれた時、ふたり目も男子だ！ シモンはうれしくて笑みがこぼれた。息子だ。頭はふさふさした赤い髪でおおわれていた。それで赤毛を意味するルポスと名づけたのだ。ところが、ルポスの髪はその名前にすら反抗するかのように、黒くなった。これがあの時の道だ、シモンは教え諭すように言う。わが先祖たちは、バビロニア人にこの道を連行されて捕虜となったのだ。ルポスよ、おまえにわかってほしいから言っている。自由というのはやっかいなものよ。かつての日々は、今日というこの日にしてもそうだが、主によって聖別された日々なのだ、その名に祝福あれ、律法を守る者はこうした日には、自分の体ではなく、過去に目を向けるものだ。おまえたちに覚えていてほしいから言っているのだ！　この道には帰還者たちの歩みが刻まれている！　自由でいる時、体は自分の過去を忘れがちになる。いったいどんな連中が、急な坂道を登ってこちらに押し寄せてくるのか、まだ見えない。澄んだ空気の中、ヒバリのさえずりがまだ聞こえているが、最後尾も見えない群衆を彼らの方へと突き動かしている轟音がもうはっきりと聞こえてくる。さながら大地がうなり声をあげているかのようだ、どんどんと近づいてくる。シモンたちはその場に立ったまま、じっと待っている。みなおし黙っている。子どもたちが先頭をハアハアいいながら走ってくる。裸の若者たち。息を切らして登ってくる。シモンとふたりの息子は叫び声に呑みこまれる。ひとりの異様な狂人が鳥のように飛び跳ねて奇声を発している。ザッザッと響く足音。群衆を包みこみ押しあげるように、砂煙が上へ上へと登ってくる。もっと急げ！　さあ！　兵士たちの輪に囲まれて、裸にされた三人の男が喘いでいる。腰帯がほどけて恥部が露わになっている。体に刻まれた鞭の傷跡を、汗が縞になって流れている。肩に十字架を担いで引きずっている。肩には血が滲んでいる。すりむけた皮膚が光っている。とがった十字架の先端がきしみ、石にあたって跳ねあがる。体がぶつかりあう。サンダルのバタバタいう音。もうだめだ！　早くしろ！　叫びながら押しあい、前へ前へと突き動かす。誰も彼もが何事も見逃すまいと必死になっていて、兵士たちもこれにはお手あげだ、いや、むしろ収拾する必要のないこの混乱を楽しんでいるのかもしれない。シモンはルポスを見て、ルポスに話しかける時のいつもの説教口調で言う。罪人だな！　小さな声で繰り返す。あいつらは罪人だよ！　毎朝運動をして体を鍛えている指揮官も、そのかいなく、日がな一日快楽にふけっているせいで、今や息を切らしている。この場を取り仕切る役目の指揮官でさえ、この烏合の衆の勢いに押されている。どうしてわかるんだい、父さん？　ルポスは父の言葉にいらだって聞く。どうしてわかるんだ？　あいつらが罪を犯した時、その場にいたとでも？　シモンの目が怒りを帯びる。ルポスの美しい口、その口から発せられる言葉はいかにも生意気で、笑顔がさらにそれを助長する。将校の視線がシモンをとらえる、ふたりは一瞬、睨みあう、どちらも怒りに燃えた獣だ。将校は空気を体いっぱいに吸いこむ、そしてシモンも声をあげようとしたちょうどその時、群衆の足音をかき消すように将校の声が響きわたる。止まれ！　シモンの顔、その怒りに燃えたシモンの瞳に、尖った兜がきらりと光る、きれいに剃られたいまいましいほどつるんとしたローマ人のべとついた顔がシモンを見すえる。シモンは防御しつつも威圧的に、手を胸の前に持ってくる。おまえらには何の用もないとでも言わんばかり。将校はどうすべきか決めかねている。シモンは体が発する不快なにおいを感じる。シャローム！　将校はにやりとしてあいさつのことばを発する、だがシモンはあいさつを返さない、無礼きわまる行為だ、この言葉からこのローマ人がアラム語を会得していることがわかるというのに。ざわめきがおさまる。群衆はシーンと静まりかえり、今か今かと待っている、立ち止まったからには、何か起きるはずだ。あれが誰か知ってるか？　誰を連行してきたか知ってるか？　将校は尋ね、微笑む、ようやく一息つけてほっとしている。知らないのなら、教えてやろう。おまえの王だよ！　四人の黒人がカーテンでおおわれた輿《こし》を担いでいる、それを今、地面におろすところだ、きしむ音がする。シモンはこの問いと返答は輿の人物に関わるものだと思っている。しかし、それにしては輿のカーテンはぺらぺらの安物だ。ユダヤ人の王があそこにいるぞ！　愛を交わす鳩のように狂人が金切り声をあげる。そうだ、そうだと、今にも手におえなくなりそうな群衆の声を感じとって、ローマ人は声を荒げる。おまえは自分の王が十字架を担いでいくのを道端からただ見ているというのか？　シモンはわけがわからず、後ずさりしようとするが、群衆に押し返される、誰しもが何事たりとも見逃すまいとかまえている、そしてシモンはふたりの息子を見失う。彼は群衆に取り囲まれていた。敬愛すべきユダヤ人よ、おまえが十字架を担げと言っているのだ、なにせおまえの王なのだからな！　これが俺の考えだ。群衆は聞くに耐えない下品な笑い声で応じる。シモンを知っている者はさすがに笑うことはしない。担ぐか？　ローマ人が大声で聞く。群衆は、そうだそうだと声をあわせる。シモンは泣き叫ぶように言う、断る。それでも群衆は声をあわせてはやしたてる。そしてシモンを小突く。こうして行列が再び動き出す。人々に小突き回されている時、一瞬、真ん中の裸の男の目が目に入った、いや、シモンがとらえたのは、目ではなく、そのまなざしが発する光だ。そして暗くて暑い部屋の中で祈りを捧げながら、最高法院とラビのアビヤタルがこの出来事をどう考えるか、知らせを待っている時、主に祈りを捧げている時、この出来事の意味を明らかにしたまえと主に祈っている時、大きな暗闇の中で息苦しさに喘ぎながら、時おりこのまなざしの光がぼんやりと浮かびあがってくるが、彼にはこの光の意味がわからない。シモンは理解できない、光は闇の中に輝いているが、闇は光を悟ることができない。光を、あの光をとらえなくてはならないのに、彼にはそれがわからず、光を求めて主に祈っている、祈りながらも、主が彼に送ってよこした光、あのまなざしの光には気づかない。ああ、神よ、もしわしがそのときのシモンだったら！　これが最後の警告だったのに。気づくのだ、世界は変わったのだ！　ところが、祭司の子孫、アロンの一族に連なる者、そのシモンにはこれが理解できなかった。十字架の重みの中に忠告の重荷を感じとることができなかった、哀れにも辱めを受けたとしか思えず、それで律法のもとへ、ラビのアビヤタルのもとへと駆けこんでいったのだ。シモンは悩みを訴える。ラビのアビヤタルは、小さな黒檀の棒に巻物をかけているところだったが、彼にいったい何が言えたろう？　だからわしはおまえに言っておきたい。ありとあらゆる重みを重みとしてしかとらえられないようではだめなのだ、屈辱としてしか感じとれないようではだめなのだ、なぜなら、主がわれらにお与えになる重荷は理解を超えたものだからだ。おまえが苦しむ必要はない！　苦しむのはおまえの中にいる汚れた獣《けだもの》だ。苦しみは重み。重みは忠告。喜んでいいことなのだ！　警告じゃ。すべては何かの警告なのだよ！　あそこ、ザールフェルトの森の中の道で、ドイツ人に唾を吐きかけられ蹴とばされ、屈辱にまみれて倒れこんでいたあの時、ああ死ぬこともかなわぬとは、と思ったあの時、わしもあの光を見た、わしの暗闇を照らす光を。主はまたしてもお遣わしになった。一九一一年前にシモンにお与えになったものを、このわしに下さったのだ。主はあの時、ザールフェルトの馬糞《まぐそ》にまみれた道で、いにしえのふたりのシモンとわしを結びつけた。というのも、わしは彼が拒否したものをつかみとったからだ。それはもうひとりのシモンがつかんだものだ、一九一一年前にな。こうしてふたりのシモンは、わしの中で一つになった。そして、わしは自分の運命は死ではないと悟ったんじゃ、それというのも、わしは死んで生まれ変わり、今度、死んでも、また次のわしの人生が続いていくからだ。だから、わしは死を待ち望んでもいないし、恐れてもいない。こうしたことをわしのじいさんはわかっていただろうか？　桑の木の下のベンチで、じいさんは何を知っていただろうか？　何を？　いやいや、話を元に戻そう。わしらは今、もう中におるぞ、そう、門の内側だ。さあ！　わしを見てはいかんぞ！　わしといっしょに話の中に入りこんでいくんじゃ。ルポスの話をしていたところだったな、ルポスは鎌を手にして進もうともがいていた。父親のあとを追おうとするが、姿が見えない。丘の方へ急ぐ人波に押されて、もみくちゃにされている、鎌に気をつけなくてはいけない。そしてその時、完璧なその体に触れたいと念じていた娘、ラケルの姿が目に入る、ラケル、何て美しい名前。母なる羊という意味じゃ。足下で石がゴロゴロと音をたてる。ラケルはおびえながら走っている、誰かを捜しているようだ、離ればなれになってしまった人にちがいない。しかし、ルポスが目に入る。ルポスは鎌を頭上に掲げて、人を押しのけ、人の足を踏みつけながら、娘に近づいていく。空いている方の手で娘の手をつかむ、小さい繊細な骨、なめらかな筋肉、熱い肌で組み立てられた奇跡を、その手でぎゅっと握りしめて、群衆の中から抜け出るまで引っぱっていく。道端で汗でべったりとくっついた手を離すが、この哀れな若者はすっかり気が動転していて、まだ鎌を頭上に掲げたままでいる。群衆が押しあいへしあいしながら大挙してふたりの前を駆けぬけていく、最後の方からぱらぱらぱらと追いかけていく人たちがいる、体の麻痺した者、目の見えない者。そしてしんがりはライ病患者、腐った足を引きずりながら、法を順守して叫んでいる。おれはライ病だ、ライ病だ！　やがて道には誰もいなくなり、そこは光の中で白く輝いている。ざわめきは頂上の方から聞こえてくる。そして再びヒバリのさえずりが耳に入ってくる、この間もずっと鳴きやむことがなかったかのように。ふたりはそこに立ちつくしている。美しい。じつにもって美しい。どうじゃ？　むろんこれはわしのじいさんが話してくれたまったくその通りというわけではないがな。わしが今知っていることは、じいさんには知るよしもないことだ。わしはさんざん考えたあげく、こうだったにちがいないと思うに至ったのじゃ。正確な記憶力のおかげだ。わしのじいさんの話はというとな、こんなふうじゃった。エルサレムにシモンという名の男がいて、息子がふたりいた。ひとりは生まれたときに髪が赤かったのでルポスと名づけられ、美しいラケルを妻にめとり、ふたりしてローマへ行った。当時ラケルのおじがローマにいたからだ。おじは大きな屋敷に住み、大勢の商人が彼のもとで働いていた。ローマではその頃ユダヤ人の羽振りがよかったんじゃ。過ぎ越しの祭りにエルサレムにやってきたひとりの商人から、今や親戚となったルポスが指輪やイヤリング、腕輪など、美しいアクセサリーを作っていると聞いた。おじは、次の年にまた別の商人がやってくると、次のような手紙を託した。主の名に栄光あれ、親愛なる兄弟よ、まさかとは思いますが、もしかしてまだご存知ないかもしれませんので、お知らせしましょう。雲が去り、ローマでは今、日が照っています。皇帝はすでにその罪の報いを受けはしましたが、われらの会堂に自分の影像を設置し、大理石とはいえ、みだらな肉体をさらして神聖な会堂を汚しました。これは数ある罪のうちのひとつにすぎません！　しかしながらラビたちは、賢明にも金曜日にはこっそりと影像を織物でおおい隠しました。ここローマで神に祈りを捧げているわたしたちは、そちらエルサレムではあなたたちがその同じ神に祈りを捧げているわけですが、ラビたちの知恵のおかげで死の罪を免れました。今はもう、先に述べたとおり、日が照っていると言えましょう。彫像は運び出されて、粉々に破壊されました。それはたいそうな作業で、頭部をとりはずすだけで三日間もかかりました。新皇帝はクラウディウスという名前ですが、彫像を破壊したばかりでなく、まこと神に感謝すべきことですが、古い体制までも完全にひっくり返しました。昨日正しかったことは、明日も正しいとは限らないのです。混乱の極《きわみ》です。こうしてわれらは前の体制下では信仰を理由にさげすまれていましたが、カエサルとアウグストゥスの時代に祖先が享受していた権利と特権を返してもらえることになりました。親愛なる兄弟たちよ、ローマにいらっしゃい！　ローマは美しいものに貪欲な町です。ルポスよ、貴君にはまだ会ったことはありませんが、あなたは美しいものに目がきくと聞いています。祭壇は修繕を必要としていますし、ローマの御婦人たちは誰しもがユダヤの宝石を欲しがっています。拙宅は広大です。恵贈いただいた指輪に心より感謝します。いただいたものにくらべればごくつまらないものと承知はしていますが、わたしもあなた方に指輪を贈ります。われらの祖先がしたように、指輪を贈ることで、あなた方をわたしの子どもとして受け入れましょう。指輪をその印として受けとってください。親愛なる哀れな孤児たちよ。手紙にはこう書かれていた。ふたりはヘロデ大王が建設した新しい町、カエサリアで船に乗った。船はキプロスに向かった。そこからクレタ島をめざしたが、三日間、海の荒波にもまれて、四日目の朝、ロドス島の岸辺で座礁した。ルポスはラケルを背中にかついで岸まで運んでいった、途中で最初の陣痛が襲い、息子が生まれた。ケファと名づけられた、岩石という意味じゃ。全財産は海のもくずと消えた。ルポスは一年間、ロドスで働き、稼いだ金で船旅を続けた。シラクサまでたどり着いたものの、そこで食糧がつき、幼いケファは泣きじゃくった。だがその地には親切なユダヤ人が大勢、異教徒の中で暮らしており、ラケルのおじがいかなる人物かを知ると、証書をとって喜んで金を貸してくれた。こうして一家は無事ローマに到着した。クレネのシモンの全財産、その三分の一がパンフィリアの海に呑みこまれ、くわえて借金の返済までするこ とになろうとは、おじにはむろん思いもよらぬことだった。彼らは広大な屋敷の中に小さな物置部屋をあてがわれたが喜んだ、というのも、そこはほかの部屋と同じように中庭に向いていて、中央にある噴水からは水が流れ出ていたからだ。ラケルはここで娘を産み、ヤエルと名づけた、かたい岩山も自由に駆け回る野生の山羊という意味じゃ。おじはむろん陰で笑っていた。母羊が野生の山羊を産んだ? 孕ませたのはどこのどいつだ? ケファは思春期になると、若き日の父親のように美しい青年に成長したが、その美しさは若き日の母親のようなやさしさを帯びていた。彼は夜中になるとマケドニア人の奴隷たちのところに忍んでいったり、芝居小屋のまわりをうろついたりした、物まねが得意で、誰のまねでもできたし、歌も踊りも達者だった、ついにはふっと姿をくらまし、役者になったとうわさされた、だがむろんそれだけではないがな。ヤエルもその名にふさわしい娘になった。いつとも、どこでとも知れないが、由緒ある家の若者に見初められた。この青年の名前はガイウス、ローマ人にはそれはよくある名前だ。だが彼は家柄よりもその名前の方を誇りにしていた。ガイウス。俺の名前は、幼時に七羽の雛がピーピー鳴いている鷲の巣を見つけたと言われ、それで七回も執政官に選ばれたガイウス・マリウスと同じさ。そのうえユリウス・カエサルの名もガイウスときてる、ガイウス・ユリウス・カエサル、大マリウスの親戚だ、だからある意味では、おれの親戚でもあるわけさ。ふたりは一世代ちがうから、知り合いではなかったが、カエサルは思春期にはすでにマリウスを手本に選んでいたのさ、言っておくが、マリウスはおれの親戚なんだぞ！　ふたりの名を出すことで、自分の卑小さを彼らの偉大さのなかで洗い流せるとでも思ったのか、われらが愚昧なるガイウスも、ふたりの偉人を手本に選んだ。さて、ふたりの恋愛じゃ、ふたりは相思相愛、頭の回転の鈍いガイウスと速いヤエル、ガイウスは金持ち、ヤエルは貧乏、ガイウスは愚か、ヤエルは賢い、ヤエルはよく働き、ガイウスはちゃらんぽらん。ガイウスには、名前が同じというだけで、神々がある日突然、自分を執政官か法務官にしてくれるとでも思いこんでいるふしがある。武器の扱いもわからず、演説もへたくそだが、ヤエルが小柄でやせっぽちなのに対して、ガイウスは巨体、顔つきは、心の中で憧れているふたりのガイウスのように精悍とはいかないものの、木訥《ぼくとつ》さに人のよさが感じられ、顔の肌は女子のようにつるんとしている。毛深いユダヤ人の娘にはとりわけ魅力的にうつったかもしれんな。あなたがガイウスだなんて、名前負けね、辛口のヤエルは言った、クロディウスのようにあご髭はないし、クロディウスと同じように、あなたの血は権力ではなく女に熱くなる、過小評価する必要はないわ、それだってひとつの権力なんだから！　あなたはヒスパニアのワインをしこたま飲んでは美少年に快楽を求める。ヒスパニア！　口にしたこのことばが自分にとってどんな意味をもつことになるか、あわれなヤエルはまだ知らなかった。わたしの兄、ケファも同じよ、もう一年も会っていない、それでもわたしは兄が大好き。あなたはむしろクロディウスに似てるわね、女装してカエサルの妻、ポンペイアの寝室に忍びこんだ、あのクロディウスよ。教養あるヤエルは言った。それができたのは彼も毛深くなかったから！　婦人たちはボナ・デアの祭儀の最中で、ボナ・デアは、ギリシア人にとっては、ディオニュソスの母のこと、愛しいガイウス、そんなにふくれっつらをしないでちょうだい。賢明なヤエルは言った。あなたのそういうところが好きよ、クロディウスの心とマリウスの体を持ったわたしのガイウス、そんなあなただからこそ愛してるのよ。エルサレムのアクセサリーはもうすっかり流行遅れになっていた。ヤエルは何度か人目をぬすんで彼のものになったが、ガイウス家のものにはなれなかった。そしてこんなふうに言われるようになった、よそから来たユダヤ人の娘は、良家の床に寝るばかりか、もしもいっしょになれないのなら呪いをかけてやるとガイウスを脅している、いっしょになるには、ユダヤ教に改宗し、その印に秘密の地下室の奥で血を飲み干さなければならない、そこには土曜日ともなると、クレストスなる人物の指導のもと、陰謀を企み蜂起を煽ろうと、人々が集まっているらしい。夜中に、ユダヤ人の大邸宅が放火され、包囲された。中から逃げ出してきた者は、槍で心臓を突かれた。おじもそのようにして刺し殺され、おばも槍先で命を落とした。七人の息子は焼死した。ルポスとラケルは中庭の真ん中にある美しい噴水の中で溺死した。奴隷たちにも容赦はなかった、救世主はおろか、待ち望んでいることなど何ひとつなかったというのに。どうやってかはわからないが、ヤエルは難を逃れた。ちょうどその夜明けにユダヤ人の商人がヒスパニアに向かって出《しゅっ》立《たつ》した。この商人がヤエルを連れていったのじゃ。ヤエルは一〇人の子を産み、太って、とてもよい母親になった。一〇人のうち六人が息子。六人の息子からは全部で三六人の息子が生まれた。やがてヤエルは孫たちに語り聞かせた、わしのじいさんがわしに語ったことをな。ここで息子から息子へと引き継がれてきた先祖の名前シモンやシメオンは途切れてしまった。この名前はいずれ、離散した一族が、混じり合う血の中で出会いを果たす時に、再び蘇ることになるがな。それほど長い年月はかからない。だが当時のヤエルには知るよしもないことだった。三六人の息子は、ヤエルの血を、ヤエルを通してルポスとラケルの血を、ルポスを通してアロンの一族に連なるシモンの血を世界のすみずみにまで広めた。この間、およそ五〇〇年が過ぎた。困難な時代だった。やがてヤエルの孫の子孫にあたる男に娘がひとり生まれた、ゆりかごの中にあって早くもその美しさが評判になるほどだったので、先祖の歴史をよく知る父親は、最初にローマにやってきたあのラケル、一族の母ともいえる人物にちなんで、ラケルと名づけた。ほかに子どもはいなかった。この一人っ子を守るために、うわべだけキリスト教に改宗した、ただ困ったことに、豚肉が食べられなかった。はき出してしまうのだった。困りはてた父親は、迫害にさらされてもユダヤ教の教えを守るために、あわれなユダヤ人はどうすべきか、賢人たちの助言を求めて、スラに手紙を書き送った。返答がくるまでに一〇年が過ぎた。来たのは手紙ではなく、ひとりの商人、いや実は商人でもなく、サムエル・ベン・ヨセフという名の高名な高位教育者《ガオン》だった。ラケルはその間にすばらしい娘に成長していた、そして手紙を書いた主《あるじ》の家に宿を得たサムエルは、言うまでもなく、たちまち娘に心を奪われた。彼は集まったユダヤ人たちに語った。覚えておきなさい！　エノスとその仲間たちは偶像崇拝の罪におち、ゆえに主は第三天にお隠れになりました。偶像崇拝とはどういうことでしょうか？　主の被造物にすぎない人間が、創造主ではなく、生けるものであれ死せるものであれ、自分で選んだ被造物を崇拝することです。まるで主の呪いが成就したかのように、あなた方は、あなた方もあなた方の先祖も知らない民のところに連れていかれ、聖典に記されているとおりに、そこで木や石といった異教の神に仕えることになるのです。そして、うわべをつくろうことはどうでしょう？　何かにみせかけることは、嘘をつくことにほかなりません。ミシュナにはこれも罪なりと書いてあります。よって、あなた方は二重の意味で罪を犯していることになります。わたしには、あなた方を厳しく戒め、あなた方のために祈ることしかできません。とりあえずは群れが囲いの中に戻ってくるまで、わたしはこの地に留まりましょう。そうして、そのまま留まった。ラケルは一二人の子を成した。だがサムエルは三〇年後、スラの学院へ戻るべく再び旅立った。ここに来る前まで、かつて彼はその学院の高名な教育者だったのだ。ふたりは幼子たちを連れていった。上のふたりの息子は、すでにどちらも人々に尊敬されるラビになっていたので、そこ、コルドバに残った。しかし、スラからもどこからも、ラケルについても、サムエルと子どもたちについても便りは来ず、その消息は永遠に途絶えた。いつの日か見つかって、戻ってくるかもしれん。おまえを訪ねてくるかもしれん、わからんぞ！　おまえが夢の中で、アラム語や、ヘブライ語、ギリシア語、アラビア語、ラテン語といった自分の知らない言葉で話していても驚いてはいかん、のちの時代のことまで考えれば、もっと別のたくさんの言葉で話していたっておかしくはない。これは夢にすぎないとしても、すべては真実であり、すべてはありうべきことなんじゃ。だから驚くにはあたらんぞ！」

でもお風呂場で何か変な音がしている。魚がタイルの床の上でのたうち回っている。洗面台の下で、バタバタと跳ねている。おばあちゃんは顔を手でおおっていて、指の間から涙が溢れ出ている。僕は椅子の上に立っている。おじいちゃんが座っていた椅子だ。笑っちゃうよ、だって僕は、自分が歯ブラシを手に洗面台に向かっておしっこをしていて、それが歯ブラシからしたたり落ちているのを、鏡で見てるんだから。それで洗面台の中では魚がばたついていて、泳ごうとするんだけど、狭くってだめだ。パクパク音をたてている。というのも浴槽には父さんがいるからで、石けんをこすりつけて、体毛は泡だらけ、石けんの泡の音、そして僕は感じる、誰かに見られているのを。振り返ってもいいかな？　眼鏡の女の人が僕を見ている、そしてその横、さっきまで僕が立っていたあの椅子に、フリジェシュおじさんが座っている。笑っている。飛びあがって走っていく。暗闇の中に消える、僕は自分がその暗闇の中にいるのを感じる、僕は抱きしめられて、口の中に歯ブラシをつっこまれる。それで僕の歯が折れる。どうやら血が出ているみたいだ。フリジェシュおじさんは笑っている。やっぱり血が出てる、僕は出血して死んじゃう、僕は流れ出ちゃうんだ。僕はどこかで寝ている。タイルの床が冷たい。どうやってここに来たんだろう。ここではいろんなことがいっぱい起きるけど、何が起きても、僕は身動きできない、ただ見ているしかない。暗い。誰かが叫ぶ。「ナイフで自分の指を切ったら痛いだろ？　そうだろう？　どうなんだ！」「痛いよ！」なんてこった！　自分の声だ、ちゃんと自分の顔を見ていたけど、僕の口は動いてなかった。「ナイフみたいに、おまえの中にぐさりとやってやったぞ！」叫んだのはたぶんおじいちゃんだ。「きっと痛いぞ！」ようやく僕は自分がどこにいるのかわかった。コンロの上にたらい。タマネギが黒く焦げている。ということは、やっぱり階段の手すりを滑り降りてきてここに落っこちたのは、さっき起きたことなんだ。いくら待っても来るはずない、おばあちゃんは部屋で寝てるんだから、それに血が出ちゃったら、そうしたら僕ももう死んじゃうんだ。ということは、指を切ったのはやっぱり今なんだ。でも、この白い足は人間のものじゃない。ベッドだ。まるでうちの台所みたい。あそこからベッドを運んできたんだ。お風呂場のタイルの床も黒と白のチェックだ。魚はまだあそこにいる。でも風で窓のカーテンがふくらんで、お日様の光がきれいに差しこんでいる、風で血の跡が揺れる。白いのが一〇個。二段ベッド、白い壁。ここには誰もいない。全員そろえば、二〇人がここで寝起きできる、いつもひとりは医務室だけど。黒の四角しか踏んじゃいけない！　待つんだ。誰か来る、そうしたら僕も出ていく。黒の四角だけだぞ、ベッドの前を歩いていく、白の四角は踏んじゃだめだ！ でもやっぱり僕はここにいるんじゃないのかも、だって、この女の人はまだあそこにはいなかった、どうしてここにいるんだろう。その人が僕の上にかがみこんでいるということは、僕は寝ているということだ。僕はどこかで寝ているんだ。女の人の口が動く。黒と白の四角の上。なにか白くて柔らかいものの中、その真ん中で寝ているみたいだ、でもやっぱり冷たいタイルの上なんだ、そしてこの女の人は何か言いたそうだ、口が動いているのが見える！ でも僕には聞こえていないみたいだ。おばあちゃん、オマルを持ってくるのはおばあちゃんだ、僕のおしっこ用だ。ベッドに寝ているのはやっぱりおじいちゃんなんだ、僕じゃない。でもどうしてあそこにベッドがあるんだろう？ 誰が置いたんだ？ おじいちゃんはいつも同じ姿勢で横になっていた。目にハエが飛びこんできても気づかない。追い払わなくちゃ！ 目を閉じることができないから、じっと見てる。おばあちゃんは鏡にも黒いスカーフをかぶせる。ハエはどこから入ってくるんだろう。おばあちゃんは黒いスカーフをひらひらさせている、よろい戸をおろして、窓を閉める。それでもハエは入ってくる。追っ払ってやらなくちゃ。ろうそくが暗闇の中でチリチリと音をたてる。おばあちゃんは、おじいちゃんの枕元にろうそくを灯した。いくらそっと歩いても、床はギシギシ音をたてる。ということは、やっぱり僕はここにいるってことなのかな？「あたしは出かけるよ、教会に行ってくるからね、おまえは天使が来るまでここでおじいちゃんといっしょに待っているんだよ。天使がお迎えに来るからね、怖がらなくてもいいんだよ。」姿が消える。おじいちゃんの足の裏が毛布からのぞいている。外では風が吹いている、音が聞こえる、さっきまでお日様が照っていたのに。フリジェシュおじさんが道を歩いてきて、立ち止まる。おじいちゃんが駆けよっていく。空は暗い。フリジェシュおじさんはバラの花を一本鼻に持っていって、香りをかぐ、そしてまた歩き出す。おじいちゃんが立ち止まる。ドアが開いて、中からおばあちゃんが叫ぶ。「いらっしゃい、フリジェシュ！　コーヒーにはマツァがいいかしら、それともハーラにしましょうか？[*6]」そんなことはおかまいなしに、ふたりは抱き合っている、おじいちゃんは泣いている。フリジェシュおじさんが聞く。「便《べん》はどうだ？」「もう大丈夫。人は地下室で糞するものだ。」おばあちゃんはミルクコーヒーにハーラを添えた。白いハーラの中にはふっくらしたレーズンが入っている。フリジェシュおじさんの水色の目。「どうして泣いとるんだ？　おまえさんがここにいて、わしが腕にあんたの重みを感じているということは、わしらは生きとるということじゃ！　わしらはまだ生きとるんだぞ、おい！」おじいちゃんはフリジェシュおじさんの肩に頭をのせる。「まさにそのことじゃよ！」白いテーブルクロスが宙を舞う。「これはいちばん上等のダマスク織りなのよ。おじいさんの亡くなったお母さんの嫁入り道具のひとつなの。気をつけるのよ！　まだ二回しか使ったことがないものなんだから。汚したら承知しませんからね！」テーブルの上にはカップが三つ、三つ目は僕のだ。ウィーンの磁器。マリア・テレジア時代のもの。銀のスプーン、生クリーム用にあのクリスタルのお皿、あれも使うとしましょう。銀のかごの中にはスライスしたハーラ。白いダマスク織りのクロスの上、カップや銀器に囲まれてふたつの手。「まさにそのことじゃ、とは何のことだ？」おじいちゃんの骨張った手が、フリジェシュおじさんの柔らかな手を包みこむ。「まさにそのことなんじゃよ！　あんたが来るとな、何かが過去の世界から蘇ってくるようなんじゃよ、そんな権利もないのに勝手にな、そいつはわしをたぶらかす、昔とは変わってしまったもの、もう生きてはいないもの、わしの中ではとうに死んでいるんじゃ。そういうものが舞い戻ってきて、動き回り、わしに新しい姿を見せる、わしの過去はもう石になっているというのにな、わしにとってはあんただってとっくの昔に死んどるわい！　わしはあんたが好きだ。お願いだ、どうかわしの石をそっとしておいてくれ！　あんたが来てくれなくなったら、わしだって死んだも同然になるんじゃろうな、自分が死んだことさえ気づかなくてな。何が起きるわけでもない、とても生きているとは言えん、死んどるようなもんだ！　そんなふうに感じないか？」フリジェシュおじさんの柔らかな手が、テーブルの上のおじいちゃんの骨張った手を包みこむ。笑っている。「弱音を吐いとるな、この愚か者め！　情けない奴だ。めそめそしおって。涙もろいユダヤ人め。」おじいちゃんの枕元で、ろうそくから煙があがって、チリチリと音がした。真珠の玉がろうそくを伝って流れ落ちていく。ハエがブンブンいってる、おじいちゃんの鼻をおりていって、大きな穴へと向かっている、中に入っていっちゃうよ！　あそこに寝ているのは僕のような気がする、僕はここに座っているのに、でもやっぱりちがう！　あそこに寝ている人、それは僕に似ている、いいや、やっぱり僕なんだ。何とかしなくっちゃ！　飛び起きるんだ！　でも僕は何かに縛りつけられているみたいだ。あそこにも行けない。僕はここに座っている、そうじゃなければあそこに寝ている、これはぜんぶ何かのまちがいで、僕は知らなかっただけなんだ、知らないうちに、僕には息子や孫が生まれていて、僕は年とって死んじゃって、今、その僕を男の子が見ていて、その男の子は僕なんだ。いや、ただ眠たくなっただけなのかもしれない、僕はおばあちゃんにここにいるように言われて、夢を見ていて、目が覚めたところなんだ。どこにも行けるわけないし。おじいちゃんはやっぱり肘掛け椅子に座っている、手が赤いビロード地の上にのっている。でもこれはおじいちゃんの手じゃなくて、僕の手だ！　おじいちゃんがいきなり手を動かすと、カップがひっくり返って、怒りで首と口が真っ黒になる。「あんたに言われたくない！　あんたにはわかっとるはずだ、わしだ、わしはわしなんだ！」でもフリジェシュおじさんは目を閉じて、喘ぎ声で言う。「おまえさんを怒らせてやろうと思ってな、怒れば、生きてると感じるはずじゃ！」おじいちゃんは笑わない。「これはまじめな話だ。いくらでも笑うがいいさ！　隠そうとしても無駄だぞ、ナイフみたいに鋭いんだからな。あんたは心の中でわしを笑いものにすることで、わしの信念、わしの人生は、何から何までまちがいだったと言っとるんじゃ！　いくら隠してもわしにはわかる、あんたはナイフだ！」灰色の影が梁《はり》の後ろへすっと動く。影が喜んでいる。めそめそした声。おじいちゃん、お話してよ！　おじいちゃん、僕は何も思い出せないよ！　聞こえてくる、このめそめそ声は僕の中から聞こえてくる、そして、おばあちゃんはまだ帰ってこない、するとこれはやっぱり夢なのかもしれない。体の形が布団の上にくっきりと浮かびあがっている、組んだ両手が青い絹の柔らかさの中に沈みこんでいる。重み。壁にハエ、おでこや鼻のまわりにも。ろうそくの炎、チリチリ燃える音。外では風の音、よろい戸のすき間から差しこんでくる光、そして僕のお腹が鳴るかすかな音。今日は朝ご飯なしだった。おばあちゃんが忘れたんだ。一度ふたりが喧嘩しているすきに、生クリームを全部食べちゃったことがある、でも夜になってから吐いちゃった。フリジェシュおじさんはいつも絨毯をパンくずだらけにした。ハーラを小さくちぎると、それを手にしたまま、手を振り回して話し続けた。「まじめな話だと？　わしにはわからん。この世にまじめに話せることなんぞ、あるのかどうか。わしは笑うしかないんじゃ。おまえさんのこともな。笑えるじゃあないか。まちがいだったと？　どんな正義に照らしてまちがいと言えるんだ？　人生のすべてがまちがっていた？　信念も？　信念は目的のためにあるものだろ。だが、目的がわかっている者などおるか？　そいつは神か？　まちがいだったと言っているのはおまえさんだ、わしじゃない。信念とまちがい、目的と正義、まるでカドリーユのペアだ。軽やかにダンスを踊る。信念に疑念はつきものだ。わしは疑うことなどしない、信念など毛頭ないからな、信念がないのは、目的がないからだ、そして目的がないから、わしにはわからん、わしには何もわからん。わしは自らを神にゆだねたんじゃ。ポルトガルの話を知っとるか？　聞きたいか？」フリジェシュおじさんが手のひらを上に向けてテーブルに置くと、おじいちゃんはその手のひらに自分の手を載せた。「歴史は詳しくないが、このポルトガルの話はしっかり頭に入っておるんじゃ。」「その話なら知っとるぞ！」「マイミ・シモンの話だ。キリスト教に改宗することなく死んだ、ほかのユダヤ人たちはそろって改宗したというのにな！」「その話なら知っておる、わしの遠い祖先にあたるんだ！　それでわしにいったい何が言いたい？　何の話だ？　わしが火をつけて火あぶりにしたとでも言いたいのか？　なるほどわしは衣を脱いだ。だが、断じて信仰を捨てたわけではなかった。そんなことは世俗の表面上のことだ。わしは自分の魂のいちばん奥深いところにまでたどり着いたんじゃ。わし自身の魂！　神に通じるところまでいったんじゃ！　それにこの魂は、わし自身のもの、わしだけのもので、いかなる群れにも属しておらん！」「話を聞くんじゃ！　続けるぞ！」「必要ない、よく知ってる話だ。」「結末はどうだ、結末は知らんはずだぞ！」「結末だと？　結末なんぞあるもんか！」おじいちゃんはわめいた。フリジェシュおじさんもわめいた。でも、互いに手を離そうとはせず、テーブルの上、カップと銀器の間で、引っ張ったり、押しやったりしていた。フリジェシュおじさんはハーラをコーヒーに浸して、コーヒーが十分に染みこんでから食べる。ろうそくの横のマグカップの中には、おじいちゃんの入れ歯が入ったまんまだった。おばあちゃんが、おじいちゃんの残したものは何でも思い出だから取っておこうと言ったんだ。フリジェシュおじさんは、ハーラを丸めて玉にして、おじいちゃんに投げつける。笑ってばっかりいた、おばあちゃんはそういうのが我慢ならなくて、いっしょにコーヒーを飲むのはごめんだと言っていた。もう、頭のおかしな人たちなんだから！「落ちつけ《ルーヘ》！　おまえさんにわかるはずない！　五〇〇年前にオポルトでキリスト教に改宗したユダヤ人たちが、この間の春にユダヤの神のために会堂を建てたんだ、五〇〇年前に信仰を捨てたユダヤ人たちがユダヤ教に戻ってきたんだよ！」フリジェシュおじさんがわめいた。おじいちゃんもわめいた。「だったら五〇〇年後、これからまた五〇〇年たったらどうなってるか、わかったもんじゃあるまい？　五〇〇年だぞ！　時間なんぞ存在しない！　まちがっとるぞ、時間は存在するものではない、あるのは、わし、わし、わしだ！　存在しとるのはわしだけじゃ、現実の存在、それはわしだけじゃ！」フリジェシュおじさんはおじいちゃんを見て、おじいちゃんの手を離すと、おでこをぬぐって、かすれ声で言った。「ヨブの話、あの長い長い議論はどうだ、ヨブのことは知っとるじゃろう！」おじいちゃんが白いテーブルクロスに手のひらを上に向けて置くと、フリジェシュおじさんはその手のひらに自分の手を載せた。「ヨブ？　そうきたか。あんたはナイフだよ！」そしておじいちゃんはテーブルの上に体をかがめて、フリジェシュおじさんの手にキスをした。それからふたりはただ座ったまま泣いていた。おじいちゃんはめそめそと、フリジェシュおじさんはしくしくと、でもフリジェシュおじさんは本当は笑いたかったんだ。「いくらちがうと言いはっても、おまえさんは選ばれた者なんだよ。おまえさんは自分を選んだ。自分自身で、自分の判断で選んだんだ。自分自身でな。わしは他人の判断に身を任せて、与えられた場所でおとなしくしていた。そうして、わしはおまえさんが脱ぎ捨てた衣をまとった。いいかい、わしはつま先まですっぽりくるまってここに座っている、おまえさんは裸でここに座っている、わしといっしょにな。ふたりでこうして世界のてっぺんに座っている。ふたりの愚かな老いぼれだよ！　そうしてつまるところ、どちらも信念であることに変わりはない。どちらも同じ信念、それは不知ということじゃ。とどのつまり、わしらは不知という点で兄弟なんじゃ。」フリジェシュおじさんはおじいちゃんと同じぐらい背が高かったけど、太っていた。おじいちゃんが死んだ時、フリジェシュおじさんは来ることができなかった、もう生きていなかったからだ、おばあちゃんは、今までおまえに言いたくなかったのよと言った。あの時計がどうなっちゃったのか、僕は知らない。僕たちが魚を食べている最中に電話が鳴った。フリジェシュおじさんが死んだのは、その時だったにちがいない。金曜日。太った人には特注の棺桶を作る必要があるんだよ、とおばあちゃんが言った。大きなお腹のそのまた上にちょこんと盛りあがったところがある。ベストのポケットに入っている時計だ。この時計は三〇分ごとに鳴って、短いメロディーを奏でた。お腹が音楽を奏でているみたいだった。家に来て肘掛け椅子に座ると、僕を両足の間に入れてくれて、僕はお腹の上に頭を乗っけなくちゃならなかった。そうすると鎖をベストのボタンから外して、時計を僕に渡してくれた。おじいちゃんたちがおしゃべりしている間、僕はベッドにごろんとなって音楽が鳴るのを待つ。時計が鳴ると、僕は目を閉じた、曲が流れた。僕はうれしくなった、でもそれもつかのま、すぐに鳴り終わってしまうので、また時間がたつのを待たなくちゃならなかった。コーヒーはもう空《から》になっていて、ふたりは互いの手を握りあっていた。おじいちゃんが話していた。「あんたに話したかどうか覚えがないが、帰り道、クラクフを通ってきた時のことじゃ。ある建物の前に大勢の人だかりができていた。わしも立ち止まって、みんなが何をながめているのかのぞいてみた。その建物は爆弾できれいに真っ二つになっていた、無事に残った部屋の方は、何事もなかったみたいに、壁には絵がかかったままだし、ほこりをかぶってはいるが、ソファにはクッションがそのままのっている、三階にはなぜだかわからんが、テーブルの真ん中に尿瓶《しびん》が置いてあって、テーブルクロスのレースは焼け焦げている。四階は絹のクロス貼りの部屋で壁際にピアノがあった。真っ二つになった階段を男がひとりあがっていく、みんなが見ていたのはそれだった、わしもいっしょになって見ていた。年配の男だった。階をひとつあがるごとに立ち止まって一休みしては、またあがり始めた。四階までくると、そこで鍵穴に鍵を差しこんで、ドアを開けて、後ろ手に閉めた。戸口でコートをコート掛けに掛けた。部屋に入った。部屋を見回し、にっこりすると、椅子を指でなでた、ほこりをかぶっているのがわかる。ピアノの前に座り、ふたを開けた。鍵盤をながめて、しばし考えこんでいた。わしらは下で黙ってつっ立っていた。まわりにいたポーランド人たちはそれが誰なのかを知っていたらしい。それから弾き始めた、ショパンだったと思う。自分のために弾いていた、練習していた。手慣らしだ。弾きまちがえると、もう一度始めからやり直した、すると同じメロディーが毎回ちがった表情を見せた。こうしてすべてはいっそう美しいものになった。人が寄り集まってきて、人だかりは大きくなった。涙を流している人も大勢いた。この奇妙な演奏は一時間以上続いた。それから男は立ちあがり、腰を曲げ伸ばししてから、ドアの方へと向かった。ドアのむこうは奈落だった。そうしてドアをぐいっと引っぱった、ドアが枠ごとはずれた、枠といっしょに、残っていた壁もぜんぶな。」時計が鳴って、メロディーを奏でた。フリジェシュおじさんは立ちあがっておじいちゃんに聞いた。「おまえさんの作り話だ、そうなんだろう？　ちがうか？　おまえさんの作り話だ、どうなんだ！」おじいちゃんは答えなかった。フリジェシュおじさんは笑った。「おまえさんの作り話だよ。そうにきまっとる。人生はそんなもんじゃない。わかっとるぞ！　おまえさんの作り話だ。わかっとるぞ！」フリジェシュおじさんは笑って、肘掛け椅子にぽんと腰掛けた、すると肘掛け椅子の足がぽきりと折れた。おじさんは床に座って笑っていたっけ。おじさんが帰ると、みんなで肘掛け椅子を部屋から階段の下まで引っぱっていった。そのうち修理しないとな。夜、窓を叩く音がした。例のタンスの中からくすねてきた絹の靴がベッドの前に置いたまんまだった。急いでどこかに隠さなくっちゃ。「開けてくれ、俺だ！」窓のところに軍隊帽をかぶった頭、父さんだ。電気はつけないぞ、おばあちゃんに気づかれなければ、父さんとふたりっきりになれる！　絹の靴が見つからない、椅子が倒れた。僕は手を伸ばした。父さんはいらいらしてドアの前で足踏みしていた。鍵がないと思ったら、錠にささったままになっていた。鍵は錠にさしたままにしておかなくちゃいけない、そうすれば泥棒が合い鍵をさしこむことができない。父さんの顔は髭が生えていて、暖かかった。服はいつものにおいがする。おばあちゃんが起きてこなかったら、僕がベンジンを捜してきて服を洗うんだ。「父さん、僕が洗うよ！　ベンジンを捜してきて洗うよ。」お風呂場では電気をつけた、でも僕は目をふさいでいなくちゃいけない、父さんを見ないように。魚は浴槽の底で眠ってたけど、明かりで目を覚ました。「おばあちゃんが魚を手にいれたんだよ！」「洗わなくてもいい、朝にはもう出かけるからな！」父さんは服を僕に手渡すと、裸でそこに立った、僕は父さんが裸になっているところが大好きだった。おじいちゃんは、律法によれば父親のむきだしの股間を見てはならないことになっている、と言っていた。エーヴァは、股間というのはおちんちんのことだと言った。「父さん、じゃあいっしょに寝てもいい？」「おまえに持ってきたものがある、忘れるところだった。ズボンを取ってくれないか。それから洗面台に水を入れなさい。魚はしばらくそっちに入れておこう。」父さんがズボンのポケットを探って、僕に持ってきてくれたものを捜している間、僕は洗面台に水を入れた、でも後ろは見なかった、何がもらえるのか、じっと待っていた。それはチデルがくれた弾《たま》に似ていたけれど、中身は空っぽだった。「笛だよ。吹いてごらん！」洗面台の中で魚がばたついていた、泳ごうとするけど、狭くってだめだ。父さんはシャワーの下に立って、目を閉じた、僕は椅子に座って、笛がもらえてうれしいってところを見せようとして、時々笛を吹いた。僕はすごくどきどきしていた、なぜって、僕はここに座っていて、浴槽には父さんがいて、石けんをつけていて、僕は父さんといっしょに寝られるんだ、朝までいるんだから。その時ドアが開いて、すき間からおばあちゃんが目をぱちくりさせて、叫んだ。「フェリ、フェリじゃないかい！　それからおまえはまたそんなところでこの夜中に何で笛なんか吹いているんだい？」でもおばあちゃんはこっちには来ないで、慌てて引き返していった。笛がどっかに転がっていった。おばあちゃんは夜の間は頭にスカーフも帽子もかぶらなかった、それでオマルを持ってくると、僕はいつもオマルだ、オマルだと大声をあげた、ほんとうはいつもハゲだ、ハゲだって叫びたかったんだけど、でもそんなこと一度だって口に出して叫んだりはしなかった。慌てて戻ってきたおばあちゃんの頭にはスカーフがしてあった。「背中を洗おうかい？　膝をついてごらん、背中を洗ってあげるよ！」父さんが浴槽の中で膝をつくと、おばあちゃんは背中に石けんをつけた。畳みかけるように話しかけた。「服を洗おうか？　洗うよ、急いでね、ベンジンで洗ってあげるよ。お腹すいてないかい？　何がいい？　タマゴでいいかい？」おじいちゃんが早くも遠くから大声をあげた、ドアを大きく開ける、でもそこで立ち止まった。「待ってたぞ！　困ったことになった！　えらいことになった！　先週フリジエシュの息子が逮捕されちまってな《ディー・レッツテ・ヴォッヘ・ヴルデ・フリジエシュ・ゾーン・フェアハフテット》！」父さんはおばあちゃんの手をくぐり抜けて、立ちあがった。「髪は洗わないのかい？　髪は洗ってやらなくてもいいのかい？」「だからどうしろって言うんだ、おやじ？」「何だと？　おまえの友だちじゃないか！」父さんはシャワーの下に立って、目を閉じた。湯がザアザアと流れ、父さんの体がきらきらして、足下の排水口にブクブクと流れこんでいった。「若気の至りだよ！　逮捕されたんなら、それなりの理由があってのことだ。」おじいちゃんは怒鳴った。「おまえの友だちじゃないか《エス・ヴァーア・ドッホ・ダイン・フロイント》！」父さんは目を開けて、小声で何か言う、おじいちゃんは前屈みになって、必死に口の動きからそれを読み取ろうとした。「友情だって色あせるものなんだよ、おやじ、よくも悪くもいったん確固たる世界が築かれてしまうとな。残念だよ。俺はますます融通のきかない堅物になるばかりだ。」「今はおまえの話をしとるんじゃないな！　おまえにとっては道義も時間も何の意味もないのか！」「おじいさん、そんな大声出さないでください！　今帰ってきたばかりなのがわからないの？　フェリ、タマゴでいいかい？」「立場をはっきりさせることだよ、おやじ、そうしたら道義についても議論できるってもんだ。タオル！」おばあちゃんは石けんのついた手をどこで洗ったらいいかわからなくて、戸棚を開けて、きれいなタオルを二本の指でつまんで取り出した。「この党にあの党！　わしはいつもひとつの党しか知らん！　笑うがいいさ、わしが苦々しく思っていることはわかっておるはずだ！　神がこの世をお創りになって以来、たしかに人間には二つの党がある。カインの側とアベルの側だ！　だがむろんおまえの言うことは正しい、誰しもひとつの側にしか立てないんだからな！」「議論はやめよう、おやじ、疲れてるんだ。」「追われるものと追うものだ！」「ほら、タオルはここだよ！」「父さん、笛がどっかにいっちゃったよ！」「わしの立場はどこかと聞かれたら、ここだと答えるしかない。風呂場だ、わしはここにおる。わしは獣《けもの》で、猟師じゃないぞ！」「ほら、タオルだよ！」父さんは笑って浴槽から出るとタオルを取った。笛はきっと浴槽の下に転がっていっちゃったんだ。「すまない、おやじ、あまりに美しく感動的なお話で吐き気がするよ！」洗面台の中で魚がばたついていた。父さんはタオルで体を拭いた。誰も栓を閉めなかった、シャワーからは水が流れっぱなしで、ボコボコと音をたてて排水口に吸いこまれていった。父さんは腰にタオルを巻いて前を歩いていった。おばあちゃんが慌てて後を追った、おじいちゃんも必死についていった。ここ、お風呂場からは、めったに入れない部屋が見える。おばあちゃんが掃除をする時にいっしょに入るか、午後みんなが寝ている時にしか入れない。いちばんきれいな部屋だ。絨毯はない、一歩でも歩くと音がする。がらんとして何もない、白い壁だけ。窓にカーテンもない。必要ないんだ、ここにお日様の光は差しこんでこないから。外には大きな樅《もみ》の木が三本。樅の木の暗い影が部屋の中の壁の上で揺れている。ここでは僕の背後から誰かが忍びよってくるなんてことはないから、安心していられる。大きなベッドの上には緑色の柔らかい毛布。体を横たえて、隣に父さんがいると想像してみる。窓の前には細長い机、きれいな曲げ木の足、肘掛け椅子のクッションカバーも緑色で柔らかい。机の上には何もない、引き出しがひとつだけあって、いつも閉まっている、大事な書類が入ってるんだ。ニーナ・ポターポヴァの本もここから持ち出した、日曜の午前のことだ。チデルのやつ、いくら屋根裏部屋を探したって無駄なんだ。秘密のものはここにある、でも、僕はそのことをあいつに教えたりはしない。そして部屋にはほかに何もない。明かりをつけると、全体がぼんやりと浮かびあがる。おじいちゃんがまた何か言った、そして父さんは部屋の真ん中、明かりの下で立ち止まった。腰からタオルを取った。なんて大きくて、なんて毛深くて、なんてむきだしなんだ。ベッドの上の緑色の柔らかい毛布は、父さんの肩に頭を押しつけた時と同じにおいがした。毛布の真ん中に染み、いいや、そうじゃなくて、すり切れているのかもしれない。おばあちゃんがきれいなパジャマを差し出す。父さんが出かけたあと、おばあちゃんは洗濯して、アイロンをかけて、いつ帰ってきてもきれいなものがあるようにしている。父さんが出かけたあと、おばあちゃんと僕は手紙か電報を待つ。でも郵便屋さんは中まで入ってこない、門のところから大声で呼ぶ、犬が怖いんだ。僕の犬は咬んだりしないのに。歯をむき出しにするのは笑っているからなのに、みんな咬まれるんじゃないかと思って怖がるんだ。ある日曜日の午前中。土曜日に父さんが来たので、おばあちゃんは僕を連れて礼拝に行けなくなった。日曜日の午前、玄関にお日様の光が差しこんでいた。父さんは鏡をのぞきこんでいた。「もうけっこう白髪になってるな。あそこから金槌と釘を持っておいで、郵便受けを作るぞ。だけど何で作るかが問題だな。」階段の下の、壊れたものやスーツケースなんかが置いてあるところで、ちょうどいい板がないか探した。古い引き出しが見つかった。それで郵便受けを作った。小さな家みたいになった。ドアと窓があって、屋根は雨が降ったら流れ落ちるように斜めになっていた。それからというもの、郵便屋さんは大声で呼ばなくなった。そこに手紙を入れていった。犬が死んだ時、歯がむきだしになっていたっけ。口をちゃんと閉じてやりたかったけど、できなかった。それでも郵便屋さんはもう中まで入ってくることはなかった。午前中、窓辺に立って、いつ手紙が来るか、いつ電報が来るかと待っていたけど、待ちぼうけだった。いつだって思いがけない時に来るんだ。タンスのある部屋は暗くて暖《あった》かい。僕は明るい部屋の方へ走っていく、突然、父さんの目が見たくなったんだ。「神よ、どう話せばいいのですか？　祈るしかない、どうかわが口にあなたの御言葉《みことば》を与えたまえ！」横で寝てもいいと言われると、父さんが電気を消すまで、僕はいつも父さんの目を見ていた、どうしてこんなに青くなったのか、不思議でたまらなかった、いったいなんで？　「ちゃんとパジャマを着て、そんなんじゃ風邪ひきますよ！」あの時、日曜日の朝、僕はベッドに寝ている父さんの横にもぐりこんだ。父さんは裸で寝ていた。僕もパジャマを脱いでしまいたかったけど、できなかった、なぜかわからないけど。そうすれば父さんをもっとよく感じることができたのに。父さんの肩に頭をくっつけると、毛布のにおいがした、父さんの体に自分の体を押しつけた。でも父さんはすばやく僕を押し返して、小声で言った。「あっちへ行って！　ほら、自分のベッドに戻りなさい！　ほら、あっちへ行って！　ほら！」父さんはパジャマのズボンだけをおばあちゃんから受けとって、濡れたタオルを肘掛け椅子に放り投げた、でもそれは床に落ちた。「だんまりときたか！」「また最初からおっぱじめるのか、おやじ？」「空恐ろしいよ！　おまえの行く末が見えるようでな！」父さんはきれいにアイロンのかかったパジャマのズボンを広げて、大きさを合わせてみるかのように、下半身にあてた。長い間考えこんでから、突然笑いだすと、ズボンをおじいちゃんの前でひらひらさせた。「何言ってるんだい、おやじ！　悪いけど、笑えてしかたないよ。あんたは何を知ってる？　あんたはどこにいるって言うんだ、おやじ？　俺に言わせると、あんたはもうどこにもいない！」「わしはまだ生きとるぞ！　おまえはそう思わんかもしれんがな、わしはまだ生きとるぞ！　たとえ何もできないとしても、それでも人が生きているうちは、口にした言葉、口にした考え、それは広がっていくもんなんじゃ、影響を与えるんじゃ、それを邪魔することなどおまえにはできん！　わからんのか？　いくら洗ってもだめだぞ！　おまえは血まみれじゃ！　神の審判の前でおまえはどうするつもりだ？　息子よ！」「俺に神の話はよしてくれ！」「神はどうしてこんな悪魔めをわしから作り出したんじゃ？」「もうやめてくれ、うんざりだ！」「うんざり？」「神だの呪いだのといった話はうんざりだと言ってるんだよ！」「うんざりだと？　今度はわしが笑う番か？　ハハハ！　怖いんだな！　おまえは、わしの言葉によって目の前に奈落がぽっかりと口を開けるのを恐れているんじゃ！　怖いんだな、震えとるぞ！　おまえは、自分の過去が自分の正しさを証明してくれないことを恐れとる、それに過去というなら、わしこそがおまえの過去でもあるのだぞ！　どう考えても、おまえは血塗られておる、奈落に落ちるぞ、奈落の底に、おまえに見えるように、わしがその扉を開けてやる！」「いいかげんにしてくれ！　わからないのか？　やめてくれ！」「フェリ！　おじいさん！　フェリ！　タマゴは？」「あんたが父親であるってことを別にすればだな、俺とあんたは何の関わりもないんだ、一瞬たりともな、そりゃあ、あんたから金をしぼり取ったことはあるさ、でも幸いなことに、それは俺のためじゃない、いいことだとわかっていたからだ、あんたの一生の中で唯一あんたが役に立ってくれたこと、それが金だったんだよ、俺が今、あんたを絞め殺すためにくれたようなもんだ、わかるか？　俺たちは何か貰ったらお返しをするような関係じゃないんだよ！　あんたがその代わりに得たものといえば、自己満足にひたれるってことなのさ！　無利無欲とはほど遠いお人だからな、あんたの行為はみんな偽善だ、あんたはいつだって純潔を守っていた、臆病だからな、いつだって臆病だった！　おれはどうしようもなく空疎な美辞麗句が嫌でたまらなかったんだ！　高尚な精神にまで祭りあげられたあんたの汚らわしい欲望がな！　自分が生きていないことに気づかなかったのか？　あんたは生きてなんかいなかった。わかるか！　そこにはいたけれど、生きてはいなかった。残念なことに、あんたは俺の父親だ、それを考慮しなければ、人殺しの常道に従って、あんたにびんたをお見舞いして、あんたの考え、糞ほどの値打ちもないあんたの考えが、どこにも広まっていかないように、俺の耳にも入らないようにしてやるんだがな！」「恐ろしいことだ！　ああ、神よ、わしはそれほどまでに罪深いのですか？　息子に逮捕されるというのですか？　そうしたいならすればいい！」「手をどけてくれ！　殉教者づらはやめてくれ！　吐き気がする。わかるか？　このぼろ布みたいに引き裂いてやりたいもんだ、こんな風にさ！　俺の部屋から出ていってくれ！」僕がドアを押さえていた。おじいちゃんはどうとでもしろといわんばかりに、両腕を大きく広げた。父さんはパジャマを真っ二つに引き裂いた。でもお風呂場で変な音がしている。魚が洗面台の下、タイルの床の上でバタバタしていた。僕は魚をつかんだけど、つるつるして、いうことをきかなかった。魚をぎゅうと自分の体に押しつけた。そして浴槽に戻して、水を入れてやった。おばあちゃんは泣いて台所に駆けていった。僕のパジャマはべとべとになった。父さんはドアを全部閉め、鍵をかけて閉じこもった。浴槽がいっぱいになると、魚は泳ぎ始めた。静かだった。おじいちゃんが魚臭い娘の話をしてくれたのはここだ。おばあちゃんがお店に買い物に出かけると、おじいちゃんは屋根裏部屋でご先祖様の話をしてくれたんだ。おばあちゃんが魚を持って帰ってきたのは、その時だった。「わしのじいさんがセルニェの、桑の木の下のベンチで話してくれたように、わしもおまえに話してやろう。」おじいちゃんは、父さんが体に石けんをつけていて、洗面台で魚がばたばたしていた時に、僕が座っていた椅子に座っていた。でもこの時はささやき声だった。「わしを見るんじゃない！　わしはもういないんじゃ！」僕は黒と白のチェックのタイルの床を見ていた。屋根の窓ガラスには針金の網が入っている。どうやって針金の網をガラスに入れるのか、想像もつかない。僕は見ていた。そこに光が降り注いでくる、斜めになって落ちてくる。今だ！　今！　今落ちてくる！　光が始まるその瞬間を見られたらいいのに。それか、光が終わる時でもいい。「わしを見るんじゃない！　注意して聞きなさい！　終わりというものはないんじゃ、やがてはおまえの中で続いていく、そしておまえが次に伝えることができる。もしそうできればの話だがな。続けるぞ、これまでと同じようにこれからもずっと、わしのじいさんがわしに話してくれたそのとおりにな。うっかり口がすべって、サムエル・ベン・ヨセフの上のふたりの息子はコルドバに残ったと言ったような気がする、おまえも自分が口にすることには気をつけなくちゃいかんぞ。そう言ったかな？」「そう言ったよ！」「当時、わしもそんなふうに答えたものだ、するとじいさんはこう続けたんじゃ。それじゃあ、まちがったことを言ってしまったな、ふたりはそうするつもりだったが、そうはならなかったんじゃ。わしは誤りは言いたくない。この話の中では、登場人物の考えや思いは重要ではない。事実にこだわらなくてはいかんのだ。事実というのは、この繊細な仕組みの中で、歯車みたいに、互いにぴったりと噛みあうものじゃ。ひとつの歯車がもうひとつの歯車を動かす。塵ほどの誤りでも、歯車を軋ませ、すべてを止めてしまうのには十分なんじゃ！　だが、ちがう！　歴史はちがうぞ！　歴史の歯車の噛みあい方は神秘的で完璧じゃ。塵《ちり》ひとつ入りこむすき間もない、この仕組みはガラスカバーにおおわれておるからな、チーズにかぶせるようなやつのことじゃ。わしらが語る話というのは、十分に用心してかからないと、いいかげんになってしまうことがある。わしのいう用心とは、こだわるということなんじゃ。事実《ツー・デン・タートザッヘン》にな。というわけで、こう訂正するとしよう。一家はグアダルキヴィールの谷をロバにまたがり下っていた。海に向かってな。

カディスで余分なロバを売り払った。残ったのは二頭だけ、一頭はルベンの、よくある灰色の若いロバ、もう一頭はユダの、こちらはそんじょそこらのロバとちがって白い。若者ふたりは岸辺にたたずんでいた。さわやかな風が船を水平線の向こうへと運んでいくと、ふたりは戻ろうとしたが、きれいな白いロバはユダの体の重みで幾度となくへたりこんでしまった。ルベンはロバのようすを見てみた。ああ、胸がはり裂けそうだ！　このロバは別離の重みに耐えられないんだ！　ユダはこう言って嘆き悲しんだ。おまえ、馬鹿じゃないか！　現実的なことで知られるルベンは言った。このロバは病気なのさ。売り払ってしまおうぜ。皮だけでもなにがしかの金にはなるぞ。それに足りない分を足して、代わりに別のを買えばいいじゃないか。賢明というより、むしろ感傷的な心の持ち主のユダは答えた。まだ生きてるっていうのに、どうやって皮を売ることができるんだ？　どうやってだよ？　それに僕を馬鹿呼ばわりするんなら、おまえひとりで行ったらいい！　僕は医者のところに行く。ルベンは大声で笑った。何のために医者に行くんだ？　おまえか、それとも病気のロバのためか？　ユダは声を荒げた。僕のロバを連れていくんだよ！　それでもルベンはしつこくからかった。おまえじゃないのか？　ロバに医者だって？　医者だって馬鹿じゃないぜ！　これを聞いたユダは駆けだした、病気のロバを引きずりながら、こう叫んだ。とっとと行っちまえ、おまえなんかひとりで行っちまえ！　僕はひとりで何とかする。おまえなんかとは行くもんか！　ルベンはロバにまたがると、反対方向に向かって歩きだしたが、なおも振り返って怒鳴った。おまえはそのロバと同じぐらいの馬鹿たれだな。馬鹿の王様だよ！　こうしてルベンはコルドバに戻ったんじゃ。一方、こうしてユダの方は、病気のロバのせいでカディスに残ることになったというわけじゃ。ひとりの少年が道案内をしてくれた。一行は町をのろのろと進んでいった。少年を先頭に、ロバが続く。ユダはまわりをながめながら、そのあとをぶらぶらとついていった。最後の家を通り過ぎたところで、少年が立ち止まった。あそこ！　ほら、あれ！　あの家だよ！　小道が家まで続いていた。小道の脇にはオリーブの木と一面の野の花。家の前に髭の老人が立っていた。ロバの持ち主がサムエル・ベン・ヨセフの息子だと知ると、頭《こうべ》を垂れて、長いこと沈黙していた。しばらくしてこう言った、ロバを治すのにわたしの知識でこと足りればよろしいのですが、何とも申せません。わたしは父上の学問を存じており、心から尊敬しています。父上の学問は無限の中での探求です。一方、わたしの方はただ有限な身体の中で単純な答えを探求しているばかりです。まあ、やってみましょう！　しかしわたしの目に狂いがなければ、心の気高さにおいてあなたも父上におさおさひけをとらないとお見受けしましたので、そのロバが元気を取り戻すまで、わが家の客人となっていただければ、うれしく存じます。老人の娘、青白い顔をした美女が、ユダの足を洗ってくれた。そしてまあ、その家ときたら！　こんなのは見たこともない！　動物であふれかえっている！　ノアが箱船に乗せ、そして箱船から降ろしたありとあらゆる種類の動物のオスとメス。とても数えきれない。ひとつの部屋では猿たちが追いかけっこをしていた。隅っこでは大きな山猫がのらりくらりしていた。その上では、赤、黄、青の鳥たちが、かん高い鳴き声をあげながら長い棒の上でゆらゆらしている、そして、森に住むありとあらゆる鳥がそこらじゅうを飛び回っていた。キツツキ、シジュウカラ、ツグミ、カササギ、フクロウ、スズメ、とてもじゃないが数えきれない！　アリスイ、シロエリヒタキ、さらに鳥かごの中にはキジバトが三〇羽、ハトが三〇羽、そして、ズアカモズ、ムシクイ、マヒワ、ハイタカ、ベニヒワも。次の部屋には、ワニとコブラが別々の住まいで暮らしていた。コブラはみごとなとぐろを巻いてうたた寝をしているところで、その頭をハリネズミがぺろぺろなめていた。ここには緑色の腹をしたトカゲと硬い背をしたクワガタや、ハエ、ナンキンムシ、ノミ、シラミ、それにムカデもうじゃうじゃいた。そして三つ目の部屋では、犬たち、小さい犬や大きい犬、鹿が六頭、子鹿が七頭、シャモアが三頭暮らしている、その蹄の辺りをイタチが走り回っていた。ふさふさの尻尾をしたケナガイタチも数匹、そしてリスたち。そして四つ目の部屋の水槽では魚が泳いでいる、エイ、不気味な黒いせんべいじゃ、きれいなヒトデにコイ、ラッド、パイクパーチ、マス、チャブ、カマツカ、それに百本足のタコとぐにゃぐにゃのクラゲ、わしに言わせれば、みんな愉快な連中だな！　水槽のわきにはコウノトリのつがい、マガモ、ガン、サギ、白いカモメ。ユダは魅せられた。ここここそがずっと探し求めていた場所なのかもしれない。ここに来た時は夢を見ているような気がしたなあ。あの頃は毎日が本当に驚きの連続だった。それからはロバもすっかりよくなって、元気になったから、僕はほっとしたよ。そして五つ目の部屋では、動物たちの恐ろしいまでの悪臭と絶え間ない鳴き声の中で、青白い顔の娘が窓辺に座っていた。なめらかな絹地に金糸で植物の文様を刺繍していた。ただただ植物ばかり。老人からもたくさんのことを学んだ。何を学んだかというと、コブラの歯には毒が潜んでいて、それは炭疽病《たんそびょう》に効くこと、ロバが病気の時は、ハリネズミの肝臓を乾かして粉にし、雲母の粉とよく混ぜると、すばらしい薬ができあがることだ。さらにオウムの糞は歯痛にいいこと、カレイの毒のある分泌液は、雌牛の臀部に塗ると、出産が楽になることも学んだ。無秩序だって？　老人は動物の騒々しい鳴き声の中で声を張りあげた。これが神の摂理なのだ！　だがユダは青白い顔の娘の隣に座って時を過ごすのも好んだ。娘が顔をあげた。ユダ、日がな一日どうして刺繍をしているのかと聞いたわね？　わたしにもわからないわ。これを身につける人はみんな死んでしまうし、絹と金糸は肉体といっしょに朽ちはてることになるのにね！　風に刺繍をした方がいいのかもしれないわ、そうしたら誰もがわたしが刺繍した模様を見ることができるでしょうから、わたしの心の中に咲いているたくさんの花や、蕾《つぼみ》や蔓《つる》が、わたしたちのまわりで、きらきらとたおやかに宙を舞うのをね！　娘はこんなふうにじつに美しく語ったんじゃよ。ユダは結婚を申しこみ、娘から植物のことを学んだ。そのうち年老いた父が亡くなって、ふたりきりになった、動物たちに囲まれて。そうして幸せに暮らしたんじゃ。ユダは大きな本に、自分が体験したこと、すでに知っていること、まだ知らないこと、大いなる問いの数々を書き綴った。その間に、動物もどんどん増えていき、娘が四人生まれたことにさえ気づかなかった。病気の雄牛の飼い主が、話のついでに語ったところによれば、ターリクの大軍が海を渡ったとのこと、これは大きな危険がさし迫っていることを意味したんじゃ。そしてある夜、カディスは燃えた。動物は大声で吠え、うなり、がなりたて、金切り声をあげた。ワニだけは、おっくうそうに片目を開けはしたけれど、悠然としていた。燃えさかる町の炎が家の中を照らし出し、ユダの娘たちは泣いた、動物たちに囲まれてここにいれば、何も怖くはなかったのに。壁に映る動物たちの影、わたしたちはそれが怖くてしかたなかったのよ。山猫は屋根に飛び乗り、うなり声をあげた。そして、煤けた黒い人影がわたしたちの家の前で立ち止まり、中に向かって叫んだわ。残るもよし、逃げるもよし、だが逃げるのならおまえひとりで行ってくれ！　ほかの哀れなユダヤ人を巻きこんでくれるな！　なぜだ？　わたしたちの父さんは驚いて大声で聞いたわ。ターリクに西ゴート族の極秘作戦を教えたのはおまえではなかったのか？　その見知らぬ人は喘ぎながらこう言って逃げていった。でもわたしたちの母さんときたら、それは落ち着いていて、部屋から部屋を見て回ったわ。最初にキジバトとハトの鳥かごを開け放って言った。飛んでお行き！　それから、すべての森や野の鳥たち。猿を解き放つと、猿たちは赤い闇の中をでんぐり返しをしながら去っていった。ヘビは扉をすり抜けて、音もなくわたしたちの目の前から姿を消した。シャモアは北に向かって駆けていき、キリギリスは四方八方に跳ねていき、虫はあわてふためいて這っていき、羽あるものは飛んでいった。ワニだけがおろおろしていたが、ばあさんがさんざんつっつき回すと、のそのそと外へ出ていき、まわりを見回して体の向きを変えると、ナイル川のデルタの方向へと向かっていった。残りが声をあげない魚だけになると、ひいばあさんがひいじいさんを見て言った。行きましょう！　白いロバに荷物を積み、一行は出発した。ルベンおじさんのもとへ、コルドバへと向かって。ここで知っておくべきことはだな、カディスが夜のとき、バグダッドはもう夜明けだということじゃ。この日の夜明け、風来坊のシャプルートが、どこといったあてもなく、バグダッドを出立《しゅったつ》することになろうとは、いったい誰が考えたろう？　若いシャプルートは全財産を背中に担いでいる。シャプルートは二日として同じ場所に留まることができない。いつも旅の途上だ。目は心の炎で燃えさかり、まぶたは砂と日差しで赤くただれ、目やにをつけている。シャプルートよ、おまえはどこから来てどこへ行くのだ？　知るもんか。足の向くまま気の向くままさ。それがいちばん確かな道だと信じてるんだ。とはいえ、どこまで歩いていっても、むろんまだ知るよしもないわけだが、地球は丸いんじゃ、どこまで行こうとも、自分自身を置き去りにすることはできん、ゆえに探し求めているものが見つかる場所などないんじゃ。六年後、コルドバにたどり着いた。そこで宿を請うたばかりか、ユダの上の娘に結婚を申しこんだ。ここが探し求めていた場所なのだろうか？　若いふたりは二晩、床をともにした。そして昼間、シャプルートは二日にわたって語り続けた。シャプルートの語った話は、またいつか別の時に話してやろう。その後、ここからも姿を消した。跡形もなく、いずれ芽の出る種子だけを残してな。この種子が数か月後に芽を出す、そうすると、わしらは二つ目の円環に入ることになる。この話には七つの円環があるんじゃ。じいさんがわしに話してくれたのは六つ、七つ目はわしらのものだからな。一つ目は、ルポスのもの、美の円環だ、それはもうおしまい、おわったんじゃ。美はシャプルートの語る夢物語の中で終焉を迎えたのだ。次に続く二つ目、それは理知の円環だ、ここでご先祖様ハスダイ・イブン・シャプルートの命が、語りの陶酔の中で宿ったのじゃ。わかるかな？ 門はすでに開いておる！ ハスダイは孫に語った時、こう言った。知性は幸福につながる確かな道だと信じていたからじゃ、というのもハスダイは、わしのじいさんも知らなかったこと、わしだけが知っていること、それを知らなかった、そう、次々に開いていく門の背後には行き止まりの壁があること、そして円環にはほどけ目などどこにもなく、つねに元に戻ってきてしまうということをな。だが、じいさんが語ったように、わしも続けよう。じいさんは、ハスダイの誕生にまつわる重要なことを語った。ハスダイは母が身ごもって七か月目に生まれたが、生き伸びた。歯が七本、髪の毛が七本あった、あまりにも大きな頭のせいで、母はハスダイを産んだ時に亡くなった。七歳にしてハスダイは七つの生きた言葉を話した。一四歳にしてハスダイは七つの言葉で詩を書いた。バラ、これがその詩のタイトルだ、ご先祖様が口から口へと、世代から世代へと語り伝え、こうして今おまえのもとにたどり着いた。これがその詩じゃ。

気高き緋
満つることなき
緋の血《しずく》

生々しくも美しいこの調べがわかるとよいのだがな。暗に自分の誕生にまつわる死の苦しみを詠っているのだろう。ハスダイは祖父が書いた動物についての本を何より好んで読んでいた。そして二一歳にして、体毛すらまだ生えていないというのに、キリスト教徒、ユダヤ教徒、西ゴート人、アラブ人たちが、奇妙な病気を抱えて彼のもとを訪ねてくるようになった。その名は広く知れわたった。こうしてカリフの宮廷に迎えられた。よく注意して聞くのじゃぞ！　よいか、二一歳、つまりは七の三倍の歳だ。七！　理知の円環では七なる数の神秘が出現した。七つの大地、七つの天があるように、理知の円環ではすべての出来事は七なる数の支配のもとに起きるのだ。だがここで知りおくべきは、当時、サンチョという名の美しい王がいたことだ。この王はカリフの宿敵だった。人に会えば、腹や、足や腕の筋肉を見せびらかした。見るがよい、醜い虫けらめ、余はおまえと同じ物質からできておるというのに、なんとまあ完璧であることよ！　ほれ、余の皮膚の下にはこれっぽかりの脂肪もないぞ！　ところがある日、自己陶酔に浸っていた立派な王は、突然、あれよあれよという間に太り始めた。まずは丸々肥えた豚のように、一〇〇キロになった。高名な医者たちがあわてふためいて右往左往してもなすすべなく、翌日には二〇〇キロに膨張し、そして七日目にはなんと七〇〇キロの重さになっていた。するとあちらこちらにお触れが出た、治してくれた者には、何なりと欲しいものをとらせよう、ぱんぱんに膨らんだ王はこう呼びかけた。ハスダイは仕事に取りかかる前に言った。金も土地も、黄金も城も、財産だっていりません。わが願いはただひとつ、もし運よくあなた様をお治しすることがかないましたなら、わたしとともにコルドバに赴き、あなた様の大敵であるカリフと和解してください、カリフはわたしのよき主人なのです。むろんのこと、ぱんぱん大王は同意した。そして、奇跡が起きた。いや、奇跡なんかではなかったんだがな。ハスダイはヘビの頭を細かく砕き、キツネザルから少量の血を絞りとり、これをミドリトカゲの腹の上で乾燥させ、そこにコショウ少々とその他の香辛料を加えた。その混ぜ物をハトが食べた。ハトは卵を一個生んだ。その卵を王が食べた。二日で二〇〇キロが落ち、七日目には旧の腹に復した、そして召使いたちに向かって、またさえずるがごとくに言った。どうじゃ、美しいであろう、どうじゃ、美しいであろう。どうじゃ、この小さな絹の腰布は余の下半身によく似合っているであろうが？　そうして喜び勇んでコルドバに赴き、カリフに和解を請うた。喜んでな、というのも、己の美しさをいつまでもずっと自画自賛できるようになったのだからな。このようにハスダイはよき医者であり、はたまた平和の使者でもあったのだ。感謝のしるしにカリフは彼を大臣に任命し、かくしてハスダイは大金持ちになった。賢明なる人物といえような。空いた時間に、ハスダイは天文学、詩学、翻訳に携わった。ビザンツの大使からディオスコリデスの植物学の書を贈られると、まずはラテン語に翻訳し、それから磨きぬかれたアラビア語に直した。当時、その地ではユダヤ教徒はアラブ人だったからだ。さらに見事な手紙を書いた。黒海の北岸に定住していたハザールの王が、ハスダイの説得力ある主張を読んで、民とともにユダヤ教に改宗したのは、その素晴らしい雄弁のたまものだった。こうしてハザール人たちもユダヤ教徒になった。それでもハスダイには大きな悩みがひとつあった。息子が生まれなかったのだ。そうこうするうちに七人娘のいちばん上が身ごもった。だがそれは誰の子なのか、わからなかった、嫌です、言えません、と娘は明かそうとしなかった。ハスダイは娘をこっぴどく殴りつけた、何度も何度もな。身持ちの悪い哀れな娘を殴ることで、おのが出生と人生への怒りをぶちまけているかのようだった。殴りながらうめき声をあげていた。おかしなことに、娘の方もいくら殴られても抗《あらが》わなかった。だがダビデの星の中でも燦然と光輝を放つダイヤモンドのような人物が、なぜ自分の人生に腹を立てることがあるのか、ともに暮らし、身近にあってわけを知る者でなければ、そう尋ねたかもしれない。ハスダイの人生を支配していたのは理性だった。そして、人生には理性だけでは不十分なことをハスダイはわかっていなかった、わしのじいさんもわかっていなかった。律法の許す決まりに従って、週に二回妻と交わったが、ハスダイはその時にあってさえ本能に身を任せることができなかった、というのも彼の理性が本能のリズムにあわせるように、こう念じていたからだ。男児であれ、男児であれ、わが種子が息子となりますように！　神よ、息子を与えたまえ！　理性が犯す愚昧な罪、それは欲するということだ。そして、父は快感を覚えながら娘を殴り、殴られた娘の方も快感を得て、こう叫んだ。わたしのしたこと、信じてください、それは快楽のためではないのです、お父さま！　こうしてぶたれる方がどんなに心地よいことでしょう。わたしはお父さまの娘、お父さまのものです！　お父さま、わたしにはよくわからないことですが、わたしは高尚な、これ以上ないほどに高尚な真理に導かれたのです。お父さま、わかっています、お父さまにはおわかりにならないでしょう、お父さまの知性をもってしても十分ではないのです！　未来のことはお父さまにもおわかりにならないでしょう。わたしはここを出ていきます！　そして、娘は永遠に姿を消したと思われた。マラガで子どもを産み、由来や理由はわからないが、その子はサムエル・イブン・ナグデーラと名づけられた。人々は、娘は自ら命を絶ったものと思っていた。そしてハスダイは哀しみからコルドバに学院を建てた、そこからモーセ・ベン・エノクがラビの教えを広めた。しかしサムエルが生まれ、そしてまさしく彼とともに、そう、娘は偽りを言わなかった、彼とともに、一族は理知の円環の中で天空高く飛翔したのだ。サムエルの知性は水晶のようにあらゆる知識を見通し、そしてあらゆる知識を明るく照らし出す。貧しい女中として働いていた母親は、サムエルにさえ出生の秘密を明かすことなく、そのコルドバの学院に学びに行かせた。サムエルとハスダイはここで出会い、老人はサムエルを気に入り愛情を注いだ。祖父と孫の間柄とは知らなかった。それでも感じるところがあったんじゃな、老人はサムエルに語り聞かせた。そういうことがあるから、神が誰かをお引き合わせになる時には、よく気をつけるのじゃ、礼儀正しく、感じよく、穏やかに、だが心して相手と接することだ、おまえの血をわけた親類なのかもしれないのだからな。そしてやがて心のうちを明かせるようになれば、それこそが最高の投資というものじゃ。サムエルは七つの言葉で書き、話し、読んだ。星の動きから未来の秘密を解き明かすことができた。バラ、この不思議な一族の植物、刺《とげ》のある固い茎に、情熱的な紅いビロードの花を咲かせる植物、それは祖父と同じように、サムエルをも詩作へといざなった。それがこの詩だ、今に残っておるから、こうして引用できるというわけじゃ。

もろき花

バラよ、燃やせよ
わが衣《ころも》

わかるかな? ハスダイの詩とくらべると、どんなにか心地よく響くことか! 深みに欠けるが、華やかだ。サムエルの人生もしかり。理知の円環にあって比類のない高みにまで飛翔する、それがゆえにあとは落ちるしかなくなるのだがな。ある夜、コルドバは炎に包まれ、朝には灰燼《かいじん》に帰した。サムエルはグラナダへ逃れた。母親はまだ生きていて、そこで女中をし、盗みをし、こつこつと金を貯めていた。それでも死ぬ前に、師と仰ぐ人物が祖父であることをサムエルに教えたが、父親については、およそうでもいいこと、と何も明かさなかった。おまえが生まれてくるためだけに必要だったのよ! サムエルは死んだ母親の金で小さな店を開いた、それはよい場所に! ここでこうして辺りをながめていると、時々思うのじゃ、本当はここはサムエルの店で、わしはサムエルで、これからサムエルの身に起きることが、わしにも起きるんじゃないかとな。わしはここで香辛料や絹に囲まれて座っておる、本来の居場所ではないんだがな、すると通りの向こう側で門が開いて、ハブス王の宮殿から召使いがやってくる。召使いは、商品を買いこんで戻っていくと、ハブス王に向かって言う。王様、向かいにユダヤ人が住んでおりまして、あらゆる学問に通じております、刃《やいば》のように頭が切れ、七つの言葉で詩作し、書き、読み、話すことができます。王はわしに使者をよこし、この古ぼけたちっぽけな店を売れと言う、かねてより有能な秘書を探していたからちょうどよいと。そこでわしは出かけていく。ここでわしのじいさんはあご髭を引っぱって、大笑いした。なんで笑うのかわからなかった。だがむろん、すぐにぴんときた、じいさんは大笑いしながら苦しそうに言った、この向かいに住んどるのは、ハプス王じゃなくて、グリュンフェルトじゃ！　こうしてサムエルの星は天空高く昇っていく。まずは秘書、それから大臣。学院を創設し、図書館のためにスラからタルムードの書を手に入れる、曾祖父にあたる高名なサムエル・ベン・ヨセフが、長旅に出立するまで、無の中に姿を消すまで、スラで教えていた当時めくっていた本だ。そしてハブス王が死ぬと、遺言によりサムエルがグラナダの宰相になった。七かける三は二一。これだけの歳月を無限の権力を手にしてすごした。大公と呼ばれて尊敬され、貧しく無知蒙昧なユダヤ人たちは、預言者たちの預言が実現したと信じた。ユダヤ人の王国時代が到来した！　こうして今度は、わしらは権力の円環に足を踏み入れる！　彼が死ぬと、その栄誉は息子のヨセフが受け継いだ。本に挟まれ、押しつぶされて黴《か》びた花！　ヨセフは膨大な知識に息が詰まりそうになっていた。わざと意味不明なお触れを出して気を紛らせ、へいこらする宮廷をもてあそんだ。たとえばこうじゃ。青目の民はみな、黒目の民より先にあいさつすべし、それも両足を広げて立ち、尻を相手に向かって丸出しにして！　あるいはこうも。農民たるもの男も女も、種蒔き前には土の味見をすべし。美味にあらざれば、塩をもって味つけすべし！　しかしヨセフはこれでも飽き足らなかった。読書に疲れると、服を脱ぎすてて真っ裸になる、そうでもしなければ、体のあることが見えない、信じられない、感じられないのだと言った。そして自分が裸の時は、小さな鐘を鳴らして、宮殿にいる誰しもが裸になるべしと命じた。紳士淑女の面々！　召使いに兵士！　仕立て屋に嘆願者たち！　想像がつくじゃろう！　こうして七年間の統治の末、風吹きわたるある夜のこと、キリスト教の暦によれば一〇六六年一二月三〇日、怒り狂ったムーア人たちが王宮に攻め入った。グラナダは燃えた。ヨセフは廊下伝いに逃げたものの、捕らえられる、乾いた風が炎を煽り、カーテンがパチパチと音をたてて燃えあがるなか、ムーア人たちは無言のうちにヨセフを殺した。難を逃れた者たちがふたりの子どもを連れていった。こうして主の御心のままに、この子らとともに苦難の円環が始まる。女の子と男の子の双子だ、恐ろしく醜かった。体はたるんでぶよぶよのでぶっちょ、顔はコンロの下に転がって黴びた二個の焼きリンゴさながら。六年間の放浪の末、ルーアンにたどり着き、ここで目の不自由な親切な老ユダヤ人に拾われた。シャーリカ、最後に鏡を見たのはいつだい？　たぶん一〇年前よ、宮殿にいた時にたまたまね。で、あんたはどうなの、シモン？　今日さ、湖で魚を釣っている時にたまたまね。僕は醜い。君はどうしてきれいなんだ？　あんたに好かれてるからよ、シモン！　あたしはあんたが好きだから、あたしにとってあんたは醜くなんかない、いいえ、むしろその逆よ！　きっと全能の神がそのようにお取り計らいになったにちがいない。盲人の視線の前では姿を隠す必要がない。ふたりは物乞いをして暮らした、教会の階段に座っていれば、誰しもが恵んでくれた、その姿を目にすると、健全な人々の心が恐怖で凍りつくほどに醜かったからだ。ふたりきりになると、つねったり、ひっかいたりして、飽くことなく激しく抱きあった。さながら二匹の化け物が溶けあってひとつの体になりたがっているように！　忘れてはいかんぞ、これもおまえのご先祖様だ。不健康な体にも健全な本能が宿っていた。女の子は男の子の子を身ごもった。声をたてずに交わり、子を産むときも声をあげなかった。ところが生まれたばかりの赤ん坊が泣き声をあげて、それを盲目の老人が聞きつけてしまった。乞食の家にユダヤ人たちが集まってきた。双子は家から追い出され、赤ん坊はそこに残った。ルーアンを去る前に、醜い母親は城壁のところで熱病のためにこの世を去り、血を分けた夫は木に首をくくって死んだ。ベンヤミン、これがその赤ん坊の名前だ、そして割礼はしたものの、女の子なのか男の子なのか判然としなかった。せむしで、思春期を迎えても毛がはえてこなかった。そして自分でも自分の性がわからなかった。ひとりきりになると、自分で自分を抱き、欲望を満たし、自らの手に愛おしくキスをして、ひとりでうれしそうにこんなふうに叫んだ。わたしは特別！　ほかの人たちにあっては別々のものが、わたしの中ではいっしょにあるんだから！　そして夢心地に想像した。自分で自分の子を宿し、産むことができたらどんなにいいだろう！　その時もしも神が手助けしてくださらなければ、大きな代償を払うことになっても助けてくださらなければ、その時ベンヤミンですべてが終わっていたかもしれない、そうしたらひいじいさんはシャートラッヤウーイヘイで語り継ぐことができなかったし、じいさんもセルニェの桑の木の下でわしに語り継ぐことはできなかった、そしてわしにしても、ここでおまえに語り継ぐことはできなかったわけじゃ。はや暗くなりつつあった。灰色の薄闇が夜に身をゆだねるその瞬間までは、まだしばらくある。通りから野牛の鈍い足音が聞こえてくる。近くの森が霧を吐き出している、その霧の中に近くの山々が姿を消していく。美しかった。おごそかじゃった。夜明け、ベンヤミンはヴォルムスに向かって出立した。手紙を携え、町や村を避け、腹を空かせて、木々の根元で夜を明かしながら、何か月もな。」

僕はやっぱりおじいちゃんの方を見てしまった。目を閉じたまんまあんまり小さな声で話すものだから、自分の声だって聞こえていなかったんじゃないかと思う。話の途中で何かがはじける音がして、何なのかわからなかったけれど、ベンヤミンの話の時にふと思いあたった、屋根の瓦だ、熱くなってたのが、今、冷めていくところなんだ。「神、われらが父、われらが主に仕えるルーアンのラビ、イェヒエルが謹んでご挨拶申しあげます！　われらが兄弟よ、皆さま方に平安がもたらされますように！　まだ知らせが届いていないかもしれませんが、この春、クレルモンでキリスト教の公会議が開かれ、キリスト教徒の長であるウルバヌスが宣戦布告しました。その目的は彼らが聖なる墓と呼ぶ、われらが祖国の奪還です。彼らは軍を召集しており、金はわれらが試算して出しました。ところが全能の神はわれらの意に反して、われらの金で買った武器で、遠くのイスラム教徒たちではなく、まずはわれらを虐殺しているのです。すでにルーアンのまわりにも高貴な騎士たちが集結しており、金をうるさく要求してきます。われらは金を出しますが、それがわれわれ自身の死刑宣告に署名することにほかならないことは承知の上です。主がいかなる罪の報いで、われらをこんなふうに罰するのかはわかりません。ヴォルムスのラビである賢明なるゲルソンよ、あなたにこの手紙をしたためている当の者は、すでに死者となっていることでしょう。ですからあなた方にお願いします、よくお考えください、断食をし、祈りを捧げてください。ベンヤミンがもたらした手紙は、ヴォルムスの人々にこう語りかけていた。このラビ、ゲルソンの一四人の子どもたちの中には、せむしの娘もひとりいた。われらがこの娘は、まるでベンヤミンを待っていたかのようじゃ！　ラビは相当額の持参金を約束した。ベンヤミンはこの金に心が躍ったが、一方で不安もあった。もし結婚すれば、性の秘密が露見してしまう。ところがこの娘は情熱的だった。まだ祝言の前に、ベンヤミンの中で葛藤の末に男性が勝利をおさめるまで、努力を惜しまなかったのだ。ユダヤ人街に十字軍が攻めこんできたのは、後日ベンヤミンの息子が語ったところによれば、赤ん坊が生まれて二日目、五月一八日のことだった。母親は赤ん坊と逃げた、だが兵士たちがやってくると考えたとたん、ベンヤミンの目が曇った。女の服を身にまとってしまったのだ。ベンヤミンの体はばらばらに切り刻まれ、血は大地に飲みこまれ、肉は猫にむさぼり食われた。せむしの母親と健康な赤ん坊、デイヴィッドという名だ、ふたりは船で海を渡った。わしらは一五年間ノリッジで暮らした、それで、それまではドイツ人、アシュケナジムだったが、こうしてイギリス人になったというわけじゃ。このノリッジにひとりの毛皮職人の徒弟が住んでいて、親方夫人と不義密通を働いていた、親方はそいつをうまく始末した。ウィリアムというのがその徒弟の名前だった。復活祭の夜、ノリッジの森で死んでいるのが発見された。過ぎ越しの祭りの種なしパンに血を混ぜるために、ユダヤ人たちが殺したのだと噂された。人々が死体をユダヤ教会の前まで引きずってくると、傷口がぱっくり開いて、心臓から鮮血が溢れ出た。[*7] ノリッジは燃えた、四四年後にはヨークも燃える。デイヴィッドはその時すでに子どもたちとともにヨークで暮らしていた、そして子どもたちの中にひとり、祖父とよく似た子がいた。せむしで小人で、目も不自由だった。話によれば、事の発端は、行列がヨークのユダヤ人街を進んでいる時、復活祭の時じゃ、もちろんな、ひとりの老婆がいつもやるように窓からオマルの中身をまるごとバシャッと聖母マリア像にぶちまけてしまったことだ。ユダヤ人たちは司教の城に逃げこんだ、そして善良で慈悲深い司教は、城壁の端に立ち、武装して怒りに燃える群衆と言葉を交わそうとした。イエスの名においで止《とど》まるのだ！　大きく開いた司教の口の中を、矢がうなじへと突き抜けた。逃げ道はなく、投げこまれた火でヨークの城が燃えるのを目の当たりにしたユダヤ人たちは、かごにデイヴィッドの息子、せむしのベンヤミンを入れて下に降ろした。滅ぶのが定めなら、せめてわれらが運命を、誰か、伝え知らせよ！　含蓄のある言葉だ、子孫の誰かがモットーに選んだとしてもおかしくないな。」僕は覚えるまで、おじいちゃんといっしょに言った、覚えてからはひとりで口にした。「滅ぶのが定めなら、せめてわれらが運命を、誰か、伝え知らせよ！　よく聞くのじゃ！　彼らは生きたいと願っていたんじゃ！　何があろうとつねに生きたいとな！　さながら生きることの恥辱が自分たちを死から救ってくれるとでも思っていたかのようにな！　この言葉はじいさんの言ったことじゃないぞ、じいさんには知るよしもないことだ、このわしがつけ加えたのだ。そして次に、狡猾の時代がやってくる。感性も理性も完全に消え失せて、ただ生への欲求ばかりが残る。ベンヤミンは二年間放浪し、エアフルトにたどり着いた。ここで自分の口に託された伝言を伝え、空っぽの手を広げて自分が無一文であることを見せた。会衆は知らせを聞いて悲しみ、唯一の生存者をどうにかして助けようと、墓守の仕事を与え、この金で何とかなるだろうと言って、給料の二年分を前払いした、かなりまとまった額だ。ベンヤミンは死体を洗い、穴を掘り、結婚し、切りつめて暮らした。子どもがひとりだけ生まれる、巨体で金髪の男児、道楽者で知られ、よく酒を飲み、博打を打ち、キリスト教徒の愛人を囲った。しかしその頃、いたる所でペストが猛威をふるっていた。ユダヤ人が復讐をたくらんで井戸に毒を入れたというのが、もっぱらのうわさだった。ベンヤミンは、ただれ、青ずみ、膿んだユダヤ人の死体を洗った。そして彼も感染した。意識を失う前、言葉にならぬほど溺愛していた金髪の息子に言った。またしてもこれまでと同じことが起きるだろう！　前にも話したように、ものみな形を変えて幾度となく繰り返されるのだ。わかりきったことだ。数日とたたずしてエアフルトも燃えるだろう、昔、先祖の時代にカディス、コルドバ、グラナダ、ルーアン、ヴォルムス、ノリッジ、そしてヨークが燃えたようにな。ああ、そうじゃった、ヨークの話をしているところだったな。城がもう持ちこたえられないとわかると、ユダヤ人たちはとっておいた金をひとまとめにした、財産じゃ。彼らは言った、これは**死者の金**だ、われらはまだ生きているが、はや死んだも同然だからな。この中でいちばんうまく立ち回れるのはおまえだから、遺産を**生者**に渡してほしい。そして彼らに祈りを捧げるよう頼んでくれ。それでわしは宝をもってエアフルトに逃げてきたのだ。だが渡すことはしなかった、今、おまえに渡そう。不誠実とは思っていない、おまえだって生者にはちがいないのだからな。わが波瀾万丈の人生のことはもう話している時間がない。墓地の裏に一本だけぽつんと立っている樫の木、知っておるな。夜中に、幹から北へ三歩のところに、二フィートの深さの穴を掘れ、そこに全部ある、それに加えて、わしがそれ以後手に入れたものもな。愛しいわが子よ！　死の床からおまえに言っておく。ワインは飲むな、酔っ払うな、酒を飲んではならぬ！　そして宝を持ってウィーンに行くのだ、そこでヘネルを訪ねろ、必ずやよい忠告をしてくれよう。おまえに神のご加護がありますように。父さんは泣いていた、そして僕は自分の目が濡れていないのが恥ずかしくなった、だが今ここで遊びをやめると言っても、それはきれいごとにすぎないとわかっていた。ウィーンでは、ヘネル邸の前に、ひとりの召使いが立っていた。エアフルトのメンデル・ヤコブ、ベンヤミンの息子が話があると言っていると、主人にとりついでくれ。ヘネルは丁重にメンデル・ヤコブを迎えた。商売に投資するつもりの資本はいかばかりかと聞いてきた。ヤコブは自分の財産の半分の額を言った。それがどのくらいの額だったのか、息子にさえ決して明かさなかったので、誰も語り継ぐことができなかった。ヘネルは頭の中でその額を三倍にして、よし、と舌を鳴らし、ブダに息子をやる時にはこの四倍の額を持たせようと思った。メンデルの方が金持ちにならないようにというわけだ。ヘネルは、さんざん舌を鳴らしてから、父親然としてヤコブの肩に手を置き、目を潤ませた。ひとりぼっちのおまえがかわいそうでならんよ！　わしにも同じ年頃の息子がいる、思うに、もしわしが永久にいなくなったら、どんなに嘆き悲しむことだろうか。ああ、かわいそうな若者よ！　だがウィーンに留まってはならん！　ウィーンは小さく、ここではわしがすべてを取り仕切っておる。そしておまえの財産ときたら、笑止千万の少なさだ、ここでは糞ほどの値打ちもない。いっそブダに行くことを勧めよう。ハンガリー王はユダヤ税法[*8]を発布したばかりだ。税を徴収して、ユダヤ人たちに黄金の自由を与える法だ。金《きん》を収め、金《きん》を得る。わしの息子もブダに向かうので、いっしょに行くがよい！　息子の友、兄弟になってくれ。そしてここから、闘志の時代が狡猾の時代に取って代わる。ブダでのことだ。さもなくば、狡猾が戦いの衣をまとうとでも言おうか？　キリスト教暦の一二五一年。何がどうしてそうなったのか、正確なところはわからない。商売上の秘密だ。だが数年のうちに、それこそあっという間じゃな、ブダではメンデル家が有力者となっていた。上背があり、金髪で、いかめしい顔つき。彼らは自分たちの家を建て、そして大きなユダヤ教会を建てる。まわりの通りにはどこもかしこも家が建ち並び、住んでいるのはユダヤ教徒ばかり、両替商、質屋、商人。彼らから借りた金で大勢のフランス人、ドイツ人、イタリア人が、そして何人かのハンガリー人も、美しい家を建てる。ヤコブの次はソロモン、ソロモンの息子ユダ、ユダの息子ヨセフ。みんな長生きだ。年老いたヨセフは、ある静かな午後、自分の隣に息子の息子を座らせる。氷塊がぶつかりあって音をたてる川面をながめながら、祖父は語る。ある美しく晴れわたった日曜のことじゃ、ブダにマーチャーシュ王*9が到着した。隣には若妻ベアトリクス。わしらも他の有力者たちと同じように、馬上で王の一行を迎えた、連中とは別々にだがな。馬にまたがった三一人のユダヤ人の華麗なる行列。先頭を美しい白の駿馬にまたがったおまえの父親が行き、トランペットを美しく奏でた。その後を一〇人の若者が黒の牡馬に乗って続いた。腰には銀の帯、どの帯の留め金も大きく、溶かせば重たい酒杯ひとつぐらいはできる。脇には長い刀、鞘《さや》は銀、柄《つか》には金と宝石。そのあとを灰色の地味な正装で、馬に乗ったわしが続いた。わしがそう取りはからったのじゃ。わしのがいちばん質素な装いになるようにな、なにせユダヤの長はわしなのだからな。頭にはビロードの裏地をはった先のとがった帽子をかぶった。王に思い出してもらおうという算段だ。他国にあってはユダヤ人は恥ずかしめの印にこうしたものを被っているということをな。だがその帽子は、才能ではわれらがルポスに引けを取らないわしの金銀細工師が銀で飾りつけたものだ、脇には簡素な金の鞘にわしの剣の中でいちばん美しい一本が納まっておる。わしの後を家来たちが馬に乗り、二列に並んで続いた。帽子には白いダチョウの羽が揺れていた、みなそろいの茶の式服。彼らが絹の天蓋をかざしてモーセの律法を運んでいった。そのあとを二人の武装した者が続き、そして行列の最後に従者たちが、わしが後ほど王妃にお渡しする贈り物をもって続いた。燦然と輝くばかりの王と王妃は、宮殿の中庭にある井戸のところで立ち止まった。ここで、ユダのトランペットが美しく鳴り響く中、わしはパンを二つ、美しいダチョウの羽の帽子をひとつ、紐でつないだ生きたアカシカ二頭とノロジカを二頭、それから孔雀八羽と、高価で豪華なスカーフ一二枚を献上した。それからとっておきの贈り物がふたりの従者の手で運ばれてきた。二〇ポンドの純銀がいっぱいにつまった銀の編みかごだ。ユダの次はヤカブ、あの冬の夜、祖父のヨセフが語り聞かせたあのヤカブじゃ。ヤカブの次はまたヤカブが続く。[10] その次はユダ、いずれもユダヤの長《おさ》たちだ。その権力をメンデル・イズラエルが、やがてはメンデル・イサクが受けつぐが、イサクの時代にはすでにトルコ人たちがモハーチ[11]に来ている。知らせは夜、到着する、戦さに敗れ、王妃は未亡人となり、足ある者は全員逃走する、これが八月三〇日のことじゃ。大広間に集まった人々に老イサクが、当日の夜には死者となるのだが、こう語る。われらは数多《あまた》のことを体験した。われらの血の中にはこれまでのすべての時代が刻みこまれている。われらが本能は逃げるべしと言っている。それでもわしは、あえてこの場所に留まることを提案する、トルコ人は賢い、そしてわれらとて愚かではない。イサクの息子モーセが、ブダの町の鍵をクッションに載せてスレイマンに差し出す。イサクの計略がわれらを救った。だがスルタンは九月に伝言をよこす。中に入ると、スルタンが壇上に鎮座しているのが目に入る、狩りから戻ったところで、顔は風にあたって赤みをおび、長いあご髭をいじくり回している。儀礼に則り、ひざまずいてスルタンの話を拝聴する。ものども！ 朕はこの国をなるがままにまかせよう。朕が手をくださずとも、目の敵《かたき》どうしのふたりの愚か者がやってくれよう。あとには草木の一本も残らぬだろう。そうして明日には、朕が動かずともこの国は朕のものになる。ものどもよ、トルコの諺《ことわざ》を引用しよう。二本の刀は同じ鞘《さや》には収まらぬ、二頭のライオンは同じ洞窟では共存できぬ！　おまえたちにもよくわかろう。二本の刀と二頭のライオンに挟まれて、おまえたちの運命がどうなるか。朕とともに来るがよい。来るか来ぬか、いずれにせよ、ここに留まることは許さぬ。朕は人生の甘美なるものを重んじる。金も然り、それが朕の耳元でチリンチリンと鳴るのであればな。わかるかな？　われらは幸せに暮らせよう！　メンデル・モーセはユダヤの諺をもって応じた。人は他人が自分に何をなさんとたくらんでいるかを理解した時、自らその命を絶つ！　おわかりでございましょう、陛下。われらは遣わされた者にすぎないのです。パシャたちはこれを聞いてどよめいた。メンデル・モーセの首が飛んだ。そしてユダヤ人たちは船底に押しこまれてドナウ川を下っていった。彼らの家は略奪され燃やされたが、モーセの下の息子は物乞いになって密かにブダに残った。もう一人の上の息子はコンスタンチノープルでトルコ語を学ぶ。だからおまえが夢の中でトルコ語で話していても、驚くことはないぞ。遠く離れたふたりの兄弟の思いが互いの間を飛びかう。そしてイェニチェリたちがユダヤ教会を炎上させて、コンスタンチノープルが燃える時、モーセの息子アブラハムがブダに戻ってくる。兄弟は再会する。そして他の地からもユダヤ人たちがブダに舞い戻ってくる。アブラハムの息子は商売上手、財産は光り輝くとはいえないまでも十分だ。ゲルソンの息子の店では、遙か東方の商品が何でも手に入る。息子のダーンは強力《ごうりき》で名を馳せる、そしてまた一〇〇年が終わりのない円環をめぐって過ぎ去った。皇帝の軍隊がブダを解放しにやってくる。だがダーンはトルコ側に立って、勇敢に戦う、そしてその時、わしのモットーを叫ぶのだ。生き延びんがために死なん！　戦《いくさ》と滅亡はつながっておる。敗戦は滅亡なり、このことをわしほどよくわかっている者はおるまい。なにしろ滅亡の円環こそ、わがものなのだからな。おまえのはどうなるかな？　それともおまえはもう別の次元に足を踏み入れているのだろうか？　わしらにはまだわからんことだ。九月二日にブダが燃え、ユダヤ教会も焼けた、そこには女、子ども、年寄りが逃げこんでいた。壁が崩れ落ちた。またしてもこれで最期かと思われた瞬間だ。だがわしは語り続けることができる！　なぜと聞いても無駄だぞ！　ここで奇跡が起きるのじゃ！　皇帝軍とともにやってきた者がいる、戦場で名誉の死を遂げたダーンに勝るとも劣らない勇者だ。その男の名はアレクサンデル・シモン。聞き覚えがあるじゃろう？　そうなのだ！　彼こそ、ルポスがローマに行った時に、エルサレムに残った方の子孫だ、二つに分かれて続いていった家系がここで出会うのじゃ。というのも、死んだダーンには美しい娘がおった、エステルという名前じゃ。娘は燃える服のままユダヤ教会から逃げ出し、美しい黒髪は焼け焦げてしまった。服についた火を力強い腕でもみ消したのがアレクサンデルだ。そしてアレクサンデル・シモンは、皇帝に身代金を払い、一四〇人の生き残ったユダヤ人を救い出す。敗残者たちはニコルスブルクへ向かうが、アレクサンデルとエステルにとってはそれが新婚旅行だ。ニコルスブルクを追われると、プラハへと向かう。そこからも逃げなければならなくなると、子どもたちはプラハから再びハンガリーの地へとやってくる、彼らの名前は再びシモンだ。落ち着き先はケーセグ、それからしばらくの間はペシュト、そしてここで静かな平和の時代が訪れる。物語の六つ目の円環じゃ。ペシュトの次はコシツェ、それからシャートラッヤウーイへイ。ここにシモン・アブラハムが住んでいる、若きコシュート・ラヨシュ[*12]も訪ねてくる驚異のラビ、わしのじいさんは誰にでも思慮深い助言を与えたからな。そしてそこからこのセルニェに移ってきたのも、じいさんの時だ。その時分にはもうわしのおやじも生まれていた。以来、この家はここにこうしてあって、ここに立っているこの桑の木も成長している、どこまで大きくなることやら。これがわしらの一族の物語じゃ。エルサレム滅亡以来、終わりのない円環を六つ回った。七つ目はどうなるか？　わしにはわからん。平和の次には幸せが訪れるのかもしれない、ようやくな。そしてそれはおまえのものとなるだろう、これほどの苦難のあとでは、それは神からの大きな贈り物といえような。この間、闘志ともどもわしらの富も失われた。だがこれで十分じゃ、ひもじい思いもせずに、まだこうやって生きていて、これからだって生きていける。そして、それでもわしは自分が豊かだと感じる。わしが得たもの、それはこれまでの歳月だ、今ではもうおまえのものでもあるのだぞ！　それだけじゃない、神もだ、わしは神を信じ、失い、再び見い出した。これまでの歳月、さあ、これがわしからおまえにやることのできるものだ。だが、神はいずれおまえが自分で自分のものにしなければならん、神がそれを望み、おまえにそれができればの話だがな。そこでじいさんは黙った。赤い月が山の上に昇ったのはその時だ。わしもいっしょに昇っていくような気がした。じいさんはまだ知らなかった。わしの中で最後の破滅が訪れることを。おまえもそうなるのだろうか？　わしにはわからん。ばあさんが窓から顔を出すと、もう宵の明星が輝いているのが見えた、食事の時間だ。そして、ばあさんは大声で呼んだ。ご飯ですよ！　さあ行こう、この続き、残りはまた今度な、とじいさんが言った。そうして、一家は夕食の席に着いたんじゃ。」

「エクセ・ホモ！」おじいちゃんはこう叫ぶなり、魚を調理台の上に放り投げた。「この人を見よ《エクセ・ホモ》！　想像してごらん。これが人間だったらどうかってな。人間ってやつは往々にして、これから自分の身に何が起きるかを察知するもんだ、ちがいといえるのはそれだけさ。むろん魚が何を察しているかなんぞ、わかるはずはないがな。空気ならいくらでもあるのに、息もたえだえとは。おかしなもんだ。」おばあちゃんはおじいちゃんに、魚を叩き殺すための肉叩きを手渡した。「おじいさん、お願いですから気をつけてくださいよ！　台を壊さないようにね！」おじいちゃんは笑った。魚はばたばた跳ねて、口やえらをぱくぱく開けたり閉じたりしていた。「女ってやつがどんなに思いやりがあるものか、聞いたろう？　自分の手は汚さない。心根がやさしいからな！　煽りたてるのが関の山といったところかな？　手をくだすのはわしじゃ、かたやばあさんはというと？　調理台の方を心配しとるというわけじゃ！」おじいちゃんは手のひらで魚を押さえつけたけれど、魚は跳びはねて、手の下でつるつる滑った。おばあちゃんは目をおおった。おじいちゃんは叩いた。「おじいさん、手、手に気をつけて！」そう言いながらも、指の間からのぞいているのがわかった。魚の頭がぐちゃっと潰れる音がしたけど、まだ生きていて、ばたばたともがいて、調理台がぬめっとした粘液でべとべとになった。「あと一発でおだぶつだ。残念だが、叩いているうちに目玉が潰れて飛び散ってしまいおった。これじゃあ、いい魚スープはできんな。目玉もいっしょに煮ると、スープにいい味が出るんだがなあ。」「スープにするんですか？」「卵か白子があれば、尾っぽと頭も入れて、酸っぱくてうまいスープができるんだがな、でも咽頭歯をとることを忘れるんじゃないぞ。」「残りは揚げましょうかね。」「パプリカ粉入りの小麦粉をまぶして揚げてもいいぞ。今日はいい便が出たからな。さあてと、とどめを刺すぞ！」おじいちゃんは肉叩きを振りあげて、打ちおろした。魚はもうつるつる滑ることなく、尾っぽを少しばたつかせただけだった。「わしらの前に死体がひとつ。コイ、別名チプリヌス・カルピオ、人間の学名がホモ・サピエンスなのと同じだ。さばく前に外見を観察しておこう。どうやら魚のようだ。形は機能的にできている。生きるべき場所で生きていけるようにな。水中で暮らす最初の魚がいったいどんなふうだったのか、わしにはよくわからん。こんなふうに魚らしいかっこうをしたものじゃあなかったかもしれんな。少しずつ適応していったのか？　さもなければ神がまだ生物のいない水を創造した時、そこにふさわしい生物、魚らしい魚をたちどころに創造したんだろうか？　ちょいと、ばあさん、先のとんがったよく切れるナイフをこっちにくれんか！　魚の体は、ほれこの通り、細長くできとる。脊椎動物の仲間だ。背骨のあたりがいちばん薄くなっている。腹のところ、生命機能をつかさどる部分がいちばん出っ張っていて膨らんでいる。こいつはエラ、呼吸をするところだ。ほおら、この通り、血は人間と同じで赤い、だが温かくはなくて、冷たい。体の表面は鱗でおおわれていて、下から上に向かって少しずつ重なっている、家の屋根の瓦のようにな。屋根から瓦を外す時は、作業は上から、つまり背骨のところから始める。だがわしらは、ここ、この尾っぽのところに、よく切れるナイフを瓦の下に差しこんで、ほれ、こうすると、さばくのがいちばん簡単なんだ、下から上に向かってな。おまえの足や手が、こいつにとってのヒレだ。尾ビレと二枚の胸ビレで前に進む、そして背中のこのトゲの後ろに並んでいるヒレが泳ぐ方向を決める。だが、どうやって思いのままに水面に浮かびあがったり、水底へ潜ったりするのか？　腹ビレを使うんだ。ここにある、ほらこれだ。わかるかな、体中どこを見ても、何もかもが目的に適っていて、じつにうまく配置されておる。誰がこんなふうに作ったのか？　あるいは、何が？　いつ？　わしにはよくわからん。さらに知っておくべきなのは、意外なことに、魚ってやつはすばらしく耳がいいってことだ。人間にあるような外耳は魚にはないんだが、それはつまりそんなに大きな音も小さな音も聞く必要がないからだ。ほどほどの聴力が魚の生存には適しているというわけだ。口とここにあるこれ、それから側面に並んでいる神経で、ものを感じる。においをかぐ。これが鼻腔だ。口の中には粘膜がある、こいつは味覚のためのものだ。魚にとって必要なものは、しっかりと目に見えているはずだ、だが魚の目で魚の生きる世界を見るとどう見えるか、わしらの知識では何とも言えん。来世で魚に生まれ変わったとしたらどんなに落ちつかないことか、考えてもみなさい。四六時中何かが見えている。夜も昼もない。なにしろまぶたがないんだからな。目を閉じることができん、閉じようにも閉じるものがないんじゃ。だからこそ魚はあんなにも賢いのかも知れんな。声は出さない。だからこそ長生きなのかも知れん。一五〇歳のコイがいて、シャルロッテンブルクでまだ生きている、今年フリジェシュおじさんのところに手紙が来て、今もまだ矍鑠《かくしゃく》としているそうだ。今度おじさんが来たら、友だちの手紙に何て書いてあったか聞いてみるんだな！　軽く二〇〇歳までは生きるかも知れんな。さあてと、それではさばいて、中を見てみよう！　いくら気が進まなくても、この作業ばかりはケツから始めなくてはならん。」「おじいさん、またそんなこと言って！」「この穴は腸管の出口でな、ここから排泄する。そしてここにナイフの先を差しこむと、簡単にさばくことができる。だが、皮の下にある二枚の胸ビレをつなげているこの骨、こいつがちょいとやっかいなんだ。だが、いいぞ！　このナイフはよく切れるからな。簡単にすーっと頭まで行ける。さあもう頭を切り落とせるぞ。こいつは置いといて、また後で観察するとしよう。残念ながら、卵も白子もないようだな。これでスープはおじゃんだ！　だが中に手をつっこんでごらん！　怖がらないで！　魚はおまえの直系の祖先なんだ、ばあさんにとっても、わしにとってもな、数週間の間、わしらは母親の子宮の中で魚だったんだからな。暗い海の底だ。感じるか？　おまえの腹の中身もこんなふうなんだぞ。さあ手を抜いて。中のものはそっと引っぱり出すんだ、胆嚢が破れて中身がこぼれ出ると、味が苦くなるからな、この濃い緑色のやつ、それだ！　ナイフの先できれいに取りのける、そうしたらもうあとはいくら引っかき回してもいいぞ。こいつは肝臓、こいつは腸管、こいつは心臓、こいつは胃。腎臓は総排泄腔に続いている。魚はうんちをするところで、おしっこをするんだ。ここでばあさんにお願いするとしよう、ぶつくさ言ってないで、ボールに水を入れてこっちに持ってこいとな。さあて、それでは頭を見てみよう。ここはわしらの首と同じで、いちばん柔らかい部分だ、簡単に切れる。ありがとう。体の方は泳いでいてもらうとするか、泳げるもんならな。ほら、頭のてっぺんを叩いてごらん。固いだろう、な？ 中は穴になっていて、そこに脳みそがあるんだ。小さいけれど、それなりに何とかやっていくには十分だ。じょうずにエラ蓋を取りはずそう、見てごらん、その下にあるもの、きれいだろう。これがあるからな。むずかしいぞ。この紅い色をした半円状のもの！ おまえは水中では生きられないだろう、呼吸ができないからな。こいつの方は岸にあがると息ができない。説明してやろう。水中には酸素があるが、それは空気中にもある。魚が口から水を取り入れると、水は紅色の弁の間を流れていく、そこには血も流れている。血は水から酸素を吸収して、心臓へ運んでいく。そいつが心臓だ。ふたつの部分からできている、ひとつは心房、もうひとつは心室と呼ばれている。血は酸素を取りこんで新鮮なものになり、心臓はそれを魚の体全体に行き渡るように押し出す。魚が魚として生き、魚として活動することで、血は老化する、それが静脈を通って心臓に戻ってくる。心臓は悪い血をこの小さな弁の間に送りこむ、そうするとふたが開いて、使用済みの酸素、いやもう酸素とはいえない別ものなんだが、そいつが水に排出される。さあ、次はいちばん嫌な作業だ。ぶつ切りにするんじゃ。この浮き袋は陽に干してよく乾かして、それからパンと叩くと、ポンと音がする。それ、持っていきなさい。その間にばあさんが魚を調理する。」僕は庭に出た。お日様が照っていた。犬は小屋の中で寝そべって、顔をだらりと外に出したまま、眠っている。僕は犬の前にしゃがみこんで、鼻先に浮き袋を突きつけた。犬は頭をひょいとあげて、目を開けた。浮き袋をくわえようとする、でも僕はそれを持って走り出した、犬は僕のあとを追いかけてくる、僕の手のまわりを飛び跳ねた。僕は郵便箱の中に浮き袋を入れようと思って、門の方へと走っていった、あそこだったら取り出せないから、食べられっこない。郵便受けに手紙はなく、空っぽだった。モンシロチョウが二匹飛んできた、追っかけっこをしていた、ハエがするようなことをしてるのかなと思って、僕はチョウチョのあとを追いかけた。そして犬は僕のあとを追いかけてきた。チョウチョは空の青色の中に消えていった、茂みの上の方で。ガサガサという音。エーヴァが茂みの中に座っていて、泣いているふりをしていた。僕は石を拾って、犬にむかって投げつけた、あっちへ行けったら。尻尾をまいて逃げていったけど、しつこくこっちを振り返る。そのたびにまた石を投げつけてやった。「ああ、夫が死んでしまった！　わたしはどうなるの？　どうして逝《い》ってしまったの？」ママの役をしているんだとわかった、ガーボルがパパだから、僕はやっぱりまた子どもじゃないか。「ああ、ああ、神様、あの世では誰があの人に夕飯をつくってくれるのかしら？」「愛人さ！」「あの世には愛人なんていないわよ！」「死んでなんかいないぞ！　テラスにいるじゃないか！」エーヴァは目にあてていた手をおろした。「何しに来たのよ？　呼ばれてもいないくせに、ばーか！」僕はエーヴァに浮き袋を見せた、でもエーヴァはそれを押しのけた、浮き袋は僕の手から落っこちてしまった、エーヴァはそれをつかむなり、茂みのすき間から庭の方へ抜け出ようとした。でも僕は持っていかれないように、足をつかんだ。「それは僕のだ！」足をひっぱると、もう片方の足で蹴ってきた。僕は泣いた、でもそのあと、ふと気づくと、茂みの中で光が戯れていた。おばあちゃんが大声で呼んでいる。魚を食べていたら、玄関で電話が鳴ったんだ。おばあちゃんは走っていった、でも誰と話しているのかは聞こえなかった。おばあちゃんはおじいちゃんを呼んだ。僕は魚を食べていた。おじいちゃんが魚の骨に気をつけるんだぞと言った。おばあちゃんが話してくれたことがある、ある時、それはおばあちゃんのお父さんが馬車から落っこちて、馬に踏みつけられて死ぬ前のことだけど、金曜日に家で魚を食べていたら、突然、みんなが気づいた時には、お父さんの顔が真っ青になっていたって。生気が外に出ていってしまったみたいに、息もできずに、ただじっと座っていた。誰もが叫んでいた。その時、おばあちゃんが思い出したんだ、誰かが、それはゼルド・ベーラだったんだけど、魚の骨が喉にひっかかったら、背中を叩くこと、そうしたら咳が出て、骨は下におりていくか、上に戻ってくるかだって言ってたって。それでお父さんの背中を叩くと、骨が出てきた、そのあとも、みんなで魚を食べ続けた。でも食べ終わるとね、母さんが立ちあがって、あたしをバチンとひどくぶってね、こう怒鳴ったのよ。よくもまあ父さんを叩けたものだね。僕は笑った、おばあちゃんがぶたれるところが目に浮かんだからだ。でもおじいちゃんは大声をあげた。「何を笑っておる？　おまえは自分が笑っている時、どういうことをしているのかわかってるのか？　笑うっていうのがどういうことかわかってるのか？」「わからない。」「そうだろう。笑いってやつは、人生最大の謎のひとつなんだ。」でもいくら待っても、ふたりは戻ってこなかった。僕ももう魚を食べてはいられなかった、それぐらい静かだった。おじいちゃんの椅子が、さっき蹴ってどかしたままになっていた。でも玄関からも何も聞こえてこなかった。

おばあちゃんの皿には長い骨が残っていて、骨の片側にはまだちょっと身がついていて、皿の端っこには出した小骨がのっていた。僕は部屋を見て回った。おじいちゃんは肘掛け椅子に座っている。おばあちゃんはベッドに横になっていた。息をしているかどうか観察した。今だったら枕の下のアメをくすねることができる。アメは袋にくっついていて、口から紙をはき出さなくちゃならなかった。その男の人はドアのところに立っていた。「ベーラ！　すぐこっちに来てくれ！　ベーラ！　はやく！　ほんとうに人が死んでるぞ！」声が近づいてくる、床がきしむ。家にはまだ虫メガネがあった。「おばあちゃんが魚を手に入れたんだ。」「洗わなくてもいい、朝にはもう出かけるから。」「父さん、じゃあいっしょに寝てもいい？」「そら、もう少しで忘れるところだった！　ズボンを取ってくれ。ほら、太陽の光が当たるようにすると、光が集まって、紙が燃えるぞ。明日、やってごらん。」外では風が吹いている、さっきまでお日様が照っていたのに。真珠の玉がろうろくを伝って流れ落ちていく、チリチリいってる。「こいつで見ると、すごく細かいものまで見えるんだ。ほら、おまえの皮膚の上に小さな山や谷があるぞ。」おじいちゃんは肘掛け椅子に座っている。いっしょに息をしてみる。何かが起きているようだけど、僕にはわからない。わからない。何だろう？　窓の方から何か音がする。新しい虫メガネでのぞいてみる。クモの巣にハエが引っかかっていた。逃げようとしている、すぐそこ、巣の端っこにクモがいる。ハエのブンブンいう音だったんだ。足がクモの巣に引っかかっていて、羽をばたつかせてもどうにもならない。おじいちゃんは肘掛け椅子に座っている。僕は虫メガネをもっていた、クモやハエを殺すと、それでのぞいてみた。午後。おじいちゃんは手のひらを両膝の間に挟んで眠っていた。口を開けて、入れ歯はテーブルの上。僕はおじいちゃんの呼吸に耳を澄ませて、観察する、ずっとこうしていっしょに座っていると、僕の息もおじいちゃんと同じように、空気がゆっくり出たり入ったりするようになる。おばあちゃんが二階から大声で呼んでいた。「おじいさん！　おじいさん！　すぐ来てちょうだい！　おじいさんったら！」おじいちゃんは口を閉じて、僕の方を見て、むにゃむにゃいった。「何だ？　どうした？　わしの歯！」でも、おばあちゃんは叫んでいた。少し風が通るように、ドアは開けたままにしてあった。「おじいさん、おじいさん、はやく来て！　フェリがしゃべってる！　おじいさん、はやく！」僕は先に走っていった、おじいちゃんが杖をとり落とす、僕は拾ってあげなかった、おじいちゃんは家具やドアにつかまった。「おじいさん、おじいさん、はやく！　もう話してる！　今、名前を言ってる！　おじいさん！」おばあちゃんは階段の上で叫んでいた、そしてラジオから声が聞こえてきた。おじいちゃんは階段の下で立ち止まって、手すりにつかまった、僕は階段の真ん中まで走っていった。「おじいさん、おじいさん！　フェリだよ！　フェリがラジオでしゃべってる！」[*13] おばあちゃんは急いで部屋に戻っていって、階段の下にいるおじいちゃんにも聞こえるように、ラジオの音を大きくした。「注意しておきますが、証言しだいでは宣誓が必要になることもありますので、真実を述べるようにしてください。法律により偽証は厳しく罰せられます。わかりましたか？」「はい。」「おじいさん、あの子だよ！」「被告がアメリカの秘密情報機関のスパイ、ヘンリー・バンドレンと会うことを、どこで、どのようにして知るに至ったのかを話してください。また、その会談を設定するにあたり、あなたがどのような役割を果たしたのかも述べてください。」「わたしの記憶が正しければ、今年の七月一三日か一四日にシュハイダ・パール連隊長の指令により、国境警備連隊情報将校として、適切な場所で……」「おじいさん！　フェリが話している！　おじいさんったら！」「順序立てて詳細に話してください。」「はい、シュハイダ・パール大佐が先ほど述べた日にわたしを呼んで、こう言いました。ある政府高官が外交ルートを通じてユーゴスラヴィアの政府高官と内密の会談をもつことになった。ユーゴスラヴィアとハンガリーの関係悪化については知っているはずだ。これ以上は言えない。われわれの任務はこの会談を極秘のうちに……」「おじいさん！　フェリだよ！　これはフェリ！」「ちょっと静かにせんか！」「任務の具体的な手配はおまえに任せる、会談にふさわしい場所について、政治局長同志に遅滞なく伝えられるように、午後五時にわたしに報告しなさい。だいたいこのようなことを言われました。それでわたしは手筈を整えて、午後、まだ五時前に、ジェーケーニェシュ村から三キロから五キロはなれた国境近くに、アカシアの林に囲まれた無人の建物があることを報告しました。周辺の住民たちがブヘル農場と呼んでいるところです。必要であれば、夜中のうちに建物に家具を備えつけることができる旨、シュハイダに報告しました。」「それからどうなりましたか？」「大佐についてはかねてより疑念を抱いていたのですが、この件については疑う余地はないと思いました、というのも、政治局長同志の名前が出たからです、その時はまだ、政治局長同志ならば疑いようがないと思っていましたので。」「気をつけてください。質問はそのあとに何が起きたかということです。コメントは控えて、事実だけを述べるようにしてください。」「はい。そのあと、大佐はわたしに、退出して秘書室で待つようにと言いました。わたしに言えるのは、大佐はブダペストと直通電話で話していたこと、話は二〇分ほど続いたということだけです。」「証人はシュハイダがブダペストと直通電話で話していたことが、どうしてわかったのですか？」「秘書室で秘書の女性と話をしている時に、秘書の机の上にある回線切替器でどの線が使用中であるかが見えたからです。その線がブダペストとの直通回線であることは誰もが知っていることです。」「わかりました。続けてください。」「それから大佐はわたしを部屋に呼び戻して、会談はおそらく二四時間以内に行われる、事は急を要するので、すぐに建物の清掃と家具の設置に取りかかるようにと言いました。政治局長同志の指示によれば、家具は必要最低限のものでよいとのことでした。備品局で緑のクロスのついた会談用の机を調達すること、ない場合は、どこかで入手すること、そして椅子も調達するように命じられました。それから壁が汚れている場合には、しっくいで塗るようにと言われました。わたしは何か飾りつけが必要かどうか尋ねました。その必要はないが、トイレは必須だと言われました。」「そのほかにどのような指示を受けましたか？」「家具の設置を行う小隊は作業後、速やかにその場を退去し、夏の野営地に移動して、完全な隔離状態で懲罰的規律訓練を行うようにという指示を受けました。このとき大佐は笑って、すばらしい考えだ、母親の顔さえわからなくなってしまうだろうなと言いました。」「証人は真実だけを述べてください。警察の調書によれば大佐が笑ったのは、これが証人のアイデアだったからだとありますが。」「はい。申しわけありません。これはわたしのアイデアで、大佐がそれを承認したのです。」「続けてください。」「数時間のうちに近辺の安全を確保する必要があるが、警備にあたる中隊が会談の場所を目にすることがないように、また隊員たちに自分たちがどのような任務を遂行しているのかを知られてはならないとの指令を受けました。そして次のことを言われました。中隊の指揮はわたしに一任する。警戒区域には、その時になって与えられる合い言葉なしには誰も立ち入ることができない。警戒区域内にはわたし自身も留まることはできない、と。ちなみに、これについては大佐自らが監視にあたると言いました。それから遅滞なく仕事に取りかかるように言われ、そのようにしました。なおわたしは大佐にすべてを詳細に報告しました。ひとつのことを除いてですが。すでに言いましたが、今年の初め頃からシュハイダの行動には疑念を抱いていました。本件の場合、事態の早急さと、わたしの知る限り政府間の会談は通常このような場所では行われないことから疑いを抱いたのです。こうした会談を行うには、関与する政府が中立国にある外交代表機関を使えば、ずっと簡単に事を運べるからです。すべてが怪しいと思えてきたいちばんの理由は、もしシュハイダがわたしに言ったことが本当に実行されるのであれば、当時の政治的緊張を考慮すると、保身のために、電話での会話をわたしの目の前でわたしにも聞こえるように行ったはずだからです。わたしは情報将校として、場合によっては連隊長の一挙手一投足にまで目を光らせる権利が与えられていました。このことは内務大臣同志にもはっきりと指示されていました。それでわたしは、V部隊の兵士をひとり農場の屋根裏に潜伏させて、耳にしたことを細大漏らさず速記にて記録し、その記録をわたしに提出し、いかなることがあってもわたしが迎えに行くまでその場で待機するようにと指示しました。この兵士は適切な政治的判断もでき、速記も得意であることから、この任務に最適で、信頼できると考えました。」「その兵士の名前は何ですか？」「コロジュヴァーリ・タマーシュです。」「コロジュヴァーリの綴りの最後はIですか、それともYですか？」「たしかIです。」「時期をみて、法廷でコロジュヴァーリ・タマーシュの尋問を行います。では続けてください。」「会談は七月一五日の夜に行われました。わたし自身は警戒区域内に留まっていませんでしたので、直接知ることができたのは、一〇時半にジェーケーニェシュの方から一台の黒い車がやってきて、農場へ向かう道で停車し、この時もうライトはついていなかったということだけです。誰かがドアを開けて、道の両脇に立っていた兵士たちに合い言葉を伝えました。暗い夜でした、訪問者たちに場所がわかるように、農場にだけ明かりをつけました。」「どんな明かりですか?」「オイルランプがテラスの端に灯っていました。」「ヘンリー・バンドレンがどの地点でどのようにして国境を越えたか、知っていることはありますか?」「いいえ。それについては何も知りません。ただ、男性ふたりでやってきて、合い言葉を言い、農場に着いたという報告を受けただけです。」「では、今度は翌日、何が起きたかを話してください。」「翌日、コロジュヴァーリ・タマーシュから、屋根裏にいて会話は一言も聞き逃さなかったが、真っ暗な中での作業だったため、記録はだいぶ抜けているところがあるとの報告を受けました。わたしは警戒区域を解除して、中隊がすぐさま夏の野営地へ出発したあと、車で彼を迎えに行きました。コロジュヴァーリは車の中で、外国人は英語を話し、通訳を介して話していたと言いました。わたしはコロジュヴァーリを人目につかないように自分のオフィスに入れて、そこで数時間のうちに記録をタイプさせました。」「その資料は何ページになりましたか?」「一五ページです。それには本当にかなり抜けている個所がありました。」「あなたはそれを読みましたか?」「はい。読みました。」「何が書いてありましたか?」「いろいろですが、ユーゴスラヴィアの指令はCIAから直接来たものであるかのように実行しなければならないといったことです。しかしなんといっても記録の中でもっとも驚くべき個所は、ラーコシ同志とゲレー同志をどのように暗殺すべきかという計画の部分です。」「それ以上はけっこうです。記録は裁判所の手元にあります。その後どうしたか述べてください。」「数時間の間、途方に暮れていました、ブダペストに行くよい口実が見つからなかったからです。電話を使うことは念頭にありませんでした、というのも今や直通電話もスパイ組織の手中にあることが明らかになったからです。ところがある偶然がわたしを救ってくれました。母から電報が来て、八四歳の父がその夜に亡くなり、至急家に帰るようにと言ってきたのです。電報のおかげでシュハイダはわたしがブダペストに行くことを許可してくれました。それればかりか、シュハイダは明らかに喜んでいるように見えました。それでわたしはすぐさま急いで党本部に赴き、資料を上層部の指導者に手渡したのです。コロジュヴァーリ予備国防兵を兵舎から遠ざける手配を遅滞なくとるように依頼しました、というのも、彼はわたし以外にすべてを知る唯一の人物であり、陰謀の当事者たちが彼を通して事前に計画が発覚したことを知る恐れがあったからです。直ちに手配されて、三〇分後には、内務省の組織が安全のためにコロジュヴァーリの身柄を確保し、移送中であると言われました。それからわたしは帰宅して、そこで指示を待ちました。」「人民裁判官は証人にたいして質問がありますか？　人民検察官はいかがですか？　弁護人は？　被告は何か言いたいことがありますか？」「何もありません。」「それでは被告人たちを退廷させてください。短い休廷の後、再開します。」おばあちゃんが部屋から出てきた。僕は階段から立ちあがった。おじいちゃんはつかまっていた手すりから手を離した。おばあちゃんは階段をおりてきた、そして僕もあとについていった。「なんであんなことを言ったの？　家に帰ってなんてこなかったのに。おじいさん！　なんで？　どうして答えてくれないの？　おじいさんったら、何か言ってくださいよ。なんであんなことを言ったの？　生きているのに！　おじいさん！」「わしはまちがってたんじゃろうか？」上ではラジオがまだ何か言っていた、それから音楽になった。おばあちゃんはおじいちゃんの手を握った。「おじいさん！」「わしはまちがってたんじゃろうか？」「おじいさん、どうしてそんなことを言うの？　何か言ってくださいよ、どうかお願いだから、ねえ！　おじいさん！」「わしはまちがってたんじゃろうか？」おじいちゃんは自分たちの部屋の方へ歩き出した、おばあちゃんを先導していくようだった。僕の部屋の床に杖。おじいちゃんは杖を蹴っとばした、そして杖は壁のところまで転がっていった。おじいちゃんは肘掛け椅子に座っている。両手を膝の間に押しこんで、寝ていた。口を開けたまんま、のどに何か詰まっているみたいに、大きな音をたてて息をしていた。僕はおじいちゃんの寝息を聞かないようにして、自分も眠りこんでしまわないように気をつけた。おばあちゃんが昼ご飯ができましたよと呼ぶと、おじいちゃんは目を覚まして、むにゃむにゃいった。窓台から入れ歯を取って口に入れた。「そう、そうなんじゃ。」「何がですか？　おじいさん！」「わしはまちがってたんじゃろうか？」それでも夕ご飯には出てきた。夕ご飯でも会話はなかった、ただ立ちあがった時に、おじいちゃんはおばあちゃんの方を見た。「ばあさん、教えてくれんか！」「何をです、おじいさん、言ってくださいな！」「わしはまちがってたんじゃろうか？」「何が？　何のことです？　教えてくれないんですか？」「そう。そうなんじゃ。まちがってたんじゃろうか？」ドアが閉まって、ベッドのきしむ音がした、でもおばあちゃんがいくらおじいちゃんに聞いてもだめだった。それからドアの下のすき間が暗くなった。窓は開いていた、僕は毛布を蹴ってはいだ。「これコオロギ?」「ちがいますよ、残念だけど、これはもう秋のスズムシよ。」僕は床がきしまないように歩いていく。あの部屋で明かりをつけて、タンスの扉をそっと開ける。タンスの中はラベンダーの香り。ラベンダーは白い布袋に入っていて、上の棚と下の棚に置いてある。何かきしむ音がしたので、おばあちゃんが来るんじゃないかと耳を澄ました。急いで明かりを消して、タンスの扉を閉めた。でも家がきしんでいるだけなんだ。いちばん下に小さな箱があった、でもそこに何が入っているのか、僕は知らなかった。その箱を引っ張り出すと、ほかの箱が崩れ落ちた。僕はまた耳を澄ました、しーんとした中で箱の音を耳にしたのは僕だけだ。箱の中には緑色のビロードのドレスがたたんでしまってあった。上はシルクで、レースがついている。僕はパジャマを脱いで、そこで裸になった。緑色のドレスを着てみた。すごく長かった。エーヴァにあげようと思った。僕は不安になった、今おばあちゃんがやってきたら、しまう時間はもうない、ここで何してるのと聞かれたら、まだ歯を磨いてなかったんだと言おう。お風呂場の棚にハサミがあった。ハサミで緑色のドレスを切って、灰色の玉を取り出した。ふたりに見せて、これは金で、ご先祖様が密かに僕たちのために残してくれたもので、誰にも知られないように灰色に塗ってあるんだと嘘をついた。ガーボルは信じなかった。歯にカチカチとあててみてから言った、こいつは鉛だ、溶かせるぞって。玉をドアのところから長椅子の下まで転がすことができたら、勝ちだった。ドアが開いて、ふたりのお母さんがすっぽんぽんで部屋を突っ切っていった。別の部屋でラジオをつける、またあの声が話していた。ふたりのお母さんはシルクのガウンをはおった、夜、出番があって家にいない時に、エーヴァが着てふざけていたガウンだ。鏡に映る自分の姿をながめている、そしてラジオで何を言っているのか聞いていた。ガーボルがうっかり剣を突き刺して肘掛け椅子を破いてしまったことがある。ふたりのお母さんはガウンを着て戻ってくると、その肘掛け椅子に座った。玉が転がっていくのを見ていた。僕が戻ると、おじいちゃんは肘掛け椅子に座っていた。僕の方に手を伸ばした、僕が近づいていくと、僕は抱きしめられた。すごく近くにおじいちゃんの目があった。「わしはまちがってたんじゃろうか？　死せる神話ほど根強いものはない！　おまえもそう思うか？　そうじゃ。わしはまちがってたんじゃろうか？」父さんが冬のコートを着て部屋の真ん中に立っていた。でも僕はわかっていた、これは僕の知らない部屋だ。誰かが叫んでいた。「ナイフで自分の指を切ったら痛いだろう？　そうだろう？　ナイフみたいに、おまえの中にぐさりとやってやったぞ！」僕は飛びあがって、そっちの方へ駆けていく、声は遠ざかっていった。「きっと痛いぞ！」突然、すぐそこにあった、すごく近くに。父さんの目。僕は首に抱きついた、泣いたら喜んでもらえると思った。でも顔をくっつけると、ひげがちくちくした、一日おきにしか剃らないからで、今帰ってきたところで、おばあちゃんはまだ服を洗っていない。そして僕はまた起きあがって座った、わかった、夢を見てただけなんだ。これは僕のベッド。それとも、これも夢なのかも。ここは僕の部屋。窓の前には木々の暗い影、そして部屋の真ん中に父さんは立っていない。何だかおかしい。おじいちゃんの呼吸、でもいつものおかしさとはちがう。ドアの下のすき間、暗い。どうしてこんなに大きな音をたてて息をしているんだろう？　いや、息じゃなかった。のどに何かがひっかかっていて、はき出したいのに、はき出せないみたいだ。それでゴボゴボと大きな音がしているんだ。僕はドアの前でじっと耳を澄ました。暗闇の中、毛布の下で体が動くのが見えた。「おじいちゃん!」答えはなく、それっきり。「おじいちゃん!」おばあちゃんはスースーと静かな寝息をたてていた、でもそのあたりはとても暗くて、おばあちゃんのベッドは見えなかった。「おばあちゃん!」答えはなかった。おじいちゃんの口が開いている。「おばあちゃん!」「何だい? 何かあったのかい? どうしたんだい?」「おばあちゃん!」おじいちゃんの息はゼーゼーいうたびにヒューッという音が続いた。「おじいさん! 大丈夫? おじいさん!」おじいちゃんは答えない、口が開いている、そして目が空《くう》を見ているように見えた。「おじいさん、返事してちょうだい! おじいさん! どうしたの? おじいさん! ああ! 何か言ってちょうだい、おじいさん! どうしたの? 神様! お医者さん! どうしたの! 神様! お医者さん! どうしたの? どうして?」おばあちゃんは暗闇の中を走った、僕もあとについていっしょに走った。僕たちは部屋の中をうろうろした。家具の角にぶつかっても、かすかな痛みしか感じない。「おじいさん、どこが痛いの? ああ! どこか痛いんですか? ああ、着替えなくちゃ! お医者さん! 電話しないと! フリジェシュ! あ、神様! フリジェシュ、フリジェシュ、おじいさんも、もう…! フリジェシュ! 神様! おじいさん! 電話しなくちゃ!」おじいちゃんの呼吸はさっきより速くなっている。光が差して僕は手で目をおおった。おばあちゃんが大急ぎで出ていった。体の中、胸の中に何かどろどろしたものがあって、それがおじいちゃんをこんなふうにしているんだ。口は開いていて、目は空《くう》を見ていて、胸の上で毛布をぎゅっと握りしめていた。それから口を閉じた、何かが押し出されてきた、口の両端から血のまじったものが流れ出てきた、顔には紫色の斑点が浮かんだ。僕はお風呂場でタオルを濡らした、これは湿布で、頭に乗せれば、おじいちゃんは助かるんだと思いながら。でも電話は通じなかった。おばあちゃんはタンスから服をひっぱり出した。タオルで口の端についたものを拭き取った、おじいちゃんの口は今は閉じていて、湿布ですっかり落ち着いたのか、静かに横たわっていた。「ちょっとでも目を離しちゃだめだよ！　薬！」おばあちゃんは急いで戻っていった。おじいちゃんの口に心臓の薬を流しこもうとしたけど、それも口の端からこぼれてしまった。「ちょっとでも目を離しちゃだめだよ！」手を握りたかったけど、怖くてできなかった。手は指を広げたまま体の横にあって、枕は頭のまわりが濡れていて、髪の毛もおでこも濡れていた。門がバタンと閉まる音がした。おじいちゃんはあたりを見ようとするかのように、また目を開けた、そして何か言いたげに口も開けた。そしてそのまま動かなくなった。僕はおばあちゃんがいつ戻ってくるんだろうと思って、自分の部屋の窓辺に走っていった。今、十字架の前を走っていく、でも坂はきつい。でもまた門がバタンと閉まる音がした、きっと何か忘れものをして、十字架のところで立ち止まって戻ってきたんだ。おばあちゃんは鏡も黒いスカーフでおおった。目はもう閉じてあげることができなくて、あごはおばあちゃんがしばったけど、開いてしまってだめだった。外が明るくなり始めると、暗くなるようによろい戸を閉めた。ろうそくがおじいちゃんの枕元で燃えていて、チリチリと音をたてていた。おばあちゃんは僕に、教会に行って埋葬の手はずを整えてくるから、それまでそこにいるんだよと言った。おじいちゃんはずっとそのまま横たわっていた。目にあのハエが飛んできても気づかない。追っ払わなくちゃ！　口の中はすごく深くて暗くて、おじいちゃんの中身はからっぽなんだと思った。墓地では炎が風に揺れていた、大きなろうそくの火みたいだった。棺が深い穴の中に消えていく、土がふたにあたってドサッドサッと音をたてた、まるで中は空っぽでおじいちゃんはそこにいないみたいだった。墓地から戻ってくると、門が開いていた、玄関のドア、部屋のドア、みんな開いていた、開いたドアの向こうにおじいちゃんが肘掛け椅子に座っているのが見えた。おばあちゃんはノブにつかまった。でもそれはおじいちゃんじゃなくて、おじいちゃんのガウンを着た父さんだとわかった。寝ていた。おばあちゃんは腰をおろした。父さんは目を覚ました、僕たちはそのまま互いに相手を見すえた、近づくことなく離れたままで。「どうしてここに？」おばあちゃんが小さな声で聞いた。「もうあそこにはいないんだよ。郵便局が電報を転送してきたけど、ちょうどそこにもいなくて、それで二日間ずっとそこに置きっぱなしになっていたんだ。」父さんは言った。おばあちゃんは立ちあがって、自分の部屋に行った。父さんも立ちあがった。「おまえは何をしたんだい？」おばあちゃんが聞いた。「何って？」父さんが聞いた。「着ているものを脱いでおくれ。そしてあたしたちの部屋から出ていっておくれ。」おばあちゃんは言った。父さんは出ていった。一日中、誰も口をきかなかった。僕は風が吹いていない時でも揺れ動く葉っぱを見に、外へ出た。今でも何でなのかわからない。夜、床につくと、父さんが僕の部屋を通っておばあちゃんのところへ行った。聞きたかったけど、小声で話していた。父さんが出てきたので、僕はふとんにもぐりこんだ。僕のベッドのところで立ち止まった。「何かお話をしてほしいか？」「ううん、いいよ！」父さんは僕のベッドの端っこに腰をおろした、それから僕の頭をつかんで膝の上にのっけた。やっぱりお話をしてほしかったけど、静かにこうしているのもよかった。おかしいな、父さんはおじいちゃんみたいに大きな音をたてて息をしない、おじいちゃんの息子なのに。「おじいちゃんは僕にご先祖様の話をしてくれたよ、でもおじいちゃんのお父さんのこと、父さんにとってのおじいちゃんだよね？　僕にとってのおじいちゃんみたいな人だよね？　その人のことは何も話してくれなかったんだ。」「父さんのおじいさんのことか？　話してほしいのか？　よし。でも何を話せばいいのかな。そうだな、ここから始めるか、おじいさんたちの家はホルド通りにあって、建物の二階全部がわが家で、とっても広い家だったんだ。父さんはおじいさんが怖かったな。背が低くて、口髭とあご髭を生やしていた。でも、うちにはおじさんもいたんだ、おじいさんの兄弟で、そこでいっしょに暮らしていた、独身で一度も結婚しなかったからね。エルネーおじさんだよ。父さんはおじいさんよりもエルネーおじさんの方が好きだったな。大きなテーブルで昼ご飯を食べていた。おじいさんが一方の端、エルネーおじさんがもう一方の端に座った。そして昼ご飯を食べてる間ずっとどなりあっていたんだ。何か昔の政治についての議論だ、父さんが生まれるずっと前、ふたりは午前中は国会に出ていて、別々の側に座っていた、おじいさんはティサ派[*14]だったが、エルネーおじさんが崇拝する人物はコシュートだったんだ。そして当時、もう昔のことだけど、ふたりは帰る時も別々の馬車だったらしい、それでその頃もさかんにけんかしていたんだ。昼ご飯のあと、さんざん大声を出したあと、おじいさんは昼寝をしに行った、でもエルネーおじさんはパイプをふかして、あれやこれやおもしろおかしい話をしてくれたんだ。そうだ、パリに愛人がいたっていう話をしてくれたことがあったな、カンカンの踊り子だ、名前はもう忘れた。おじさんはこの女の人をいつもクラブの前で待っていて、いっしょに馬車に乗って、またいくつか店を遊び歩いたんだ。それからホテルに帰った。ホテルでまたエルネーおじさんは特別ショーを見せてもらえたんだ。この女の人はあることでとっても有名だったんだよ。カンカンがどんなものか知ってるか?」僕の頭をおろして、立ちあがると、メロディーを口ずさみながら、足を高く振りあげた。それから息をきらして足をあげるのを止めた。「こういうことさ! すごいだろう! それでだな、この女の人は、足を誰よりも高くあげられるだけじゃなくて、足をあげるたびに、そのたんびにだな、大きく一発鳴らすことができることで有名だったんだよ。」すぐには何のことかわからなかった。父さんは僕のベッドに倒れこんだ。僕たちはじゃれあって、大笑いした。僕も想像してみた。女の人が足を何回も振りあげて、その合間にあれをする。そのあとも父さんは笑ってた時のまま、交差するように僕の体の上にかぶさっていたけど、笑いは消えていた。やおら立ちあがると出ていった。朝、目が覚めると、父さんの顔はきれいに剃ってあって、肌も僕たちと同じ臭いがした。でも目が覚めた時は、夢だったのかもしれないと思った。僕は庭に出た。夜中に雨が降っていた。木の下にたくさんの桃。おばあちゃんは一日中ベッドに横たわっていた。寝ていれば、目まいもしなかったし、頭も痛くならなかった。枕の下にアメを入れていたけど、僕にはなかなかくれなかった。お腹すいたよと言うと、パンにラードかマスタードを塗ってくれた。僕はそれを食べに庭へ出た。夜中に目が覚めると、おばあちゃんが窓辺にたたずんでいた。おじいちゃんがいなくなってからは、夜になると明かりを消した、電気を無駄使いするのが嫌だったんだ。僕のところに来て、ベッドの端に座った。約束通りゲナエーヴァのお話をしてよとせがんだ。「この本の表紙には大きな天使がいてね、ちょうど空に向かって飛びたっていくところ、この天使がゲナエーヴァだったのよ、とうもろこしの皮をむいている時や、冬に何をするでもなく座っている時に、父さんはあたしがこのお話を読むのが好きだった。こうなふうに始まるの、昔あるところにそれはそれは美しい娘がおりました、誰も見たことがないほどの美しさでした、髪は金髪で腰まで届き、走ると、金色の髪が風になびきました、でもこの娘は貧しかったのです、それに両親はもう年老いていました。やがて年老いた両親が死に、娘はかわいそうにひとりぼっちになってしまいました。ある時、若い王子様が馬に乗って森にやってきました、ちょうどゲナエーヴァが晩ご飯に何かちょっとしたスープでも作ろうと、薪《たきぎ》を集めにきていたところでした。そこで王子様はゲナエーヴァを見たのです。一目で好きになりました。妻に迎えるからいっしょに来てくださいと言いました。でもゲナエーヴァは、そんなことはできません、お金持ちの王子様は貧しい娘の夫になれるはずがありませんものと言って、ついていこうとはしませんでした。王子様は腹を立てて、強引に娘をお嫁さんにしようと決めました。ゲナエーヴァが家に帰り着く前に、王子様の手下たちがやってきて彼女をさらっていきました。すばらしい宮殿に連れていかれると、バラ水のお風呂に入れられ、シルクやビロードの服を着せられ、金髪の髪にはダイヤモンドがいっぱい編みこまれました。こうして王子様の前に連れていかれました。さあこれでわたしがおまえを愛していることを信じてくれるかい？　王子様は聞きました。でもゲナエーヴァは言いました、どうして信じられるでしょう？　いっしょに小さな小屋に帰り、夕飯にタマネギのスープを食べ、昼間は畑を耕すならば、信じましょう。それを聞くとすぐさま、王子様は彼女についていきました。でも長続きはしませんでした。かまどの煙が感じやすい目にしみ、タマネギのにおいが鼻につき、手も鋤《すき》の柄を握ることができませんでした。そしてある日、愛のせいで若い王子がどんなに弱っているかを耳にした年老いた王様は、覆面の手下たちを送りこみ、ゲナエーヴァを牢屋に閉じこめてしまいました。王様はうれしくて息子を抱きしめました。ゲナエーヴァは悪者たちにさらわれてしまい、今やもうどうしようもないのだから、箱入り娘の伯爵令嬢を妻にするようにと言いました。そして、そのとおりになりました。ゲナエーヴァは牢屋で子どもを生みました、男の子です。ある夜、牢番がいびきをかいているすきに、ゲナエーヴァは逃げ出しました。森に隠れて、野生のリンゴやヤマボウシの実、生のキノコを食べました、そして住みかになる洞窟も見つけました。こうして暮らすうちに、小さな男の子は大きくなりました。ゲナエーヴァの豊かな髪の毛がふたりの毛布、緑の苔がベッドでした。でもある時、ゲナエーヴァは重い病気にかかりました。身動きもままならないほどでした。その時、天から大雨が降ってきました。雨を逃れて鹿の家族が洞窟の中へ入ってきました。そこで母さん鹿は洞窟の中で小さな子どもが泣いている声を耳にします。子どものところへ行くと、その子に乳をやりました。それ以来、ゲナエーヴァと鹿たちと男の子はいっしょに暮らしました、大家族です。ところがある日、人間たちがやってきて、森の静寂が打ち破られました。動物たちもやってきました。犬がワンワン吠えたて、馬が荒々しく鼻を鳴らしました。鹿たちは逃げ出しました。やさしい母さん鹿は洞窟の入り口で若い王子の矢に倒れました。母さん鹿は泣きました、その鳴き声に、小さな男の子が泣きながら洞窟からとことこと歩いて出てきました。狩りの一行もこれにはびっくり仰天しました。そして王子様は馬からおりると、洞窟の中へ入っていきました。そこでゲナエーヴァを見つけたのです、ちょうどその魂が、天使たちによって地上から解き放たれたところでした。王子様がいくら泣いても、もはやなすすべはありません、ゲナエーヴァの魂は天国に召されました、育ててください、あの子はあなたの息子です、こう言うことしかできませんでした。これが最後のことばでした。あたしが読み終えると、家中みんなして泣いたわ。この本は神父さまからいただいたものでね。泣きましたよ、もちろん、父さんもね。さてと、次はあたしの秘密を教えてあげようかね。おや、もう寝ちゃったのかい？」

背後から来る。ものすごくたくさんいる、どこへでも泳いでいくから、流れていって、どこもかしこもいっぱいになる。黒くて、柔らかくて、形がない、背後から来る。僕の頭を後ろから押してくる。もうそこいら中、体。そして頭がぎゅうっと押さえつけられて、動かせない。僕は目を開けた。この柔らかくって、形のないものは、僕の頭の後ろの方へ姿を消した。僕のベッド。でもやっぱりここ、僕のベッドのまわりにいる。これは夢なんだと思ってもだめだ、ここ、僕の頭の後ろで待ちかまえている。ベッドが、部屋が、目に入らないように、僕は目をつぶった。頭のまわりに泳いできた、柔らかい。黒い。僕は顔を枕に押しつけた。そのままじっとしていた。僕の目の下へ流れこんでくる。僕はさっと起きあがって座った、そしたらその黒くて柔らかいやつは、後ろに戻っていった。これは僕のベッドだぞ。ここは僕の部屋だぞ。またしても僕の頭のまわり、背中の後ろで待ちかまえている、でも僕が目をつぶらないかぎり、こっちには出てこられないんだ。外ではお月様が輝いている、そして木々の暗い影が部屋の中に長く伸びていた。もしかしたら庭にいるのかもしれない、見てみようと思って起きあがった。木々の影の中に白いダリア。白いダリアたちが教えてくれたのかも。暗闇に浮かびあがる白。ドアが開いていた。窓辺におばあちゃんは立っていなかった。おじいちゃんのベッドは空っぽだ。おばあちゃんのベッドは、こっちからは見えない、部屋のその辺りは暗くてよく見えないんだ。眠っているのかどうか見ようと思って、そっとベッドの方へ近づいていった。床がちょっときしんだ。「おまえかい?」暗闇からおばあちゃんが聞いてきた。「うん。」「電気はつけないでおくれよ!」暗闇からおばあちゃんの小さな声がした。ベッドの場所よりずっと遠くから聞こえてくるような気がした。「具合悪いの? おばあちゃん、具合悪いの、おばあちゃん?」枕の上で顔を僕の方へ向けた、そおっと。「ちょっとね、ほんのちょっとだけ。」毛布の上で手が動いたけど、僕の方へ伸ばそうとしたわけじゃなかった。僕はおばあちゃんをよく見ようとかがみこんだ。「戻って寝なさい。」手探りでナイトテーブルの上のスイッチを探したら、手がコップにあたった、コップの中にはおじいちゃんの入れ歯が入っているはずだ。「だめ、つけちゃだめだよ! 見られたくない。見苦しいからね。」でも僕はスイッチを見つけた。コップの中には水しか入ってなかった。僕は今もうすっかり目が覚めていて、自分が人生のどこにいるかわかっていた。おじいちゃんは死んじゃったんだ。おばあちゃんは僕を見ていた。見苦しいところなんて何にもなかった。何かにびっくりしたみたいに目を大きく見開いて、僕を見ていた。何か聞きたそうだったので待っていたけど、何も聞いてこなかった。たんに僕のパジャマの縞模様のことだったのかも。おばあちゃんが見ているのは、僕の目じゃなくて、首だった、僕はそこに何かあるのかと思って触ってみた。そうしたら、そんなこともわからないなんて、何てお馬鹿さんなのと、おばあちゃんの顔が笑っているみたいになった、でも目は動かなくて、口のまわりにしわがよっただけで、やっぱりまた笑っているみたいになった。「おばあちゃん！」じっと僕を見ている。何も答えなかった。口がゆっくりと開いて、笑っているんじゃないとわかった。何か叫んだ。それっきり。でも僕の背後には誰もいなかった。あの時やっぱり何かが起きたんだ。おばあちゃんの体の中から静けさが出てくるのが聞こえた。でも全部いっぺんに出てきたんじゃなくて、静けさは体から少しずつずっと出てきていた。僕は、ここで、おばあちゃんの体から、口から、それに手からも出てくる静けさの中に立っている。だめだ、動かせない。おばあちゃんは言っていた！　今すぐにも目を閉じて、あごを縛って固定しなくちゃ、そうしないと冷たくなっちゃう。目をいっそう大きく見開こうとしている、ううん、僕にそう見えるだけなんだ。おばあちゃんの体はそのまま動かなくなった。いつまでも目を開けたままでいてほしくなかった。僕はおばあちゃんがおじいちゃんにしようとしたように、やってみた。おじいちゃんと同じようになるように、指で支えた。明かりで歯の後ろが照らされて、おじいちゃんとちがって、口の中が空っぽじゃないのがわかった。スカーフは椅子の上にあった。おばあちゃんが家にいる時に頭にかぶっていたスカーフだ、でも出かける時には帽子をかぶることもある、ほとんどはげちゃってるからだ。手に触れるおばあちゃんの肌は暖かい。それでもやっぱり少し歯が出ていたので、口も指で直した、見苦しいと言ったのはこのことだったのかもしれない。僕は電気を消した。暗闇の中でおじいちゃんの肘掛け椅子に座っていた。長いことそこに座っていたら、部屋の中が明るくなった、外でお月様が照っていたんだ、そして、じっと動かないおばあちゃんの姿が見えた、目が暗闇に慣れてきた。泣きたかったけれど、泣けなかった、何だかわからないけど、まだ何かが起きるような気がしたからだ。その時、思い出した、昔、おばあちゃんが話していた、家には白い壁へビが住んでいて、誰かが死ぬと出てくるって。そんなのお話にすぎないとわかってはいたけれど、やっぱりひょっとしたら本当かもしれないと思って、僕は足を引っこめた。目が覚めた時、夢を見ていただけなんだと思ったけど、僕は肘掛け椅子に座っていて、外はもう明るくなっていた、そして鳥たち！　僕は肘掛け椅子で寒さに震えていて、おばあちゃんはあっちに横たわっていて、顔にはスカーフ、僕がまだ間にあううちにと思って頭の上で縛ったんだ。耳を澄まして聞いてみた、静けさはすっかりおばあちゃんの体から外に出ていって、もう何も残っていないようだった。そして、スカーフ！　いけない、まちがえたかもしれない、スカーフはまだ、死んだあとじゃないと。僕はスカーフをほどいた、口は開かない、そのまんまだった。やっぱりもう生きてはいなかった。朝になって、ゴミ収集車がやってくるのが聞こえた。車は馬が引っ張っていて、その人は馬と並んで歩いていた、ゴミを出してくださいと家々のベルを鳴らして回っていた。僕は窓から見ていた。僕の家の前では止まりもしない、誰も出てこないのがわかったからだ。それで僕はおばあちゃんのところへ戻った、おばあちゃんはあいかわらず同じ姿勢で横たわっていて、どうしたらいいかわからなくて、僕は泣いた。涙をぬぐって、これはぜんぶ想像にすぎないんだと思った。でもおばあちゃんはやっぱり同じ姿勢で横たわっている。僕はこっちの方に誰か来ないかなと思って、通りに出てみた。明日、ゴミ収集車が来たら、その人に声をかけよう。それか、お店にいるあの女の人、髪を金髪に染めているあの人、でもあの女の人のことは、おばあちゃんは好きじゃなかったな。学校に行っても、今は誰もいない。それとも教会のあの男の人、聖体を掲げる儀式の時に僕たちの方を見た男の人、カウンターの向こうで金髪の女の人を慰めていたあの人。それにしてもこんなふうにパジャマのままじゃ出かけられないし、おばあちゃんをここに残したまま出かけるわけにもいかない。僕は台所でお湯を沸かそうと思って、たらいに水を入れて、火にかけた。食器棚の上の棚に、小麦粉と粗挽き粉、パン粉、砂糖があったけれど、黒い粉は見つからなかった。でも、ろうそくと紙に包んだサラミソーセージがあった。おばあちゃんはいつもサラミソーセージを隠していた。僕はおばあちゃんの枕元にろうそくを灯して、よろい戸を閉めた、でもタンスの上の鏡には手が届かなくて、スカーフが滑り落ちた。台所では湯が沸いていた。サラミソーセージを最初はちょっとだけ切った、でもさっと食べてしまった、そして、また切った。もう一切れ切ろうとしたら、ナイフが滑って指が切れた。指の中が見えた。でも、そこから血がどっとあふれ出てきて、流れていく、すうっと手を伝って流れていって、お皿の上にもポタポタとたれた。指を高くあげて、お風呂場に行こうと椅子から立ちあがった。でもころんだんじゃない、ただ僕の頭が床に近づいていくような気がして、ドアが開いて、チェック柄のタイルの床がこっちに向かって落ちてきたんだ。黒と白。台所にもある同じタイル。灰色、すごく柔らかいものの中にいるみたいだ。もう叫び声は聞こえてこない。すごく冷たい。どこかに運ばれているみたいで、何もかもが揺れ動いていて、僕は白い中にいる、どこ？　どこかに向かっている。門のところで車が止まる、でも誰も降りてこなくて、エンジンだけが回っていた。翌日、ゴミ収集車は来なかった。穴を掘りたかったけど、雨が降った。車から人が三人降りてきた。犬もあそこに埋めたんだ。ひとりの男の人は門のところに残った。ふたりはバラの木の間を歩いてきた。僕を連れにきたわけじゃないらしい。ベルを鳴らそうとしたところを、僕が先にドアを開けた。「ぼうや、君のほかに誰か家にいるのかい？」「おばあちゃん！　おばあちゃんは死んじゃったんだ！」「ほう！　それで家にはまだ誰かいるのかい？」「ううん。僕だけ。」部屋のドアはみんな開いていた。鏡の前に立つように言われた。僕は鏡の前に立った、そしてその人も玄関のドアにもたれたままそこにいた。そこで僕は思った、その人は今、僕を前からだけじゃなくて、鏡に映った僕の背中も見ているんだ、なんておもしろいんだろうって。もうひとりが中へ入っていった。今、僕の部屋に入るところだ。開いたドアとドアの間。おばあちゃんの部屋で立ち止まる。「ベーラ！　はやく来てくれ！」「どうした？」「ベーラ！　はやく！　ほんとうに人が死んでるぞ！」ここにいなさい、怖がらなくてもいいよ、すぐに戻ってくるからねと言われた。でもその人たちは戻ってこなくて、黒い服の別の人がふたりでおばあちゃんを運んでいった。ここにいなさい、あとで迎えにくるからねと言われた、そして家に食べる物はあるかいと聞かれた。父さんに連絡してほしいとは言えなかった、僕はわかっていたんだ。でも翌日、誰も来なかった。ゴミ収集車が来るかもしれないと思って、ゴミを外に出した。朝のうちにやってきて、ちゃんと持っていった。おばあちゃんの枕の下からアメを取り出す。くっついていた。アメに袋の切れっぱし。僕はアメをなめた、紙をはき出さなくちゃいけなかった。噛むと、おいしい中味が舌の上にとろりと出てきた。黒い影たちが窓の前を走り回っていた。自分たちの頭が格子の間を通り抜けられることをまだ知らないんだ。目が覚めると、夜中に窓を叩く音がした。大勢いるのかと思ったら、ひとりきりだった。でも父さんじゃない。そっと起きあがった、玄関に行くまで床はきしまなかった。呼び鈴が鳴った、でも僕はドアの後ろでじっとしていた。呼び鈴を鳴らすということは、やっぱり父さんじゃないんだ、父さんだったらノックするから。今ここでじっとしていたら、僕がもうどこかに連れていかれたんだと思って、行ってしまうかもしれない、そうすればないしょでここに残れる。そうしたらそのうち父さんがやってくる。また呼び鈴が鳴った、呼び鈴の音は家によくない。もうこれ以上じっとしていられない。でもドアを開ける勇気もなかった。鏡に自分の影が映っているのが見える、自分が自分の背中の後ろに立っているみたいだ。「父さん？」もしも父さんだったらわかってくれるくらいの、とっても小さな声で聞いてみた。呼び鈴が鳴った。やっぱり父さんなんだと思った。「父さん、父さんなの？」「開けてくれないか、ぼうや！　迎えに来たよ！　さあ！　怖がらなくてもいいから、開けてくれよ！」ミコシュトプスタに行くから、早く服を着なさい、自分はまた戻ってこなくちゃいけないんだと言った。僕が服を着ている間、いたるところの電気をつけて回っていた、僕は何か取られやしないかと、注意して見ていた。「二階もあるのかい？」「うん。」「それで二階にも部屋があるの？」「うん。」「いくつ？」「ふたつ。」僕は古いサンダルをはいた、新しいのはゴムの底がついている、そしてこの古いのはきつい、でもやっぱりこっちにした。何も持っていかなくてもいいよ、向こうには何でもあるからねと言われた。だけどやっぱり何か持っていきたかった。その人が電気を消している間に、小石を一個ポケットに滑りこませた。この小石は庭で見つけたものだ、穴を掘って、そこにおばあちゃんを埋めようとした時に。虫メガネも持っていきたかったけど、そうする時間はなかった。その人はドアを閉めて、鍵は返してくれなかった。「庭の門に鍵はないのかな？」「ううん、あるよ、家の中の釘にかかってる！」「まあいいか、どっちみち明日また来るからな。」誰が来るのか聞いてみる勇気はなかった。大きな黒い車。後ろに座りなさいと言われた。窓にはカーテン。開けようとしたら、そのままにしておくようにと言われた。車はものすごいスピードで走っていく。話しかけてはこなかった。寒くて、セーターを取りに戻れたらいいのにと思った。眠りそうになったところで音楽が聞こえてきた。時々タバコに火をつけた。ラジオの小さなライトが光っていた。こんなスピードで走る車に乗るのは初めてだ。国道にほかの車はまったく走ってなかった。お日様が昇ってくるのが見えた。何だかすごく不思議で、こんなふうに走っていくのは楽しかったけれど、もう我慢できないって言うしかなかった。「おしっこ。」でも怒ったりはしなかった。そして僕は車を降りた、広くて、どこまでも続いている野原のようなところ、ちょっぴり風が吹いていて寒かった、それでもうお日様は暖かかった。たくさんの鳥、知ってる、ひばりだ！　そして、そこいらじゅう赤いケシの花。もしも今、僕が走り出しても、追いつかれないだろうな、車は野原を走っては来られないし、そうしたら僕はどこかに行ける。でも山は遠い、野原のずっと向こう。おじいちゃんが話していた山かもしれない。しばらくして、もうすぐ着くからねと言われた。森の中に入る、ここはまた少しひんやりしていた。そして森を抜けると、丘の上に館が見えた、その下に大きな湖、そこに小川が流れこんでいた。車は橋の上をガタガタと走っていって、鉄門の前で止まった。子どもがふたり鉄門を開ける、そして僕たちはゆっくりと館の前へと曲がっていった。大きな車の下で砂利が音をたてた。そこから湖が見えた。館の前ではまた別の人が立っていて、車のドアを開けてくれた。首に笛をぶらさげていた、赤い紐で。「わたしはすぐに引き返します。」僕を連れてきた人は言った。「朝食を食べていかないのですか？」「いや、昼には戻ってないといけないので。どうも。」僕はこの男の人に首をつかまれた。それから車は森の中に消えていった。広い階段を登って二階にのぼる。僕は首をつかまれていた。廊下をずっと歩いていって、ドアを開けると、ここで待っていなさい、あとで迎えに来るからねと言った。ドアを閉めた。足音が響きわたるのが聞こえる、でも僕たちが来た方向じゃなくて、先の方へ進んでいった。大きな部屋だった。窓から日が差しこんでいた、そして白いカーテン。部屋には二段ベッドが並んでいた。黒と白のチェックの床、うちの台所とおんなじだ、お風呂場とも。僕はドアのところに立っていた、窓から外をのぞいてみたかったけど、足を踏み出せずにいた。すごく静かで人っ子ひとりいないみたい。片側、窓ぎわにベッドが五つ、そして反対側にベッドが五つ。白い鉄のベッドだ。ドアの向かい側には机がひとつ、椅子がふたつ。机の上には白いテーブルクロス、お盆の上に水の入った水差しとコップがふたつ。僕は何か聞こえないかと耳を澄ましたけれど、何の物音も聞こえてこなかった。机の方へ歩いていくと、ベッドの間に置いてある小さな物入れに丸い穴があいていて、そのどれにも五つ穴があるのに気がついた。そして窓は開いていた、白いカーテンが時おり風に揺れる、風がカーテンを揺らすと、床の上の影も動いた。ふたつの椅子は机の両側にきちんと並べて置いてあった。僕は座らなかった。下の方、どこか遠くの方で、食器のガチャガチャいう音がしている。朝ご飯なんだ。それと、何か変なにおいがした。窓から砂利の広場が見えた、館の前にある広場、僕を乗せた車が到着したところ、それを上からながめるのはおもしろかった。白い白鳥が一羽、湖を橋の方へと泳いでいくところだった。でも誰かが来る音が聞こえたので、そのまま見ているわけにはいかなくなった。ノブは動かなかった。下の方からガチャガチャいう音がするだけ、どこか、遠くの方から。僕は床の上を歩き始めた、白い四角だけを踏むようにして。つま先がすべって時おり黒い四角に触れたけど、白い四角しか使っちゃいけないのが決まりだった。ドアのところで向きを変えると、決まりが変わって、黒の四角しか踏んじゃいけないんだ、机のところに戻るまで。コップは乾いていた。少し注ごうとしたら、こぼれてテーブルクロスが水で濡れた。背後でドアが開いた。足音は聞こえなかったのに。青い運動靴をはいてる。すごく背の高い男の子だ。無言でじいっと僕を見た。そして、うつむいた。ちょうどそこに日が差した。カールした髪、金髪だ、おでこにたれて、きらきら光っていた。彼はノブを握った。それからドアを閉めた。ささやいた。「シモン・ペーテルだね?」こうたずねると、物憂げに頭を後ろにそらした、それでおでこにかかっていた髪がふわっとなびいた、そしてまた僕を見た、髪はおでこの上でもやっぱりきらきら光っていた。「うん。」おでこは広くて、丸くて、なめらかだった、今すぐにもこっちに来てくれたらいいのにと思った。ドアのそばに立ったままだった。ささやくように言った。「こっちにおいで。」僕はそっちの方へ近づいていった。黒と白の四角が足もとを決まりにはおかまいなしに通り過ぎていく、それはそれでよかったけれど、黒と白の四角を決まり通りに踏まないことには気がとがめた。何だかわからないけど、この男の子がちょっと怖くもあった。「さあ、早くおいでったら！」またうつむいた、髪がおでこに垂れた。もう目の前だ。もうにおいを感じた。青い運動靴の上に灰色の点々、泥だ。でも僕は彼の目を見たかった。そしてその時、僕は抱き寄せられた。むき出しの腕で背中をぎゅっときつく抱きしめられた。そして僕も彼を抱きしめる、そうしてそのまま僕たちは立っていた。胸は汗をかいていて、シャツは湿っていたけど心地よかった、そしてそのまま動きたくなかった。僕の腕は彼の腰の上、骨がちっとぶつかる、彼の下半身の暖かみ、そして僕の顔は彼の汗に濡れたシャツの下のあばら骨のカーブを感じている、僕はそこから動きたくなくて、そしてもっと彼を感じたくて目をつぶった。ぎゅっと抱きしめられた。彼の声が僕の目の後ろの方へ入ってきた。「怖がらなくてもいいんだよ！　これから校長先生のところへ行くけど、大丈夫。怖くないよ、いいかい？　怖いことは何もないいんだから。いいかい？　ぜったいに！　何にもだよ！」彼は体を離したけれど、僕は暗い中に顔をうずめたまま、まだずっとそのままくっついていたかった。「おいで！」僕の顔をなでてくれた、固い手のひら、いつまでも目を閉じているわけにはいかなかった。「おいで。」廊下を並んで歩いていく、僕は彼の方を見なかった、でも僕の隣にいるのがわかったし、それを感じた、音もなく、運動靴で大股で歩いていくのを。彼は普通に歩いていく、でも僕は急ぎ足だった。廊下には誰もいなくて、僕たちだけ。壁はみんな白い。どこをどう行ったのかはわからない、ただ彼の歩みについていっただけだったから。そうして大きな茶色のドアの前で立ち止まった。ノックした。中から声がした。彼がささやいた。「待ってるよ、大丈夫だよ！」彼がドアを開けた、そして閉めてくれるのがわかった。メガネをかけた女の人が机の向こうに座っていた。年をとっている。近くに来るようにと手で合図した。夜、自分のベッドにあがる前に、すごく黒い顔をした男の子に、僕を迎えにきてくれたあの子は誰なのかって聞いてみた。でも答えてくれなかった。二日間、口をきいてはいけないことになっていた。施設中、いたるところに箱が置いてあった。もし口をきいた者がいれば、日直がその子の名前を書いて、この箱に入れることになっていた、そうしたければ誰が入れてもよかった、ほかにも何か規則違反があれば、それもこの箱に入れて告発することになっていた。みんなで食堂に入っていった時、僕はどこに座ったらいいのかわからなかった。細長い机とベンチ。ベンチの後ろに入りこむのは一苦労だった。水玉模様のマグカップの中身はココア、その時はまだ、これがいつもの朝ご飯とは知らなかった、でもすごく熱くて、ちびりちびりとしか飲めなかった。でもひとつだけ空いている席があって、僕はそこに座った。同じテーブルにその顔の黒い男の子が座っていて、アンジャル・ヤーノシュという名前だった。二日間が過ぎると、口をきいてもよくなった、彼は消灯後に僕を下の自分のベッドに呼んでくれた、僕の下で寝ていたからだ、そして自分はフランス生まれで、それでここにいる、そのうちまた話すけど、今はおまえが何か話せよと言った。でも何も思いつかなかった。だってあの男の子が誰なのかをまた聞くのはよくないと思ったからだ。箱の中に告発文を入れられないように気をつけないといけなかった、告発された子は、デジェー同志のところに行った。デジェー同志は首に笛をぶらさげていた。笛が鳴ると、全員がベッドまで走っていく、そしてデジェー同志は年長の男の子をふたりひき連れてやってくる、デジェー同志を狙って罪を犯した連中で、そのふたりが物入れを検査した。僕は服、運動靴、青いやつだ、それからもうひとつの靴、歯ブラシ、石けん、タオルをもらった。食堂では大きなトレーにバターの塗ってあるパン。デジェー同志が笛を吹くと、僕らは席についてもよかった、みんなきそってできるだけ大きなバターつきパンを取ろうとした。ひとりあたり二枚。大きいパンがいいのは、折りたたんでシャツの下に入れて、夜、消灯後に友だちと分けあえるからだ。アンジャルは塩も持っていた。消灯後、友だちどうしはどっちかのベッドに行った。でも警報が鳴ると、そうしたこともばれてしまったし、それに物入れやマットの下に隠しておいたバターつきパンも見つかってしまった。バターつきパンが見つかると、翌日はココアが飲めなかった。朝、僕たちは体操をしに裸で走っていった。ちょうど調理場の女の人たちがやってくる時間だったので、みんなとても恥ずかしがっていた。体操のあとはランニングだった、その日にならないと湖で泳げるかどうかわからなかった。泳げる時はデジェー同志が大声で叫んだ。「行き先、湖! 走るぞ! 走るぞ! まだ合図してないぞ! 走るぞ! どうした? まだだ、まだ合図してないぞ! 走るぞ! 今だ、そら行け!」笛が鳴ると、僕たちは走った。笛が鳴ると、湖からあがらなければならなかった。みんな誰がいちばん最後にあがってくるか注目していた、翌日その子は泳ぐことができないからだ。それで僕たちは湖の端っこの方で水かけっこをしていた。朝、ここで全部の組がいっしょになった。メレーニはいつも湖の真ん中まで泳いでいった、みんなと離れて。デジェー同志は笑っていた、いつだってビリになる子がいるからだ。でもメレーニは特別扱いだった。彼は橋のたもとで水からあがって、そこから走って僕たちのところに来た。僕は彼の太ももに太い血管があって、枝分かれしているのに気がついた。金曜日はお風呂だった、掃除のあとで。でも土曜日の朝からもう、話をしたり声を出したりすることは禁じられていた、月曜の朝までずっと。お風呂場には石けんとタオルを持っていった。アンジャルは、年長の男の子たちがお風呂場で何やらやらかしていると言ったけれど、何のことかはわからなかった。ある日、僕はお腹が痛いと訴えた。年長の男の子たちの順番になった時に、デジェー同志にもう痛くなくなったと報告した。そうしたら、年長組といっしょにお風呂場に行かせてくれた。年長組が最後だったから、お湯がなくなるまでずっと、いちばん長くシャワーの下に立っていられた。でも何もやらかさなかった、アンジャルは嘘をついたんだ、年長組はただ互いのことをちらちら見ていただけだった。その時にはヴィルモシュはもういなくなっていた。一度、騒動が起きたことがある。僕らはみんなで食堂におりていった、先生たちは出ていった。最初のうちは静かにしていた。先生たちは戻ってこない。そうしたら年長の連中がピアノの下でらんちき騒ぎを始めた。年長の子ばっかり。ヴィルモシュもピアノの下の連中の中にいた、僕は彼を見ていた。這い出てくると、僕が見ていることに気づいて、手で合図してきた。僕の友だちはアンジャルだったけど、本当はメレーニ・ヴィルモシュの方が好きだってことはアンジャルに言ってなかった。アンジャルがこの合図にも気づくんじゃないかと気が気じゃなかった。友だちどうしがけんかすると、互いに相手の告発文を箱に入れあった。あの時は校長先生も食堂におりてきた。校長先生の姿を見ることはめったになかったし、あの廊下にも特別な許可がなくては入れなかった。僕が茶色のドアから出た時、彼はもうそこにいなかった、外で待っててくれるってずっと思っていたのに。校長先生の髪はとかしてないように見えた。白衣を着て座っていた、そしてここにも白いカーテン。メガネがずり落ちた、押し戻した、近くに来るように合図した。足下に分厚い絨毯を感じる、うちのおじいちゃんの部屋みたいだ、同じ模様かどうか見ればよかったな。「お座りなさい、ちょっとお話しましょう。」椅子はひんやりとしていた。白いカーテン越しに日が差していて、顔もメガネの奥の目も、よく見えなかった。大きな白いものの中にいるようで、光の中を声ばっかりが僕の方へやってくる。「何よりもまず、施設の全員を代表してあなたを歓迎します。」話している時、口を動かしていないように見えた。小声で言った。「さぞかし疲れていることでしょう、きっと眠っていないのね、かわいそうに。でもゆっくり休んだら、そのうち元気になるでしょう。何日かしたら万事落ちつくわ。ここが気に入ってもらえるといいのですけど。わたしたちの力であなたも強くなる。鍛えられた強い人間になるわ。眠いの？　話は明日にした方がいいかしら？」「いいえ。」「では、いいでしょう。簡単に言うとね、ここであなたの新しい人生が始まるのよ。共同体にとって役立つ人間になるために、今生まれたばかりなのだと思って、これまでの人生を新しい人生で塗りかえなくてはなりません、新しい人間になるのです！　わたしたちが今いるここは民主主義の社会なのです。ですから、何であれ考えたことや感じたことがあったら、いつ誰に言ってもよいのですよ、わたしにもね。わたしと話す時も、相手は大人じゃなくて、あなたと対等の共同体のメンバーだと思ってよいのです。わたしたちは子ども相手のおしゃべりはしませんからね。わかりますか？」「はい。」やさしく話してくれた、光で銀髪がきらきらしている、そして僕はまばたきばかりしている自分が恥ずかしかった。「つまりね。」メガネをはずした、先生の目が見えた。青い。「ここであなたの仲間になる人たちは、みな似たような境遇にある人たちです。親の犯した罪の重荷は捨ててしまわなくてはなりません。そのために、わたしたち、あなたよりも大人の仲間たちが、きっと大きな助けになるでしょう。何のことを言っているのかわかるかしら？」メガネが光って、また先生の目が見えなくなる。立ちあがると僕の方へ来て、肩に手を置いた。しっかりつかむと、少し揺すった。僕は思いきって目をつぶることができなかった。「あなたがこれまでお父さんと呼んできた人は、あなたの父親ではありません。罪を犯して父親としてふさわしくない人になったのです。きっと何のことかまだわからないでしょうね。」「裏切り者。」僕はぽつりと言った。両手で僕の肩をつかみ、顔が震えていた、そしてメガネの奥で泣き出したのがわかった。口と眉毛がぴくぴくと震えていて、どうしようもできないみたいで、手は僕の肩に置いたままだった。「ああ、何てこと！」細い金縁の下を涙が流れていく。「そうなのです。」ささやいた。「あなたのことも裏切ったのよ。」メガネをはずした、そして窓の方へ足早に歩いていく間に、こぶしで目をぬぐった。「ごめんなさいね。感情的になってしまって。いけないことなのに。忘れてちょうだい。」先生はカーテンを開けて、窓から外を見た。光で白衣が透けて見えた。振り返って、笑顔で僕の方を見た。「いらっしゃい！」僕の肩を抱いた、いっしょに窓から外を見た。下の中庭ではみんなが整列していた。頭、頭、頭。白いタンクトップに青いズボン、ドアの前で待っている子と同じだ。中庭は列で埋めつくされていた。きれいにきちんと並んでいた、動くことなく。褐色の肩にタンクトップの白い縞。高い棒には旗、旗は風で少し揺れていた。お日様が照っていた。誰かがこっちを見あげて、僕がここにいることに気づいてくれたらいいのにと思った。みんな前を見ていた。「ここにも、わたしたちの中にも、罪を犯した者がいるのです。」先生はささやいた。「忌わしい罪、恐ろしい罪。二日間の完全な沈黙を課しました、みんなが自ら反省し、起きたことについてよく考えるためです。この部屋を出たら、ほらあそこ！　見えるかしら？　四列目の前から三番目にあなたの場所を空けてあります。これから二日間、あなたも誰にも話しかけてはなりませんし、誰もあなたに話しかけることはできないのです。さあ、行きなさい！」ドアの前、廊下、どこにもいない。あの男の子は待っていてくれなかった。中庭ではなかなか自分の場所が見つからなかった。静まりかえった中で砂利を踏む音が響くのは嫌なものだった。そして僕もみんなといっしょにそこに立った。お日様が照っていた。僕の隣の子は膝を少し曲げた、それからまたまっすぐに伸ばした。ひっきりなしにそうしていた。僕はまっすぐ立っていた、でもしばらくすると、僕もそうしないといけなくなった、疲れてきて、そのまま立ち続けていられなくなったんだ。僕の前の子も時おり膝を曲げた。でもどこか上の方から笛の音が聞こえてきた。「動くんじゃないぞ、いいな？」そっちの方角から誰かが叫んでいた。それでもやっぱり時々、僕の前の子は膝を曲げた、そして僕の隣の子も。ここからはあの金髪の男の子は見えなかった。古いサンダルはきつくて痛かった。新しい方、ゴム底のは、うちのタンスの中だ。今頃はもう誰かがあそこに戻っているはず、あの時の明日はもう今日なんだから。僕たちは中庭をぐるぐると走り回った。僕はどこに座ったらいいのかわからなかった。僕の隣に座った子は、シャツの下にバターつきパンをつっこんだ。誰も見ていないと、みんなひそひそ声で合図した。誰かが僕の首をつかんだ。僕を部屋に連れてってくれた男の人だ。僕たちはちがう廊下を通って、階段をおりていった。部屋のドアの鍵を開けた。ここは暗い。電気をつけた、運動靴、青いやつ、普通の靴、シャツ、パンツ、トレーナー、石けん、歯ブラシ、タオルをくれた。ノートに記録していた。僕の首をつかむ、僕たちは上にあがっていった。あの部屋に入った。そこは、あの部屋とまったく同じなんだけど、どこかちがうような気がした。物入れの、穴が五つあいているやつを開けて、何をどこにしまうのか指さして教えてくれた。でもこの人も口をきかなかった。それから上のベッドに手を置いて、ぽんと叩いた。また僕の首をつかんだ、そして僕たちは歩いていった。あの中庭を横切って、教会に入った。でも中は僕たちの教会とはちがっていた。飾りが何にもなくて、祭壇のある場所には細長い壇、そこに机が置いてあって、赤いクロスがかかっている。みんなもうここで待っていた、そして僕の場所が空いていた。僕もいっしょにそこに立った。ほんのちょっとばかし顔をそらしてみたら、白いペンキの下にところどころカラフルな絵の跡が透けて見えた。そして上の方、細長い窓からステンドガラス越しに光が射してきていた。屋根裏部屋の窓が頭に浮かんだ。ドアが閉まる音が聞こえたけれど、誰も身動きしない、ただ膝を曲げただけ、僕もそうした。ここから髪の毛が見えるけれど、あの子かどうかははっきりしない。犬と草の上を転げ回っているところが思い浮かんだ。鉄の門が開いた。そして僕たちは走った、橋の上で僕たちの足音が響く、白鳥たちは泳いで湖へ出ていった。僕たちは原っぱに座る、そして僕の首をつかんだ人が真ん中に座った、そしてみんな好き勝手な方向を見てもよかった。口をきくことだけがだめだったんだ。昼ご飯は全部食べられなかった、僕は隣に座っている男の子を蹴った、その子がさっと自分の皿に肉をとった。ひそひそ声で僕に合図した。夜、その子が僕の下に寝ていた、僕は思い切って自分のベッドにあがる前に聞いてみた、僕を迎えにきてくれて、原っぱでも僕たちの向かいに座っていた、あの金髪の男の子は何ていう名前なのかって。でも答えてくれなかった。目が覚めると、僕は思わず手で目をおおった。明かりがついていて、自分がどこにいるのかわからなかった。僕たちはベッドの前に立っていた。僕の物入れの中にあったものが洗いざらい床に放り出されていて、しまい直さなくちゃいけなかった。前よりもきちんと整理して。朝、旗があがった、でも教会には行かなかった、原っぱにも。昼ご飯のあと僕たちは食堂に残った。ここにはピアノもある。ふたには鍵がかかっていた。みんな夕ご飯までずっと自分の場所に座っていなければならなかった。夕ご飯のあとも僕たちは教会で同じように自分の場所に立っていた、ドアが開いて、先生たちが入ってきた。列の間を、でも誰もそっちを見たりしない、みんなしっかり前を向いていた。校長先生が先頭で、そのあとに僕の首をつかんだ人、そのあとをほかの先生たちが歩いていった。壇上に立った、机の後ろに。校長先生がメガネを外す、そして別の先生の方を見た。そうしたらその別の先生が声をあげた。「休め！」でもそのあと咳きこんでいた。この時はみんな膝を好きなようにしてよかった。校長先生が合図すると、ほかの先生たちは机の後ろに座った、でも校長先生は立ったままで、メガネをかけ直した。頭をあげた。僕は明かりがちゃんとついているのか気になった。「わたしたちは二日間の沈黙を守りました。今、人の声やことばが、わたしたち全員にとって、さぞかし奇妙で耳慣れないものに聞こえることでしょう。」僕たちの方に手を伸ばし、僕たちの方を見た、メガネがきらりと光って、僕たちのことを怒っているように見えたけれど、やさしく話していた。「沈黙を課したのは、これから起きることが誰にとっても記憶に残るようにと思ってのことです。ではお願いします、地下室からふたりの生徒を連れてきてください。」ふたりの先生が立ちあがって、列の間を出ていった。

待っている間ずっと、校長先生は立っていた、メガネを何度もかけたり外したりしていた。もうひとりは咳をしていた。それからまた、彼らが僕たちの後ろの方から入ってきて、前に出ていった。もしかしてあの子なんじゃないかと心配だった。あの子が地下室にいたなんて！　でもちがうふたりの男の子で、紐で後ろ手に縛られていた。壇上にのぼる、そして、ふたりの男の子は僕たちに向かいあうように立たされた。ふたりともなぜかちょっと足を開いて立っている。ひとりは顔をあげていたけど、目は閉じていた。もうひとりは列の中にいる誰かを捜すかのように、目をあちこち動かしていたけれど、その目はどこにも止まらなかった。先生たちは椅子をガタガタいわせていた。校長先生はふたりの男の子の方へ手を伸ばした、でも椅子の音が止んで静かになるのを待った。「さあ、ご覧なさい！　ふたりの罪人です、罪の重荷がふたりの心にのしかかっています、絞首刑に処すことだってできる罪です。でもわたしの口からは話したくありません。嫌悪よりも憤りを感じます。この犯罪の被害者から話してもらいましょう。デジェー同志、どうぞお願いします。」僕の首をつかんだ人だ。立ちあがった。首には笛のついた紐。大声で言った。「メレーニ・ヴィルモシュ、列から出てこっちに来なさい！」僕の横を通りすぎていった。背後にほんのかすかな風を残して。あの子だ、うつむいて、ゆっくりゆっくりと歩いていく。ふたりの前で立ち止まる、そしてカールした長い髪がおでこにかからないように、物憂げに顔を後ろにそらした。メレーニ・ヴィルモシュっていうんだ。「さあ、どうだ！　問題児が三人、ここにせいぞろいしている！　だが、今、列に紛れて目を伏せている者たちも、かんちがいするんじゃないぞ！　わたしは冷静だ！　怒りに身をまかせたりはしない！　この汚らわしい三人を見なさい！　シュハイダは目を閉じている。弱虫！　ドブネズミ！　仲間の目をまっすぐ見ることもできない奴だ！　もうひとりは震えている。ほら、ズボンに粗相したぞ！　笑うんじゃない！　メレーニだけが落ち着いているようだな。当然だ。こいつは自分のことはもう何もかも決着済みと思っているからな。ところがどっこい、われわれがいちばん嫌悪を覚えるのはこいつなのだ！　だからといって、わたしは感情を爆発させたりはしない！　われわれは怒りを抑えることができた！　そもそもそういう感情があったとすればの話だがな！　事実だ、つねに事実こそが重要なのだ、まずはこの恐ろしい事実を、わたしがいかに冷静かつ理性的に話すことができるかを見てもらおう。そのあとで教員会議の最終決定を発表する。では始めるとしよう！　金曜日の昼、メレーニがわたしのところにやってきて、こう言った、シュハイダとシュタルクに調理場から大きなナイフを盗んでくるように頼まれました、と。それで、こいつはナイフを盗んだ。そうだな、メレーニ？」「はい。」「このナイフでこいつらが企んだことというのはこうだ、彼らは、わたしが夜は部屋のドアにけっして鍵をかけないことを知っていて、日直の机のところからはわたしがいつ部屋に戻るかがよく見えるので、都合のよい時間をみはからって、つまり金曜日の夜中に侵入して、わたしを刺し殺そうともくろんだのだ。わたしは金曜日の昼、連中にそのままやらせるようメレーニに言った。そしてメレーニはねずみ捕りの役を引き受けた。そしてどうなったかというと、こうだ！　金曜日はシュタルクが日直だった。わたしの部屋のドアの向かいに座って、日直の机の引き出しにナイフを隠した。シュハイダはこっそり庭に抜け出して、そこからわたしがいつ電気を消すかを見張っていた。わたしは九時半になる五分前に電気を消した。彼らは打ち合わせ通りに、それから三〇分待った。中央階段で見張っていたメレーニが、異常なしと合図を送った。そうだったな？　シュハイダ！」「そうです。」「一〇時にシュハイダはもう一度窓を確認して、庭からあがってきた、シュタルクは机の引き出しからナイフを取り出して、廊下の明かりを消した。シュタルク！」「そうです。」「メレーニは再び、よしと合図した。それからこの連中はわたしの部屋に音もなく近づいてきて、シュハイダが突然ドアを開け、シュタルクがひとっ飛びでベッドまでやって来て、ナイフをわたしに突き刺した、いや突き刺したはずだった、その時、わたしが肘掛け椅子に座っていなければ、だ。その瞬間、わたしは懐中電灯で連中の顔を照らしてやった。犯罪の証拠は以来ずっとここにある、わたしの布団はナイフで切り裂かれた。そしてわたしは大声で叫んだ。手を挙げろ！　この血なまぐさい出来事をわたしがいかに冷静に報告したかは、これでわかってもらえたと思う。そこで今度は、君たち全員に教員会議の決定を伝える。陰謀に加わった者たちを警察に突き出すことはしない。彼らはわれわれのもとに残る。われわれは自らの責務を放棄したりはしない。われわれは自分たちの中に巣くっている犯罪を撲滅するためにここにいるのだ、そして必ずや撲滅する！　シュハイダとシュタルクは共同体のメンバーとして残る。これ以上はないほど恐ろしい罪を犯そうとしたというのにか？　そのとおり。わたしが生きているからには、連中は自分を英雄化して死ぬことも、生き続けることもできないのだ、これが連中にとってはもっとも重い罰なのだ。それに多少は認めてやってもよかろう。連中は勇敢ではあった、とはいえその勇気を恐ろしい犯罪のために使ったのだから、その罪は償うべきだ。わたしが責任をもって罪を償わせる。これに対して、メレーニは裏切り者だ！　よいことのために仲間を裏切ったことには酌量の余地がある、だがそれは、誠実な気持ちから出たものではなく、卑しむべき臆病さのなせるわざなのだ。したがって教員会議は、彼もここには残るが、共同体のメンバーにはなれないこと、その臆病さゆえにわれわれの仲間からは追放することを決定した。われわれは今後の対策として次の結論に至った。ひとつは犯罪がまた頭をもたげることがないように、施設の規則を厳しくする。もうひとつは、このような卑しむべき臆病な裏切り行為が二度と起きることがないように、廊下のあちこちに投書箱を設置する、何か言いたいこと、不満がある者は、それを紙に書いて、箱に入れなさい。そしてこのおぞましい事件をしっかりと記憶に刻みつけるために、以後、清掃日を土曜日から金曜日に移すこととする、金曜日に表面の汚れを落としておけば、土曜日には内面の汚れの清掃にもとりかかれるというわけだ。土曜日の起床から月曜日の起床まで、全施設で沈黙を命じる！ さて！ このあと、解散後、解散後もおしゃべりはなしだ。全員、全員わたしの言ったことが聞こえたはずだ、明日の朝、明日の朝まで時間がある、このことの意味をよく考えてみるように。それでは、全員、気をつけ！ 休め！ 全員、組ごとに退場。」土曜日の昼ご飯のあと、みんなで外に出ていくと、橋がガタガタと音をたてた、白鳥たちが泳いで湖へ出ていった。窓からも見えた。白鳥たちは暗くなる前に橋の下に戻ってきた。もう暖房が入っていたけれど、夜は窓を閉めてはいけないことになっていた。草が湿っている時は、原っぱで僕たちは立ったままだった、デジェー同志は散歩に行った。木の葉がきれいに散っていった。一度、僕たちがみんなで食堂におりていって、先生たちがどこかへ出ていって、年長の子たちがピアノの下でらんちき騒ぎをしていた時に、メレーニがピアノの下から這い出てきて、僕に合図したことがあった。そのあと校長先生もおりてきた。施設はその使命を果たしたので解散し、誰もがどこか別の場所に移されると言った。でも何も起きなかった。時おり新しい子がやってきた。朝はもう裸で外を走らなくてもよくなって、礼拝堂で朝の体操をした、雪が降ったからだ。デジェー同志は、そりとスキーがもらえたら遠くに出かけると約束してくれた。ある時、消灯後、メレーニがドアから顔を出して、僕に出てくるように合図した。アンジャルも見ていた。僕は廊下に出た、僕はもうパジャマだったけど、彼は服を着ていた。今日の夜中に列車が出る、それでラーコーツィ士官学校に行く、いつか外出が許可されたら、きみを訪ねてくる、そしていずれきみもラーコーツィに来るようにと言った。また抱きしめられたらどうしようと思ったけれど、僕たちは手を握っただけで、彼は廊下を歩いていってしまった。戻っても、アンジャルはメレーニが何をしに来たのか聞かなかった。告発されるんじゃないかと思ったけれど、何も起きなかった。そういうことがあったあとでも友だちのままだった。ただ、ある朝、起床後にデジェー同志が入ってきて、フージェースとアンジャルの場所を今日から入れかえると言った。それで今はフージェースが下のベッドにいて、アンジャルは窓ぎわの上のベッド、ちょうど僕の向かいになった。消灯後、もちろんそこにはもう行けない。やっぱりメレーニのせいでこうなったんだと思う、廊下でおしゃべりしていたからだ。フージェースは組いちばんの馬鹿なので、上にいる僕のところに呼んだり、僕が下に行ったりする気にはならなかった。それにまだアンジャルを友だちと思っていたから、いっしょにいるのを見られたくなかった。でも、そのうち僕も士官学校に行くんだ。土曜日と日曜日はいつも静かだった、誰もしゃべらなかった。それでも何か言いたい時は、ひそひそ声で合図した。白鳥たちには湖が凍った時のために、岸辺に小さな家がある。軍からはスキーをふたつしかもらえなかった、白い板、保護色だ。デジェー同志は土曜日にシュハイダとスキーに出かけた。馬鹿みたいにけんかしたことを思い出した、そりで誰が前に乗るか？　いつもママが前で、真ん中に子ども、そして後ろでパパが舵をとった。なんだかんだ言っても、みんなデジェー同志が好きだった。夜中に警報が鳴ると、いよいよ施設が解散になるんだと思った。シュハイダとシュタルクが物入れからものを放り出して、それが不当な行為だったとわかると、デジェー同志はふたりの勝手なふるまいをきつくしかった。公正だった。お風呂場ではシャワーが少ないから、僕たちは押し合いへし合いして、大声をあげることができた。この時、アンジャルは僕に背中を石けんで洗ってほしいとは言わなかった。ある朝、起床前に誰かが叫んだ。ベッドに座って、叫んでいた。誰もがみんな目を覚ました。僕はちょうど夢を見ているところだった、子猫が一匹、下水溝に落っこちる、ほかのも続いてみんな落っこちる、下水溝はとっても深くて、母さん猫はあとを追いかけたいんだけど、はしごが鉄で、爪でつかまることができずに、やっぱり汚い水の中に落っこちるんだ。外はまだ暗かった、それぐらい早い時間だった。コロジュヴァーリがベッドに座って叫んでいた。それからはもうみんなして叫んでいた。ベッドの上で跳ね回っていた、そして誰かが枕を投げ始めた。僕じゃない。そして投げあいながら、みんなあらん限りの大声を出して叫びあっていた。枕が飛びかっていた。そしてその時、僕は見た、アンジャルがベッドに膝をついて、叫び、僕めがけて枕を投げようとしているのを。彼は叫んだ、そしてそれが僕の顔に命中した。それが僕にはうれしかった、やっぱり友だちなんだ、僕のことが好きなんだ。僕も叫ぶ。そして枕を拾いあげて叫んだ、そしてベッドの上で飛び跳ねた、僕はベッドに跳ね返された、すごく弾力があるんだ、その間も、僕は叫んでいた、そしてねらいを定めて、思いっきり力をこめて枕を投げ返した、あいつに向かって。顔に命中するように！　枕は飛んでいって、僕の足が何かにひっかかった、固いものに、アンジャルは身をかわし、枕は開いている窓から飛んでいった、外へ！　床が僕の中に落ちてくる、黒、白。火花が散る。暗い、そして叫び声が聞こえてくる、それが遠ざかっていく。どこかでドアが開いた。そして灰色、何かとっても柔らかいものの中、この白いものの中、その真ん中にいるみたい。すごく冷たい。パリンという音。空っぽのカタツムリの殻。「おい、聞いてるか！」柔らかな根っこ、暗い、もっと深く、いやだ、外は見えない。だめだ。

訳注

＊1　ウージェニー・コットンはフランスの婦人運動家、国際民主婦人連盟会長を務めた。パク・チョンエは北朝鮮民主女性同盟初代委員長。

＊2　『新約聖書』に登場する二人のシモンがもとになっている。クレネのシモンは、イエスがゴルゴタに連行された際にたまたま通り合わせ、イエスの十字架を背負わされた。ガリラヤのシモンは、イエスから「人間をとる漁師にしてあげよう」と言われ、漁師からイエスの弟子となったペトロのこと。本名は「シメオン」ないし「シモン」だが、イエスから「ケファ」(「岩」の意)というあだ名をつけられた。

＊3　ユダヤ暦における月名。グレゴリオ暦の三〜四月の期間に相当する。ニサン月の一五日から「過ぎ越しの祭り」が始まる。

＊4　ユダヤ人の出エジプトを記念して行われるユダヤ教の祭祀。神がエジプト中の初子を殺した時、雄の子羊を屠殺し、その血を家の門口に塗ったユダヤ人の家だけは過ぎ越したという故事にちなむ。

＊5　ユダヤ暦におけるニサン月の翌月。

＊6　マツァは過ぎ越しの祭りで食べる、酵母を用いないで焼いたパン。マッツァ、マツァーとも。ハーラはユダヤ人が安息日や祝祭日に食べる生地を三つ編み状にして焼いたパン。ハラー、ハッラーとも。

＊7　殺人犯が死体に触れたり、そのそばに近づいたりすると、死体の傷口から血が流れでるという民間信仰にもとづく。

＊8　ハンガリー王ベーラ四世が一二五一年に発布したユダヤ人の移動の自由や信仰を認める法。ユダヤ人たちはかわりに、王の家僕として王に税を納めた。

＊9　中世のハンガリー王（在位一四五八〜九〇）。中央集権化に力を注ぎ、ハンガリーに政治的・経済的な安定をもたらした。

＊10　マーチャーシュ王はユダヤ長官の職を設け、その初代にブダのユダヤ共同体の長だったメンデル・ヤカブを任命した。この職は代々メンデル家が継ぎ、三代目メンデル・ヤカブの時代には、ユダヤ人に課せられた服装の義務をメンデル家のみが免除される特権が与えられた。

＊11　一五二六年八月、ハンガリー南部のモハーチでオスマン帝国のスレイマン一世がハンガリー王ラヨシュ二世を打ち破り、以後約一五〇年にわたって、ハンガリー中央部はオスマン帝国の支配下に入った。

＊12　ハンガリーがハプスブルク帝国からの独立をめざした一八四八年革命の指導者。

＊13　ラジオで話している出来事は、ハンガリー共産党書記長ラーコシ・マーチャーシュが政敵のライク・ラースローにスパイの汚名を着せて粛清したみせしめ裁判がもとになっている。「ゲレー同志」として後出のゲレー・エルネーは、ラーコシが共産党書記長だった時期に第二の地位にあった人物。

＊14　一八六七年のアウスグライヒ（妥協）により、オーストリア＝ハンガリー二重君主国が成立。ハンガリー王国では、二重制を容認するティサ・カールマーン率いる一派と、一八四八年革命の理念を追求し、コシュートを支持する急進派の対立があった。

訳者あとがき

本書は、現代ハンガリーの作家ナーダシュ・ペーテル Nádas Péter の小説 *Egy családregény vége* (1977) の、ハンガリー語からの翻訳である。

ナーダシュ・ペーテル（ハンガリー語では、名前は姓・名の順に表記する）は、ポストモダン文学の旗手として知られるエステルハージ・ペーテルや二〇〇二年にノーベル文学賞を受賞したケルテース・イムレ、二〇一五年に国際マン・ブッカー賞を受賞したクラスナホルカイ・ラースローなどとならんで、現代ハンガリー文学を代表する作家のひとりである。ハンガリー国内の文学賞はいうまでもなく、ヨーロッパ文学のためのオーストリア国家賞（一九九一年）や、フランスの最優秀外国文学賞（一九九八年）、チェコのフランツ・カフカ賞（二〇〇三年）、ドイツのブリュッケ・ベルリン文学・翻訳家賞（二〇一二年）、同じくドイツのヴュルト Würth ヨーロッパ文学賞（二〇一四年）など、ヨーロッパ各国の文学賞を数多く受賞している。本書は、このようなナーダシュが作家として認められる原点となった作品であり、今日でも初期の重要な代表作として高く評価されている。

ナーダシュ・ペーテルは、第二次世界大戦中の一九四二年一〇月一四日、ブダペストのユダヤ系の家庭に生まれた。ハンガリー社会に同化するため、祖父の時代に姓をノイマイヤー Neumayer からハンガリー語のナーダシュに変えている。一家はホロコーストを生きのび、戦後生まれの弟ともども、ナーダシュにキリスト教の洗礼を受けさせた。

ナーダシュは早くに両親をなくし、若い頃からフォトジャーナリスト、新聞雑誌記者として働きながら、小説や戯曲を書きはじめた。処女作は二〇歳の頃に書きあげ、一九六七年に出版された短編小説『聖書』(*Biblia*)である。一九六八年、ハンガリーがチェコ事件に介入したことに失望し、これをきっかけにジャーナリストをやめて、一九六九年以降は主に創作活動に従事するようになる。当時のハンガリーは共産党一党独裁の時代で、言論や思想は厳しく統制されており、作品の出版も検閲のために容易ではなかった。

本書『ある一族の物語の終わり』も一九七二年に完成したものの、出版されたのは一九七七年だった。ナーダシュはこれについて、当時の文化政策・検閲を支配していた党の高官アツェール・ジェルジ Aczél György と五〇年代に亡くなったナーダシュの両親がともに戦前、非合法共産主義活動の同志であり、知りあいであったことと、作品の中でその父親の名誉が毀損されているように読めることから、なかなか出版許可がおりなかったのではないかと述べている。

たしかにナーダシュの作品はどれをとっても自伝的に読めるところがある。しかし、ナーダシュの父親は役人ではあったが、本書に登場する少年の父親のような情報機関の一員ではなかったし、施設に送られたのは、ナーダシュ本人ではなく弟パールの方だった。

さて、本書の主人公は小学校にあがったばかりとおぼしき少年。名前はずいぶん後にならないとわからないのだが、シモン・ペーテル。庭のある一軒家に暮らしている。隣家に住むガーボルとエーヴァという兄妹と、庭の茂みのなかや地下室に秘密の「おうち」を作って、パパとママと子どもの三人家族を演じて遊んでいる。母親はいない。父親は秘密警察（国家保安局）の一員で、めったに家に帰ってこない。少年は年老いた祖父と祖母に育てられている。隣家の子どもたちの父親はアルゼンチンにいることになっているが、ある日突然、母親ともども当局に連行されて姿を消してしまう。

こうしたエピソードから、この物語の時代背景は一九五〇年代前半のハンガリーであることが、少しずつぼんやりと浮かびあがってくる。第二次世界大戦後、ハンガリーでは共産党政権が成立し、スターリン主義的独裁体制がしかれた。抑圧と密告の時代である。体制を批判する者は秘密警察に逮捕され厳しい取り調べをうけた。共産党内の反主流派は見せしめ裁判でチトー主義者として弾劾され、次々と粛清されていった。一般の人々も、いつ自分も秘密警察に密告されて逮捕されるのではないかと疑心暗鬼になっていた時代である。子どもたちの遊びのなかにも、スパイや家宅捜索など、外の社会で起きている出来事が色濃く反映されている。

祖父は孫である少年にユダヤ一族の壮大な歴史物語を語り聞かせる。それによれば、シモン一族の歴史はモーセの兄弟にしてイスラエルの大祭司アロンにまでさかのぼる。

祖先には、ふたりのシモンがいる。ひとりは、イエス・キリストに仕えて原始キリスト教の布教につとめた一二使徒のひとり、ペトロ（「ペトロ」はプロテスタント読み、カトリック読みは「ペテロ」）である。ペトロの本名はシモン（ヘブライ語読みでは「シメオン」）だが、イエスに「ケファ」（アラム語で石の意）なるあだ名をつけられた。このあだ名は、イエスが「私はこの岩の上に私の教会を建てる」と言ったことに由来している。これがやがて岩に相当するギリシア語ペトロスを経て、ペトロとして知られるようになったのである。

もうひとりのシモンは、イエスの十字架を背負わされたクレネのシモン。このシモンは、イエスが処刑のために十字架を担いでゴルゴダの丘へ向かって歩かされているところにたまたま通りかかり、兵士たちに無理やり十字架を背負わされた人物である。

本書では、ペトロはキリストを認め、その弟子となったが、クレネのシモンの方はイエスが救世主であることがわからなかった人物として描かれている。祖父は、自分はこの過ちを正すためにこそ生まれてきたのだと信じ、キリスト教徒の女を妻にする。

しかし、息子、すなわち少年の父親はユダヤ教徒の女性と結婚し、共産党員となって、見せしめ裁判で偽証をして友人を裏切る。さらに父親、すなわち少年の祖父が死んだという嘘を家に帰る口実に利用していた。この裁判の中継をラジオで聞いていた祖父は、自分はまちがっていたのだろうかと幾度となく自問し、絶望のうちにこの世を去る。ほどなく、そのあとを追うようにして祖母も亡くなる。

父親も裏切り者として粛清されると、ただひとり残された少年は政治犯の親をもつ子どもたちが収容される施設に送られる。そこでも罪を犯した年長の少年たちの裁きが行われる。厳しい規律のもとで統制された生活を送る少年たちは、ある朝突然、たがはずれたように、枕の投げあいをはじめる。主人公の少年はベッドから足を踏みはずして落下し、気を失う。

この小説は、失神した少年が意識朦朧状態の中で、それまでの出来事を回想しながら語っているものとして読むこともできるが、他のナーダシュ作品と同様、読者にとっては難解な小説である。その大きな理由として、語り手が一人称単数の子どもであることがあげられる。

ナーダシュのほとんどの作品は、一人称単数の語り手が語る形式をとっている。これについてナーダシュは、独裁体制のもとでは一人称単数で語ることによって、社会全般についてではなく、あるひとりの個人について語ることができ、それが政治的にはより安全で好都合だったのだと述べている。

そもそも一人称単数の語りというのは、つねに自分に生起した出来事についての記憶から構成されるために、そこで語られることは選択的で恣意的である。一人称の語り手はしばしば、信頼できない語り手であるといわれるゆえんである。

それにくわえて本書の語り手は、いまだ自我の確立していない子どもである。時間の概念もまだしっかりと確立されておらず、過去・現在・未来をはっきり認識できていない。その語りは論理性に欠け、思いつきや連想、「意識の流れ」にそって進んで行く。ラードを量りながら泣きだす女店員、風呂場で泳ぎまわる魚と体を洗う父親、教会で聖体を掲げる神父、場所も時間も異なる出来事が交互にフラッシュバックのように語られる。時間と空間の連続性は分断され、話題や場面があちらこちらに飛びながら、それらすべてが同時に進行していくのである。

自己と他者、夢と現実の区別もいまだはっきりしていない。鏡に映る自分の姿を見て、自分に似ている誰かの像だと思う。壁に住むヘビの言い伝えを思い出し、そんなことはあるはずないと思うものの、やっぱりヘビが出てくるかもしれないと思って、さっと足をひっこめる。祖母の死も現実だとわかっているのに、心のどこかで夢だったらいいのにと思っている。

周囲の事態を観察して捉える視点も揺れ動いている。自分がころんだことを、「床がこっちに向かって落ちてきた」と超主観的に捉えたり、「僕がここにいることに気づいてくれたらいいのにと思った」と、その場に身をおいて、イマ、ココで起きていることを、自分の目に写ったまま、感じるままに主観的に語っているかと思えば、「僕がそこにいるかどうか、ふたりの方でも見ていたからだ」と、自分のおかれている状況を外から観察して客観的に語ったりもする。

自分が存在しているのか、今どこにいるのか、目覚めているのか夢をみているのか、お話を聞いているのか想像しているのか、少年にははっきりとわからない。時間の前後関係、空間の配置、自己と他者、夢と現実の境目が明確になっていない少年の語りには、現実的な記憶、想像、妄想、夢が混在しており、読者を混乱させる。

祖父の語りがまた変幻自在である。少年の語りが共時的であるのにたいして、祖父の語りは通時的である。さまざまな時代や場所の出来事を登場人物になりきって演じているかのように語る。しかし、せりふ部分は必ずしも引用符でマークされていないために、地の文との区別が分明でなく、今語っているのは誰なのか、祖父か、それとも祖父の語る物語のなかの登場人物か、はっきりしないところも多い。こうしたこともまた読者をひどく混乱させることになる。

この作品の形式上の大きな特徴は、全体が一〇の章に分かれているだけで、ひとつの章のなかに改行がひとつもないことである。章には通し番号もふられていない。祖父の語りは章をまたいで次の章に続いていたりする。これについて、ナーダシュは次のように述べている。

「『ある一族の物語の終わり』は段落をもうけずに書きました。ひとつの章がひとつの段落になっているのです。この小説では息つぎができなかったからです。政治的な理由です。独裁体制のもとでは人は一息つくこともできませんでしたから。」

途切れなく続いていく文章は、独裁体制下の生の息苦しさ、重苦しさを表している。ちなみにナーダシュは、「もっともすぐれた段落の書き手は三島由紀夫だと思う。三島はいつ段落をおわりにして、いつ新たに始めるかを正確に知っている」と述べている。

さて、祖父は孫である少年に一族の歴史を語り聞かせ、一族の伝統を少年に受けつがせようとしている。祖父は伝統の継続性、伝統の力を信じているが、息子の偽証によってその信念に疑いが生じる。少年は、祖母が祖父にたいしてしたように、死んだ祖母の枕元にろうそくを灯し、口が開いたままにならないようにスカーフであごをしばって固定する。伝統は、祖父から少年に受けつがれるのだろうか。

少年は施設に送られる。施設における沈黙は、語ること、聞くこと、語りつがれることの「終わり」を、さらには共産主義政権（独裁体制）による伝統や宗教の否定、価値観の崩壊、世代の断絶を示唆しているのかもしれない。あるいはまた、それはトーマス・マンの『ブッデンブローク家の人々』に代表される文学ジャンルとしての「一族の物語」の「終わり」をも暗示しているのだろうか。

本書は作家活動の初期に書かれた中編小説である。現時点のナーダシュを語るにあたっては、次のふたつの大長編小説を欠かすわけにはいかない。

一九八六年に出版された『回想の書』（*Emlékiratok könyve*）は、一一年の歳月をかけて執筆された一〇〇〇ページにおよぶ長編大作である。検閲との五年にわたる攻防のすえにようやく出版された。この作品は、三人の語り手による回想からなっている。

第一の語り手はあるハンガリー人作家、舞台は七〇年代中頃の東ベルリン、作家は女と若い男との三角関係に悩みながら、ブダペストですごした少年時代（五〇年代初頭）のこと、クリスティアーンという美少年に抱いたあわい恋心のこと、一九五六年のハンガリー革命のことなどを断片的に語る。この語りのあいまに、ハンガリー人作家が執筆中の小説が挿入される。第二の語り手はこの小説の主人公で、世紀末ドイツの作家トーマス・トエニッセン（トーマス・マンを思わせる）である。ノイローゼに悩み、バイセクシュアルであることなど、トーマス・トエニッセンはハンガリー人作家の分身でもある。第三の語り手は、作家の幼なじみクリスティアーンである。彼は作家の死後（何者かに殺害されたらしい）に発見した原稿を整理して、死にいたるまでの作家の歩みを語る。

一九九七年に出版された英語訳（*A Book of Memories*）にたいして、スーザン・ソンタグは「われわれの時代に書かれたもっとも偉大な小説」と賞賛のことばを贈った。エヴァ・ホフマンは「社会主義下におけるプルーストの精神」と題する『ニューヨーク・タイムズ』紙の書評で、「意識小説を社会主義の世界に移植し、戦前のモダニズムと東ヨーロッパのあいだのギャップを埋めた」と評した。

この作品のエピグラフに「イエスはご自分のからだの神殿のことを言われたのである」（「ヨハネの福音書」より）とあるように、ナーダシュ作品の大きな特徴は、人間の感覚や感情を細微をきわめた身体描写によって表現しているところにある。

たとえば、バイセクシャルな三角関係に苦悩する第一の語り手が、少年時代に恋心を抱いた同級生の男の子クリスティアーンと唇を触れあわせる場面。唇と唇が触れあう瞬間に至るまでの身体の動きの細部がクローズアップされ、スローモーションで、詳細かつ克明に語られる。顔の表情、眉やまつげ、さらには眼球の虹彩のかすかな動き、声の微妙なトーン、そしてそのときの感覚や感情の的確で巧みな描写。人間の行動、反応、感覚、情動（怒り、悲しみ、感動、恐怖）の顕微鏡的なミクロな描写によって描き出されるのは、心と身体の不一致、精神的なものと肉体的なものの対立、理性的なものと本能的なものの軋轢に苦悩し、精神の肉体からの解放、性別からの解放、社会における役割やレッテルからの解放や自由を求める感じやすく傷つきやすい人間の姿である。

共産主義政権時代の恐怖政治の影が重たくのしかかる日常生活や、粛清や革命といった事件も、それを直接体験している人間の感覚や感情を通して描かれる。一九五六年のハンガリー革命の場面では、デモ行進する群衆に遭遇し、群衆と一体化していく個人の心理が臨場感をもって描かれ、歴史のうねりの原動力を感じとることができる。

これを凌駕する超大作が、一八年というさらに長い歳月をかけて執筆され、二〇〇五年に出版された三巻本（計一五〇〇ページ）の『パラレル・ストーリーズ』（*Párhuzamos történetek*）である。二〇一一年に出版された一巻本の英語訳（*Parallel Stories*）は一一三〇ページ、ドアストッパーに最適と揶揄されたほどである。

この作品では、一九二〇年代からファシズム、ホロコースト、共産主義体制、ベルリンの壁崩壊にいたる二〇世紀のドイツとハンガリーを舞台に、複数の登場人物をめぐる複数の断片的なストーリーが平行して語られていく。

冒頭の舞台はベルリン。東西を分断していたベルリンの壁が崩壊した一九八九年、ベルリンの公園で身なりのよい男の死体が発見される。事件の捜査を担当するドイツ人刑事は、男の外見や身の回りのものだけでなく、死体が発するさまざまな臭いにいたるまで、死体をつぶさに観察する。衣服の発する石けんの臭いから被害者は着がえたばかりであること、タバコの臭いからタバコの煙が充満するような場所にいたこと、香水の香りから女といっしょだったことなど、推理をめぐらせていくが、そのあいまに自分の妻の臭いを思い出したりもする。

この殺人事件の捜査は、その後進展することも、解決されることもなく、小説の舞台はドイツやハンガリーのさまざまな時代、さまざまな場所に飛び、そこに生きたさまざまな人々について語られていく。それぞれのエピソードの間に明確な関連性を見いだすことはできない。あえていえば、これらのエピソードを結びつけているのは、人間のもつ共通の身体感覚や感情である。ブダペストの温泉で、ベルリンの公園で、人は他人の身体の臭いをかいで、何かを感じ、何かを思いだす。人々は、異なる時代、異なる場所で、似たような体験をし、似たような感覚、反応、感情をもつことがある一方で、同じ時代の同じ場所で同じ体験をしても、異なる感覚、反応、感情をもつこともある。

こうして、冒頭で起きた殺人事件の結末にはまったく触れられないままに、小説は唐突に終わりを迎える。小説が世界を描こうとするものであるのならば、小説に完結などありえようはずがないといわんばかりに。

あまりの脈絡のなさに、まるでフェイスブックのようだと批判された。また、何ページにもわたって延々と続くセックス描写、その時の身体器官の動きや感覚の事細かな描写にたいしては困惑や批判の声も聞かれた。それでも総じていえば、新しい表現方法による新しいリアリズムの文学として、ヨーロッパではきわめて高い評価を獲得している。

このふたつの長編小説のほかに、ナーダシュは折にふれて時事的なエッセイを新聞や雑誌に寄稿している。そうしたエッセイやレポート、作品の断片などをまとめたものとして『見つかったメモ』(*Talált cetli*, 1992)や、英語訳の選集『火と知識』(*Fire and Knowledge: Fiction and Essays*, 2007)がある。後者は、処女作『聖書』などの短編小説や批評も収録していて、英語で読めるナーダシュ入門書として広くすすめられる一冊である。

すべてのナーダシュ作品に共通する顕微鏡的でミクロな描写には写真家の目に通ずるものがある。ナーダシュは作家になる前に写真家であった。そして、今なお現役の写真家である。ヨーロッパ各地で写真の個展を開き、写真集『わずかな光』(*Valamennyi fény*, 1999)も出版している。ほとんどの写真はモノクロである。「自然が写真の対象なのではない、光こそが写真の対象なのだ」と述べているように、ナーダシュはつねに光を追い求めている。

ナーダシュは一九九三年に心臓発作で倒れ、死の淵をさまよった。このときの体験を、通年撮影した庭にたつ一本の梨の大木の写真とともにまとめあげた著作『自身の死』(*Saját halál*, 2004)もよく知られている。そこには、次のような一節がある。「わたしは医者に言った。どうもこれから気を失うことになりそうです」。ナーダシュは自分自身にたいしてもつねに冷静な目を向けて観察している。

二〇一二年にはスイスのツーク Zug で大々的な写真展が開催された。ナーダシュの写真はＣＤ（ＥＣＭレーベル）のジャケットなどにもしばしば使われている。最近は撮影にアイフォーンも使っている。

本書の訳出にあたっては、ドイツ語訳 *Ende eines Familienromans* (Suhrkamp 1979) と英語訳 *The End of a Family Story* (Jonathan Cape 1999) を適宜参照した。共訳作業は、前半を簗瀬が、後半を早稲田がまず訳し、その後は全体をふたりで何度も推敲をかさねてまとめた。ハンガリー語については、Borsos Levente、Szalay Péter、Vihar Judit、Mártonyi Éva、ドイツ語については安田麗の諸氏にお世話になった。解釈上の不明な点は作家本人にも教えを請うた。編集者の木村浩之さんからは、原稿を精読のうえ数多くの貴重な助言をいただいた。また、ブダペストのペテーフィ文学館ハンガリー文学翻訳助成オフィス（A Petőfi Irodalmi Múzeum Magyar Kőnyv- és Fordítástámogatási Iroda）より翻訳助成を得た。ここに記して感謝したい。

早稲田みか

【訳者紹介】

早稲田　みか（わせだ・みか）

国際基督教大学卒業、一橋大学大学院博士後期課程単位取得満期退学。

現在、大阪大学大学院言語文化研究科教授。専攻はハンガリー語学。

著書に『ハンガリー語の入門』（白水社）、『図説ブダペスト都市物語』（河出書房新社）など。訳書にクラスナホルカイ・ラースロー『北は山、南は湖、西は道、東は川』、エステルハージ・ペーテル『ハーン＝ハーン伯爵夫人のまなざし』（ともに松籟社）などがある。

簗瀬さやか（やなせ・さやか）

大阪外国語大学卒業、同大学大学院言語社会研究科博士前期課程修了。

現在、大阪大学外国語学部非常勤講師。ハンガリー文学の翻訳・紹介に取り組んでいる。

『東欧の想像力　現代東欧文学ガイド』（松籟社）にて、コストラーニ・デジェー、マーンディ・イヴァーン、ボドル・アーダームほかの紹介文を執筆。

〈東欧の想像力〉13

ある一族《いちぞく》の物語《ものがたり》の終《お》わり

2016年4月30日　初版発行　　定価はカバーに表示しています

著　者　ナーダシュ・ペーテル
訳　者　早稲田みか／簗瀬さやか
発行者　相坂　一

発行所　松籟社（しょうらいしゃ）
〒612-0801　京都市伏見区深草正覚町1-34
電話　075-531-2878　振替　01040-3-13030
url　http://shoraisha.com/

印刷・製本　中央精版印刷株式会社
装丁　仁木　順平

Printed in Japan

 ISBN978-4-87984-342-5 C0397

東欧の想像力 10

メシャ・セリモヴィッチ『修道師と死』（三谷惠子 訳）

信仰の道を静かに歩む修道師のもとに届けられた、ある不可解な事件の報。それを契機に彼の世界は次第に、しかし決定的な変容を遂げる……

[46判・ハードカバー・458頁・2800円＋税]

東欧の想像力 11

ミルチャ・カルタレスク『ぼくらが女性を愛する理由』（住谷春也 訳）

現代ルーマニア文学を代表する作家ミルチャ・カルタレスクが、数々の短篇・掌篇・断章で展開する〈女性〉賛歌。

[46判・ハードカバー・184頁・1800円＋税]

東欧の想像力 12

ゾフィア・ナウコフスカ『メダリオン』（加藤有子 訳）

ポーランドにおけるナチス犯罪調査委員会に参加した著者が、その時の経験、および戦時下での自らの体験を踏まえて著した短編集。第二次大戦中のポーランドにおける、平凡な市民たちの肖像をとらえた証言文学。

[46判・ハードカバー・120頁・1600円＋税]

東欧の想像力 7

イェジー・コシンスキ『ペインティッド・バード』（西成彦 訳）

第二次大戦下、親元から疎開させられた6歳の男の子が、東欧の僻地をさまよう。ユダヤ人あるいはジプシーと見なされた少年に、強烈な迫害、暴力が次々に襲いかかる。戦争下のグロテスクな現実を子どもの視点から描き出す問題作。

［46判・ハードカバー・312頁・1900円＋税］

東欧の想像力 8

サムコ・ターレ『墓地の書』（木村英明 訳）

いかがわしい占い師に「おまえは『墓地の書』を書き上げる」と告げられ、「雨がふったから作家になった」という語り手が、社会主義体制解体前後のスロヴァキア社会とそこに暮らす人々の姿を『墓地の書』という小説に描く。

［46判・ハードカバー・224頁・1700円＋税］

東欧の想像力 9

ラジスラフ・フクス『火葬人』（阿部賢一 訳）

ナチスドイツの影が迫る1930年代末のプラハ。葬儀場に勤める火葬人コップフルキングルは、妻と娘、息子にかこまれ、平穏な生活を送っているが……

［46判・ハードカバー・224頁・1700円＋税］

東欧の想像力 4

ミロラド・パヴィッチ『帝都最後の恋』（三谷惠子 訳）

ナポレオン戦争を背景にした三つのセルビア人家族の恋の物語、三たび死ぬと予言された男をめぐるゴシック小説、あるいは宇宙をさまよう主人公の、自分探しの物語……それらが絡み合った不思議なおとぎ話が、タロットの一枚一枚のカードに託して展開される。

[46判・ハードカバー・208頁・1900円＋税]

東欧の想像力 5

イスマイル・カダレ『死者の軍隊の将軍』（井浦伊知郎 訳）

某国の将軍が、第二次大戦中にアルバニアで戦死した自国軍兵士の遺骨を回収するために、現地に派遣される。そこで彼を待ち受けていたものとは……

[46判・ハードカバー・304頁・2000円＋税]

東欧の想像力 6

ヨゼフ・シュクヴォレツキー『二つの伝説』（石川達夫、平野清美 訳）

ヒトラーにもスターリンにも憎まれ、迫害された音楽・ジャズ。全体主義による圧政下のチェコを舞台に、ジャズとともに一瞬の生のきらめきを見せ、はかなく消えていった人々の姿を描く、シュクヴォレツキーの代表的中編2編。

[46判・ハードカバー・224頁・1700円＋税]